Für meine Leserinnen

Viel Spaß bei einer neuen Geschichte in den Straßen von New York.

Ich hoffe, dass May und River euch für ein paar Stunden aus dem Alltag entführen können.

Kapitel -1-

May

Ich ließ meine Hände langsam in die feuchte Erde gleiten und atmete mit geschlossenen Augen tief durch. Einmal. Zweimal. Versuchte runterzukommen und meinen rasenden Herzschlag zu normalisieren. Es half nicht. Dafür hasste ich *ihn*. Normalerweise rettete die Zeit im Garten mich. Aber heute konnte selbst die frische Luft mich nicht dazu bringen, mich zu beruhigen. Denn dass mein Vater mich spontan zu sich nach New York bestellte, verhieß nichts Gutes. Sogar das Ticket hatte er schon gebucht. First Class, noch heute Abend.

Du hast keine Chance, zu entkommen, May Louise. Ich hörte seine Stimme schon in meinem Kopf. Wobei er niemals so offensichtlich sagen würde, dass ich seine Gefangene war. Er zeigte es mir nur. Indem er versuchte, mein Leben bis in den kleinsten Winkel zu kontrollieren. Den Menschen, der ich war, Stück für Stück auszumerzen und mich zu der gehorsamen Puppe zu machen, die jede seiner Forderungen ohne zu zögern umsetzte. Was ich trug, was ich aß, mit wem ich redete und welche Worte ich verwendete. In der Nähe meines Vaters wurde jeder meiner Schritte von ihm festgelegt.

Ich seufzte erschöpft und buddelte ein kleines Loch in das Beet. Erde drang unter meine Fingernägel. Sooft die Hausdame mich auch dafür rügte, dass ich keine Handschuhe trug, ihre Worte und die abfälligen Blicke der anderen Studentinnen waren mir egal. Dieses Stückchen Freiheit behielt ich. Ich *wollte* unvollkommen sein. Wünschte mir, Makel zu haben. Denn solange das so war, wusste ich, dass mein Vater mich noch nicht besiegt hatte.

Zu sehen, wie mein kleiner Garten wuchs und Früchte trug, war während meiner Zeit in Paris oft das Einzige, das mir das Gefühl nehmen konnte, ein Vogel in einem goldenen Käfig zu sein. Ich blickte auf die Setzlinge zu meiner Rechten und wusste, dass mir nicht genug Zeit bleiben würde, um sie alle einzupflanzen. Ich hatte nicht damit gerechnet, dass mein Vater mich so bald schon aus meinem Leben reißen würde. Hatte vielmehr gehofft, dass ich in Frankreich meine Ruhe vor ihm hätte.

Freiheit, war mein erster Gedanke gewesen, als er verkündete, dass er mich auf diese Elite-Universität schicken würde. Mein Vater sah nur die strenge Ausbildung, die sie dort boten, in der Hoffnung, dass ich meine Aufsässigkeit ihm gegenüber endgültig ablegte. Damit meinte er die Male, die ich mich gegen seine Tyrannei gewehrt hatte. Wenn ich nicht die heile Familie spielte, die er allen vorgaukeln wollte. Wenn ich Wahrheiten aussprach, die er nicht akzeptieren konnte. Ihn vor anderen Menschen kritisierte. Alle wussten, wer mein Vater wirklich war. Doch ich war die Einzige, die den Mut hatte, es ihm ins Gesicht zu sagen. Noch. Nach und nach wollte er mir das austreiben. Paris war nur ein weiterer Versuch.

All das spielte für mich keine Rolle. Denn ich dachte nur an die Meilen, die von da an zwischen uns liegen würden.

Selbst gegen das Wohnheim wehrte ich mich nicht, das von außen zwar pompös wirkte mit seiner barocken Architektur und der üppigen Grünanlage rundherum, aber in

Wirklichkeit nichts anderes als ein luxuriöses Gefängnis war. Mit hohen Mauern um das Anwesen, Sicherheitspersonal, Ausgangssperren und einer Hausdame, der nichts entging. Und die im direkten Kontakt zu meinem Vater stand. Selbstverständlich für ein ordentliches Trinkgeld. Ein Ort, wo die Studentinnen teure Designerkleidung trugen, stets ein Lächeln aufsetzten und dir im Korridor, wenn keiner hinsah, den Ellbogen in die Rippen stießen. Es war das reinste Schlachtfeld, das hatte ich bereits an meinem ersten Tag begriffen. Die Hoffnung, dass ich Freunde finden könnte, begrub ich, als mir klarwurde, wie wenig ich hier reinpasste.

Zu all dem hatte ich *Ja* gesagt. Weil ich dachte, dass die Tatsache, auf einem anderen Kontinent zu leben als mein Vater etwas daran ändern würde, dass er jeden meiner Schritte kontrollierte. Aber das tat es nicht. Er wusste nach wie vor alles. Ich verschwand nie von seinem Radar.

Für immer gefangen.

Behutsam griff ich nach dem Setzling einer Dahlie. Ihre Blüten erstrahlten in einem sanften Rosa. Jetzt war genau die perfekte Zeit, um sie einzupflanzen. Bis zum Mai waren es nur noch ein paar Wochen, dann würde sie in voller Pracht glänzen. Es war die liebste Blume meiner Mutter gewesen. Und weil sie im Mai blühte, nannte sie mich May. Ein Zeichen, dass der lange Winter endlich ein Ende hatte. Früher pflanzten wir sie jedes Jahr gemeinsam. Heute, elf Jahre nach ihrem Tod, behielt ich diese Tradition bei. Es erinnerte mich an sie. An ihr Lachen und wie ihr braunes Haar die Sonne einfing und glitzerte, wenn sie sich über die Beete beugte und mir die verschiedenen Blumensorten erklärte. Ich wünschte, ich würde nach ihr kommen. Stattdessen hatte ich das pechschwarze Haar und die helle Haut meines Vaters geerbt. Nur die Augen, die hatte ich von Mom. Dunkelgrün, wie eine Wiese an einem verregneten Sommerabend. Wenn ich in den Spiegel sah, versuchte ich mich nur darauf zu konzentrieren.

Bald würde ein ganzes Meer voller Dahlien den tristen Garten des Wohnheims erstrahlen lassen. Doch heute verspürte ich bei dem Gedanken nicht wie sonst Freude. Ein beklemmendes Gefühl breitete sich in mir aus. Denn ich wusste nicht, ob ich jemals zurückkehren würde.

Bei meinem Vater konnte man vom Schlimmsten ausgehen. Er war skrupellos. Kriminell. Gefährlich und berechnend. William Parker war nicht ohne Grund einer der reichsten Männer des Landes geworden. Viele hatten auf seinem Weg nach oben fallen müssen. Zuhälterei, Geldwäsche, Drogenhandel. Das waren nur einige der Straftaten, derer er sich schuldig gemacht hatte. Offiziell allerdings war seine Weste blütenrein. Niemand konnte ihm etwas vorwerfen, denn er war schlau genug, seine Spuren von sich weg zu lenken. Und andere gingen bereitwillig für ihn in den Knast. Denn stand man erst einmal in William Parkers Gunst, konnte man in finanzieller Hinsicht ein sehr angenehmes Leben führen. Außerdem stellte das Gefängnis eine gute Option dar, wenn die Alternative war, sich gegen meinen Vater zu stellen. Bilder, die ich längst hatte vergessen wollen, drängten sich zurück in mein Bewusstsein. Ein kalter Schauer breitete sich auf meinem Körper aus. Ich hatte seine Bestrafungen zu oft miterlebt. Er zeigte jenen, die ihn hintergingen, kein Mitleid. Mein Vater war ein Meister darin, Menschen zu brechen. Ihnen Wunden zuzufügen, die schlimmer waren als der Tod.

Und obwohl er mir niemals ein Haar krümmte, sorgte er dafür, dass ich wusste, wozu er fähig war. Denn ich war seine *kleine Prinzessin.* Von allen Menschen stand ich am höchsten in seiner Gunst. Und von allen konnte ich am tiefsten fallen. Mein Vater wollte, dass ich das wusste.

Und jetzt rief er mich zu sich.

Kapitel -2-

River

New York erstreckte sich unter den Flügeln meines Privatjets und sah so wenig einladend aus wie immer. Ein Gebäude drängte sich an das nächste. Dicke Wolken verdeckten stellenweise die Sicht. Selbst von hier oben konnte ich erkennen, wie die Autos sich auf dem Highway dicht aneinanderdrängten.

Als ich in Brasilien vor dreizehn Stunden in meinen Flieger gestiegen war, musste ich mich von Sonne, Strand und Meer verabschieden. Jetzt wurde ich von Regen, Wind und Tristesse begrüßt. Wie so oft folgte das Wetter in New York seinen eigenen Regeln. Ich hatte gedacht, dass meine Laune nicht noch mehr sinken könnte. Doch als die Räder des Jets auf der nassen Landebahn aufsetzten und ein lautes Quietschen von sich gaben, während das Flugzeug zum Stillstand kam und seinen finalen Parkplatz anvisierte, verwarf ich diesen Gedanken. Meine Laune konnte sehr wohl schlechter werden. Ich war tatsächlich wieder hier. Erinnerungen an ein Leben, mit dem ich längst abgeschlossen hatte, drängten sich zurück an die Oberfläche.

Missmutig nahm ich die Umgebung durch das kleine Flugzeugfenster in Augenschein. Wir hatten abseits der allgemeinen Landebahnen aufgesetzt. Diesen Platz visierten lediglich Privat- und Regierungsflugzeuge an, weit abseits der Touristenmassen, die aus aller Welt herbeiströmten. Trotzdem hörte und sah ich die Flugzeuge, die im Minutentakt über meinen Kopf hinwegflogen und den John

F. Kennedy Flughafen anpeilten. New Yorks permanente Lärmkulisse war ein weiterer Grund, weswegen ich es hasste, hier zu sein. Die Stadt war niemals ruhig. Stillstand gab es hier nicht.

Direkt neben dem Parkplatz stand eine schwarze Limousine, die mich zum Firmensitz in Manhattan fahren würde. Als der Pilot das Zeichen zum Abschnallen gab, war ich längst an der Tür und wartete ungeduldig, dass die Stewardess sie mir öffnete. Einer der Vorteile, wenn man sein eigenes Flugpersonal beschäftigte.

»Wir hoffen, Sie hatten einen angenehmen Flug und wünschen Ihnen einen schönen Aufenthalt in New York, Mr. Cohen«, sagte sie freundlich, wobei sie ihre dunkelblaue Uniform zurechtzog. Ich bedachte sie mit einem knappen Kopfnicken, dann verließ ich das Flugzeug über die schmale Treppe und atmete zum ersten Mal seit vier Jahren New Yorker Luft ein.

Mit gestrafften Schultern und ohne mich von meinen trüben Gedanken vom Wesentlichen ablenken zu lassen, steuerte ich auf die Limousine zu, neben der ein Fahrer stand. Er trug eine schwarze Uniform, sein graues Haar war nach hinten gekämmt und in der Hand hielt er einen geöffneten Regenschirm, mit dem er mir entgegeneilte, als er mich sah.

»Guten Morgen, Mr. Cohen. Es freut mich, Sie in New York begrüßen zu dürfen. Mein Name ist Alfred. Mr. Price schickt mich, um Sie abzuholen«, stellte der ältere Mann sich vor und hielt den Schirm über meinen Kopf, während er mich zum hinteren Teil des Wagens begleitete. Galant hielt er mir eine Tür auf.

»Danke«, sagte ich und ließ mich auf die Rückbank sinken. »Fahren Sie mich direkt zum Ruiz Tower.«

Alfred nickte und schloss die Tür, ging zum Jet, wo die Stewardess mein Gepäck heruntertrug, und nahm es ihr ab. Er verstaute die kleine Reisetasche im Kofferraum. Kurz darauf hörte ich ihn auf der Fahrerseite einsteigen und den Motor starten. Während wir vom Rollfeld fuhren, das Flughafengelände verließen und uns in den New Yorker Verkehr einpendelten, ließ ich die letzten Monate Revue passieren. Die Geschäfte liefen besser denn je. Unsere Drogen fanden viele Abnehmer, unsere Scheinfirmen warfen gute Umsätze ab und unsere Gewinne aus Investitionen und Kapitalanlagen übertrafen all meine Erwartungen. Ich hätte zufrieden sein können. Und das war ich gewesen. Bis mich vor einigen Wochen der erste Anruf erreichte, dass einer meiner Leute während einer Lieferung angegriffen worden war. Seither hatten sich diese Vorfälle gehäuft. Am Dienstag war die Situation eskaliert und eine unserer Lagerhallen angezündet worden. Alles offensichtliche Angriffe gegen mich und meine Leute. Sie alle trugen dieselbe Handschrift. Es war an der Zeit, alte Grenzen neu zu stecken.

Vierzig Minuten später fuhren wir vor dem Ruiz Tower vor. Über dreißig Stockwerke erstreckte er sich hoch in den Himmel. Mehr als zwanzig Firmen hatten darin ihren Sitz. Über eintausend Mitarbeiter wurden von uns beschäftigt. Und das alles nur, um ein noch viel größeres Geschäft zu vertuschen. Drogen, Zuhälterei, Schutzgelderpressung.

Alfred öffnete mir die Tür und ich stieg aus der Limousine aus. Regen tropfte auf meinen Kopf. Mit einem Wink meiner Hand hielt ich ihn davon ab, mir mit dem Schirm hinterherzurennen und steuerte den Eingang des Towers an. Dort wurde ich von der Security begrüßt und sofort durchgelassen. Obwohl ich mich nicht oft blicken ließ, kannte jeder mein Gesicht. Kent Price leitete zwar meine Geschäfte vor Ort, doch ich war der Inhaber des Ruiz Towers, seit Salvator Ruiz mich vor zwei Jahren offiziell zu seinem Nachfolger erklärt hatte. Eine Entscheidung, die nicht jedem gefiel.

Deswegen war es umso wichtiger, dass alles nach Plan lief. Einige von Sals alten Partnern beobachteten mich mit Argusaugen. Außerdem fühlte ich mich verantwortlich. Nicht nur für die Finanzen, sondern für meine Mitarbeiter. Wir waren wie eine große Familie. Vom kleinsten Mann bis zum höchsten Tier. Jeder zählte. Und wenn jemand meine Familie angriff, würde ich das nicht auf sich beruhen lassen.

Zielstrebig durchquerte ich die weiße Marmorhalle und drückte auf den Knopf, um den Fahrstuhl zu rufen. Überall wandten sich Köpfe nach mir um. Neugierige Blicke folgten mir. Wenn der Boss persönlich auftauchte, bedeutete das meistens Ärger.

Als der Aufzug endlich eintraf, stieg ich ein und wählte das dreißigste Stockwerk aus. Ich nutzte die Zeit, um meine Gedanken zu fokussieren. Als die Türen sich oben angekommen öffneten, erwartete Kent mich bereits mit strahlendem Gesicht.

»Willkommen in New York, River«, begrüßte er mich auf seine gewohnt lockere Art und zog mich in eine Umarmung. Wie es sich für einen CEO gehörte, trug er einen schlichten, eleganten Anzug und ein weißes Hemd dazu. Um dem ernsten Anlass gerecht zu werden, hatte ich mich heute ebenfalls für einen pechschwarzen Anzug von Armani entschieden. Obwohl Kent mich fast um einen halben Kopf überragte und eine breite Statur hatte, war sein Gemüt durch und durch sanftmütig. »Lange her, dass du hier warst.«

»Nicht lange genug«, antwortete ich und erwiderte seine Umarmung. Kent gehörte zu den Menschen, die am meisten über meine Vergangenheit wussten. Wenn ich so etwas wie einen besten Freund hatte, war er es. Trotz der Umstände freute ich mich, ihn wiederzusehen.

»Wie geht es dir?«, fragte ich und folgte ihm in sein Büro, wo er über das Telefon zwei Kaffee bei seiner Sekretärin bestellte. »Ist Cassie noch hochschwanger oder darf ich dir schon gratulieren?«

»Das Baby lässt sich nach wie vor Zeit«, seufzte er und steuerte die zwei Sessel an, die an der Glasfront standen. Wolken verdeckten die Sicht, die man sonst über die Stadt gehabt hätte. An Tagen wie diesem fühlte es sich so weit oben an, als stünde man mitten im Himmel. Lächelnd nahm ich Kents Büro in Augenschein. Er hatte alles so gelassen, wie ich es ihm vor vier Jahren übergeben hatte. Nur das Bild seiner Ehefrau auf dem breiten Schreibtisch und die vielen Pflanzen zwischen den Regalen waren neu. Doch an den Wänden hingen dieselben Werke von Andy Warhol, die ich damals ausgesucht hatte.

»Wie geht es Pablo?«, fragte ich ernster und sprach damit den Vorfall vergangener Woche an, als einer unserer Drogendealer nachts mit dem Messer attackiert worden war. Kent seufzte und strich sich mit der Hand durch sein braunes Haar. Obwohl wir beide erst Ende zwanzig waren, wirkte er in diesem Moment älter. Die Sorgen der vergangenen Wochen und die Last, ein Unternehmen zu leiten, hatten Spuren auf seinem sonst so entspannten Gesicht hinterlassen.

»Nicht gut. Die Ärzte sagen, dass er noch nicht über den Berg ist. Selbst wenn sie es schaffen, sein Leben zu retten, kann es sein, dass er für immer unter den Folgen seiner Kopfverletzung leiden muss.«

Ich fluchte. Nachdem man Pablo mit dem Messer attackiert hatte, wurde er zusätzlich zusammengeschlagen und man hatte brutal auf ihn eingetreten. Bei dem Gedanken verzog ich angewidert das Gesicht. Es war feige, einem Mann in der Dunkelheit aufzulauern und ihn abzustechen. Aber auf einen am Boden liegenden einzuschlagen, war barbarisch.

»Schick seiner Frau bitte eine Nachricht. Wir übernehmen die Krankenhausrechnungen und lassen der Familie jeden Monat ein Einkommen überweisen. Pablo war für uns im Dienst, als er verletzt wurde und er war jahrelang ein treuer Mitarbeiter. Sie soll wissen, dass wir sie nicht im Stich lassen.«

So lief das bei uns. Wir waren vielleicht kriminell, dealten mit Drogen und schreckten nicht vor Gewalt zurück, trotzdem kam die Familie immer an erster Stelle. Zusammenhalt und Loyalität waren die Grundpfeiler, auf denen Salvator Ruiz sein Geschäft aufgebaut hatte. Diese Werte hatte er an mich weitergegeben und ich würde sie erhalten.

»Ich werde es noch heute veranlassen«, bestätigte Kent. Dann verzog er sein Gesicht zu einer wütenden Maske. Etwas, das ich nicht oft bei ihm sah. Wieder einmal wünschte ich, der Grund unseres Treffens hätte ein anderer sein können.

»Du weißt, wer dahintersteckt«, sagte er und es war keine Frage.

Ich nickte.

»Parker hält sich nicht länger an die Regeln«, fluchte Kent. »Den Vorfall mit der Lagerhalle konnten wir ebenfalls auf ihn zurückführen. Und gestern erreichte mich die Nachricht von einem meiner Jungs, dass sie in einem Club das Schutzgeld abholen wollten. Und rate mal … Parkers Männern waren früher dort und haben den Besitzern verkündet, dass sie von nun an ihn bezahlen müssen.«

William Parker und Salvator Ruiz stiegen vor Jahrzehnten ungefähr zeitgleich ins Geschäft ein. Beide versuchten, sich in New York zu etablieren und dem jeweils anderen sein Gebiet streitig zu machen. Berechtigterweise, denn die Stadt war eine Goldgrube. Jahrelang gab es ein grausames Blutvergießen, bis sie zu einer Einigung kamen. Sal und William teilten die Stadt auf, angefangen bei Manhattan. Als würde man mit dem Lineal eine Linie über die Landkarte ziehen. Jeder bekam eine Seite. Keiner kam dem anderen in die Quere. Über dreißig Jahre hatte das funktioniert. Natürlich gab es kleinere Zwischenfälle. Die Männer und Frauen, die für uns arbeiteten, hatten meist mehr Temperament, als ihnen guttat und wenn sie aufeinandertrafen, konnten schon mal die Fetzen fliegen.

Die gezielten Angriffe auf uns trugen jedoch eine ganz andere Botschaft.

»Er dringt in unser Gebiet ein«, schlussfolgerte ich und sprach aus, was mir schon lange bewusst war. »Ich hätte früher handeln sollen. Jetzt denkt er, dass wir schwach sind.«

Wir unterbrachen unser Gespräch, als es an der Tür klopfte und Kents Sekretärin erschien, um uns unseren Kaffee zu bringen. Schweigend stellte die blonde Frau das Tablett mit zwei Tassen, Zucker und Milch darauf vor uns ab und verließ das Zimmer im Anschluss. Ihr Gesicht war unscheinbar, keine einprägsamen Details. Eines, das man sah und sofort danach vergaß. Die perfekte Sekretärin für einen verheirateten Mann.

»Ich hoffe, dass du einen Plan hast«, fuhr Kent fort, als die Tür ins Schloss fiel.

»Noch nicht«, antwortete ich und nahm einen Schluck von meinem Kaffee. »Aber deswegen bin ich hier.«

William Parker hatte gegen eine jahrzehntealte Abmachung verstoßen. Dafür musste er bezahlen. Früher oder später würde er einen Fehler machen, uns eine Schwachstelle offenbaren. Dann würde ich ohne Erbarmen zuschlagen und ihn von seinem Thron stoßen.

Kapitel -3-

River

Nach meinem Gespräch mit Kent checkte ich im *Grad Life Hotel* ein. New Yorks edelster Adresse. Hier kam nur rein, wer Macht hatte. Jene, deren Wort etwas bedeutete. Mit Geld allein konnte sich keiner einkaufen. Ich hätte auch in eine unserer zahlreichen Firmenwohnungen gehen können, bevorzugte es jedoch, meinen Aufenthalt so unpersönlich wie möglich zu halten. Ich hatte Kent angewiesen, Alfred zu verständigen, damit er mein Gepäck herbrachte. So betrachtet war es keine gute Idee gewesen, ihn vorhin wegzuschicken. Denn meine Tasche lag im Kofferraum des Wagens und ich konnte es kaum erwarten, aus diesem unbequemen Anzug rauszukommen. Wie hielt Kent es den ganzen Tag in diesen Dingern aus? Was mir weitaus mehr auf die Nerven ging, war es, mit einem Auto im New Yorker Verkehr festzusitzen. Daher bevorzugte ich öffentliche Verkehrsmittel, wann immer es sich einrichten ließ.

Ich sah mich in der Gold Suite um, die ich für meinen Aufenthalt gebucht hatte.

Die Fläche erstreckte sich über ein Schlafzimmer, einen Wohnbereich mit Esstisch und ein Bad mit Whirlpool. Die Wände waren mit teuren Tapeten, die aufwändige Muster zeigten, verziert. Orientteppiche lagen stellenweise über dem dunklen Parkett und die Einrichtung bestand ausschließlich aus Sonderanfertigungen. In den teuersten Suiten des Hotels gab es kein Möbelstück ein zweites Mal. Hier legte man Wert auf Individualität und Luxus. Würde es mich interessieren, könnte ich sogar den Katalog zur Hand nehmen, der auf dem Schreibtisch im Schlafzimmer lag und die Geschichte des Mobiliars erforschen. Welcher Designer, welche Materialien, welche Botschaft. Manchmal legte ein Stück Holz eine ewig lange Reise zurück, nur um als Bettpfosten in einem Zimmer des *Grand Life* zu landen. Aber genau dafür zahlten die Gäste. Um sich als Teil von etwas Besonderem zu fühlen.

Mir persönlich war das scheißegal. Ich nächtigte in Luxushotels, weil man das von einem Mann in meiner Position erwartete. Nicht, weil ich es brauchte. Wenn ich an mein Kinderzimmer zurückdachte, die durchgelegene Matratze auf dem kalten Boden … nein. Ich verbot mir, den Gedanken zu Ende zu führen.

Erinnerungen an ein Leben, mit dem ich längst abgeschlossen hatte.

Den Jungen von damals gab es nicht mehr.

Je schneller ich die Angelegenheiten hier klärte, desto besser. Ich konnte es kaum erwarten, aus diesem Land zu verschwinden. Deswegen beschloss ich, Sal sofort anzurufen. Obwohl er mir die Leitung seiner Geschäfte überlassen hatte, informierte ich ihn über jede Entscheidung. Ich wollte, dass er auf dem Laufenden war. Er sollte wissen, dass ich sein Imperium schützte. Dass die Dinge, die er für mich getan hatte, nicht umsonst gewesen waren. Denn als ich am Boden lag, war es Sal gewesen, der mir die Hand gereicht hatte.

Ich zog mein Handy aus meiner Sakkoinnentasche und wählte die Nummer, die ich in- und auswendig kannte. Nach mehrmaligem Klingeln wurde endlich abgehoben.

»River, mein Junge«, begrüßte mich Sals rauchige Stimme. Obwohl ich schon lange nicht mehr der dreizehnjährige

Bengel war, den er damals auf der Straße aufgegabelt und wie seinen eigenen Sohn großgezogen hatte. Ich ärgerte mich nicht darüber, ganz im Gegenteil. Denn war es nicht das, was Eltern taten? Nicht akzeptieren, dass ihre Kinder erwachsen wurden?

»Wie geht es dir, Sal? Bekommt die Kur dir gut?«

Vor einigen Wochen hatte ich ihn dazu überreden können, endlich einen Kurort in der Schweiz aufzusuchen. St. Moritz. Dort kümmerten sich die besten Ärzte des Landes um ihn und er konnte es sich bei verschiedenen Anwendungen und Massagen gutgehen lassen. Sal war mit seinen achtundsechzig Jahren zwar noch fit, aber ich hatte immer öfter bemerkt, wie er das Gesicht bei bestimmten Bewegungen vor Schmerzen verzog. Er wirkte müder, ging weniger aufrecht und schien mit den Gedanken oft weit weg zu sein. Sal wurde älter und ich wollte diesen Umstand genauso wenig akzeptieren, wie er einsehen wollte, dass ich erwachsen war.

»Ich sterbe vor Langeweile«, beschwerte Sal sich und ich hörte sein abfälliges Schnauben durch die Leitung. »Die zwingen mich, früh aufzustehen, gesund zu essen und Sport zu machen. Wie soll mir das bitte helfen? In Brasilien könnte ich ausschlafen, in der Sonne am Strand brutzeln und mir die schmerzenden Glieder von ein paar heißen Ladys massieren lassen, wenn du verstehst, was ich meine.«

Bei den letzten Worten lachte er kehlig und ich musste schmunzeln. Typisch Sal. Selbst im hohen Alter dachte er nur an das Eine.

»Wieso suchst du dir nicht eine nette Frau?«, schlug ich vor. »Willst du mir etwa sagen, dass dir dort niemand ins Auge gefallen ist?«

So wie ich ihn kannte, hatte er bereits jeder Frau im Umkreis von zwanzig Meilen schöne Augen gemacht. In den vergangenen Jahren hatte ich fünf seiner Ehen, zahlreiche Affären und ganze Orgien von ihm miterlebt. Die einzige Konstante in diesem Chaos war ich. Sal hatte mich niemals im Stich gelassen.

»Das Problem, mein Junge, sind nicht die mangelnden Frauen. Sondern die verfluchte Kälte. Wer will sich bei den Temperaturen schon ausziehen? Mein scheiß Schwanz stülpt sich nach innen«, rief er und ich versuchte, mir seine Worte nicht bildlich vorzustellen.

Das war der Sal, wie ich ihn kannte und liebte. Direkt und vulgär.

Ich ließ ihn noch einige Minuten von der Schweiz erzählen, weil wir seit ein paar Tagen nichts mehr voneinander gehört hatten. Doch dann konnte ich die schlechten Neuigkeiten nicht länger hinauszögern.

»Hör zu«, nutzte ich den Moment, als er eine Erzählpause einlegte. »Wir haben ein Problem.«

In den nächsten Minuten schilderte ich ihm die Vorfälle der letzten Wochen, wobei ich nervös im Raum auf und ab schritt. Irgendwann blieb ich vor dem Fenster im Wohnzimmer stehen, von wo aus man den Blick über den Central Park genießen konnte, der nebelverhangen vor mir lag. Die freie Hand in die Hosentasche gesteckt, wartete ich angespannt auf Sals Antwort.

»Er will uns unser Gebiet streitig machen«, wiederholte er fast dieselben Worte, die ich vorhin zu Kent gesagt hatte. »Dieser Bastard. Er war schon immer auf mehr Macht aus. Bisher hatte er nur nicht die Eier, unsere Abmachung zu brechen.«

Das bestätigte meinen zweiten Verdacht.

»Er hält mich für schwach«, sagte ich und biss die Zähne aufeinander, um einen wütenden Fluch zu unterdrücken. Die Hand in meiner Hosentasche ballte ich zur Faust. Am liebsten hätte ich auf etwas eingeschlagen.

Seitdem ich die Geschäfte übernommen hatte, musste ich mich beweisen. Wenige glaubten daran, dass ein Ende Zwanzigjähriger ein Drogenimperium mit allem, was dazugehörte, führen konnte. Trotzdem hatte ich es geschafft, die meisten auf meine Seite zu ziehen. Auf meine Weise. Ich vermied Blutvergießen, wo es ging. Stattdessen setzte ich darauf, meine Partner und Mitarbeiter fair zu bezahlen. Ich bot ihnen Sicherheiten und Komfort, den sie sonst nirgends bekamen, wie zum Beispiel bei Pablos Frau. Solche Dinge sprachen sich herum und führten dazu, dass die Menschen, die für mich und mit mir arbeiteten, mich respektierten. Damit erreichte man meiner Meinung nach mehr, als wenn man Angst und Schrecken verbreitete.

Parker, dessen Führungsstil das genaue Gegenteil war, musste meine Aversion dagegen, Menschen umzubringen, als Schwäche deuten. An Sal hatte er sich nicht herangetraut. Aber mich sah er nicht als ernstzunehmenden Gegner an. Ich würde ihn das Gegenteil lehren.

»Er will dich testen«, stellte Sal nüchtern fest und ich nickte, obwohl er es nicht sehen konnte. »Dich angreifen und sehen, wie du darauf reagierst.«

»Ich werde ihm zeigen, was es bedeutet, meiner Familie Schaden zuzufügen«, knurrte ich wütend und umfasste das Handy fest. »Er wird noch bereuen, dass er sich mit uns angelegt hat.«

»Was hast du vor?«, fragte Sal. Seine Stimme klang weder beunruhigt noch wütend. Sein Tonfall war neutral. Er war lange genug im Geschäft, um sich nicht aus der Bahn werfen zu lassen. Er wusste, was getan werden musste.

»Erinnerst du dich an José, den Mann, den wir vor einem Jahr in Parkers Unternehmen eingeschmuggelt haben?«

Damals hatte ich Spitzel sowie Partner in alle Unternehmen meiner Konkurrenten eingeschleust. Jetzt stellte sich das als gute Entscheidung heraus.

»Er arbeitet beim Sicherheitspersonal und hat Kontakt zu Parkers Bodyguards. Kent hat ihn angerufen und ihm aufgetragen, gezielt nach einer Schwachstelle zu suchen. Ich bleibe so lange in der Stadt, bis wir etwas gefunden haben. Wir werden diese Angelegenheit ein für alle Mal klären.«

Sal schwieg einen Moment. Ich hörte, wie er sich eine Zigarette ansteckte, einen langen Zug nahm und den Rauch ausblies. »Du wirst eine Lösung finden, mein Junge«, sprach er mir gut zu. »Aber denk daran, was ich dir beigebracht habe. Gleiches muss mit Gleichem vergolten werden. Vergiss das nicht. Er hat unsere Familie angegriffen, also dürfen wir seiner gegenüber keine Gnade zeigen.«

»Das werde ich nicht«, versprach ich mit fester Stimme.

Parker hatte meiner Familie geschadet. Er hatte meine Männer ermordet und Pablo würde vielleicht für den Rest seines Lebens mit einer Behinderung leben müssen. Wegen Parker mussten Kinder ohne ihren Vater aufwachsen. Alles Menschen, die unter meinem Schutz gestanden hatten. Und ich hatte versagt. Weil ich mich geweigert hatte, andere zu verletzen. Das war vorbei. Ich hatte kein Mitleid mehr für die Familie eines Mörders.

Gleiches muss mit Gleichem vergolten werden.

Kapitel -4-

May

Die ganze Nacht war ich ruhelos durch die Platin Suite im *Grad Life Hotel* gewandert, wo mein Vater mich untergebracht hatte. Ständig am Rätseln, was er von mir wollte. Er hatte dafür gesorgt, dass man mich in Paris beim Wohnheim abholte, mich zum Flugzeug begleitete und am JFK-Flughafen einsammelte, nur um mich auf direktem Weg ins Hotel zu bringen.

Erst als die Sonne sich langsam hinter den Wolkenkratzern hervorarbeitete und den anbrechenden Tag in ein sanftes Rot tauchte, schaffte ich es, meine lauten Gedanken verstummen zu lassen und einzuschlafen. Fast im selben Augenblick klopfte es an der Zimmertür, so kam es mir zumindest vor.

»Wer ist da?«, krächzte ich müde und quälte mich aus dem Bett.

»Ich bin es, Miss Fields. Arabella.«

Jetzt erkannte ich auch ihre Stimme. Arabella arbeitete fast so lange im Hotel, wie es betrieben wurde. Sie gehörte quasi zur Einrichtung. Lediglich in ein Bettlaken gewickelt, öffnete ich die Zimmertür einen spaltbreit und sah ihrem vertrauten Gesicht entgegen. Sobald sie mich erblickte, spielte ein warmes Lächeln um ihre Mundwinkel. Ihr Haar war seit unserem letzten Treffen noch mehr ergraut. Wie damals trug sie es in einem strengen Dutt, von dem nicht eine einzige Strähne abstand. Alles an ihr wirkte professionell und geordnet, wie es sich für eine Hausdame gehörte. Aber mir war nie ein Mensch begegnet, dessen Augen mehr Wärme und Freundlichkeit ausstrahlten, als Arabella. Am liebsten wäre ich ihr um den Hals gefallen. Aber das Risiko, gesehen zu werden, war zu hoch. Die Hotelrichtlinien untersagten dem Personal diese Art von Kontakt zu den Gästen strikt.

»Guten Morgen, May«, wisperte sie, damit keiner der anderen Besucher uns hören konnte, falls er zufällig vorbeiging. »Wie fühlst du dich?«

»Überfahren. In jedweder Hinsicht«, antwortete ich wahrheitsgemäß. Arabella war eine der wenigen Personen, die wirklich wissen wollte, wie es mir ging, wenn sie danach fragte. Keine leeren Floskeln. Keine unnötigen Höflichkeiten. Nur ihr aufrichtiges Interesse. »Möchtest du reinkommen?« Um mein Angebot zu unterstreichen, schob ich die Zimmertür ein Stück weiter auf. Wie gern hätte ich mich mit ihr unterhalten, aber sie schüttelte bedauernd den Kopf.

»Ich kann leider nicht. Heute Vormittag hält Preston Holdings ein wichtiges Geschäftsmeeting in unseren Räumlichkeiten ab und ich bin verantwortlich dafür, dass nichts schiefgeht. Aber ich wollte mir die Freude nicht nehmen lassen, dich persönlich aufzuwecken und zu begrüßen.« Sie nahm kurz meine Hand in ihre und drückte sie fest. »Es ist zu lange her, dass wir uns gesehen haben.«

Ich nickte. Das war es und es gab einige Menschen an diesem Ort, die ich wirklich vermisst hatte. Dennoch wollte ich nicht hier sein.

»Hast du eine Ahnung, warum er mich gerufen hat?«

Arabella schüttelte den Kopf. Sie kannte meinen Vater gut, aber niemand würde ihn jemals gut genug kennen, um zu verstehen, wie er dachte. Nach Mutters Tod waren wir im Hotel eingezogen. Jahrelang lebten wir an einem Ort, der kein richtiges Zuhause war, aber dessen Personal es geschafft hatte, mir ein Gefühl von Geborgenheit zu geben. Bis mein Vater mich in den Eispalast seiner neuen Frau Josephine geschleift hatte, um mich kein Jahr später nach Frankreich zu verbannen. Seine Königin verstand sich nicht gut mit seiner Prinzessin. Was wohl auch der Grund dafür war, dass ich bei meinem jetzigen Aufenthalt den Luxus des Hotels genießen durfte und nicht Gast in seinem Zuhause war.

Ich seufzte ergeben. »Wann werde ich abgeholt?«

»In einer Stunde«, antwortete Arabella. »Brauchst du Hilfe?«

»Ich komme schon klar«, beruhigte ich sie und wir beide wussten, dass viel mehr hinter den Worten steckte, als es den Anschein hatte.

»Das tust du immer irgendwie«, hauchte Arabella mit mütterlicher Zärtlichkeit in der Stimme. Sanft strich sie mir über die Schulter, eine aufmunternde und kraftspendende Geste, bevor sie gehen und sich um ihre Arbeit kümmern musste.

Ich blickte ihr hinterher, bis der Aufzug ihre üppige Gestalt vollends verschluckte. Dann schloss ich widerwillig die Zimmertür und schlurfte ins Bad. Vielleicht würde eine kalte Dusche mir helfen, die Müdigkeit abzuschütteln. Wenn ich meinem Vater nach über drei Jahren das erste Mal gegenübertrat, wollte ich hellwach sein. Dieser Tag entschied über meine Zukunft. Das spürte ich.

Kapitel -5-

May

Das Parker Building ragte hoch in den Himmel hinauf. So weit, dass die obersten Stockwerke von einer dicken Wolkendecke umgeben waren. Obwohl die Sonne heute Morgen kurz geschienen hatte, ergraute das Wetter mit jeder fortschreitenden Minute. Ein scharfer Wind pfiff durch meine Haare. So kalt, dass er nicht zum Frühling passte. Wie ein Vorbote des Bösen. Eine Warnung.

Seit fünf Minuten stand ich auf der untersten Treppenstufe zum Eingang und starrte das Gebäude vor mir an. Mein Vater hatte es kurz nach meiner Verbannung bauen lassen, weswegen ich es zum ersten Mal sah. Statt im Sonnenlicht zu glitzern, wirkten die Fenster der Glasfassade wie trübe, kalte Seen.

Selbstverständlich hatten die Nachrichten darüber berichtet. William Parker baute sich von seinem Blutgeld einen modernen Palast und die ganze Welt schaute dabei zu. Aber ich hatte es mir zur Angewohnheit gemacht, alle Meldungen in Bezug auf ihn zu ignorieren. Für mich existierte er nicht. So lange, bis er mich zwang, seine Existenz zur Kenntnis zu nehmen. Wie heute.

Der Kaffee in meiner Hand war schon lange nicht mehr heiß. Trotzdem nahm ich einen großen Schluck davon, um Zeit zu gewinnen.

Was würde dort drinnen passieren?

Ich wollte cool bleiben, aber eine innere Unruhe hatte von mir Besitz ergriffen und machte es mir unmöglich, einen klaren Gedanken zu fassen. Alles in mir schrie danach, wegzulaufen. Es war, als wollte mein Körper mich vor etwas warnen.

Am besten brachte ich es einfach hinter mich.

Langsam begann ich, die Stufen zu erklimmen. Eine nach der anderen. Oben angekommen, geriet ich ins Blickfeld von einem der Sicherheitsbeamten. Eine Pistole hing offen an seinem Gürtel, seine Hand lag darauf, als er ein paar Schritte auf mich zuging.

Du schaffst das.

Entschlossen hielt ich seinem Blick stand und wich nicht vor ihm zurück, als er dicht vor mir stehenblieb, die Hand an seiner Waffe.

»Mr. Parker wartet«, informierte er mich mit einem starken Akzent, der sich slawisch anhörte. Natürlich wusste er, wer ich war. Jeder von Vaters Männern kannte seine Prinzessin. Nur für den Fall, dass sie mich irgendwann finden mussten.

Mit einem knappen Nicken bedeutete ich dem Mann, voranzugehen.

Die Lobby erstrahlte in einer modernen Eleganz, die eindeutig die Handschrift meines Vaters trug. Scharfe Kanten, kalte Farben, funktionales Design. Männer wie Frauen trugen schwarze Anzüge. Ich hob verwundert die Augenbrauen. Früher, in seinem alten Firmensitz, bevorzugte mein Vater seine Mitarbeiterinnen in engen, kurzen Kleidern, die wenig der Fantasie überließen. Aber Hosenanzüge? Das musste Josephines Werk sein. Sie war berüchtigt für ihre krankhafte Eifersucht.

Was allerdings nicht neu war, war das Fehlen jeglicher Farbe im Raum. Ein zufriedenes Lächeln stahl sich auf meine

Lippen, als ich meine Hände sanft über den Stoff meines roten Frühlingsmantels gleiten ließ.

Eins zu null für mich, Vater.

»May Louise«, schallte seine Stimme im selben Moment von den Wänden. »Endlich sehen wir uns wieder.«

Ich wirbelte herum und da war er.

William Parker.

Die letzten drei Jahre hatten ihn nicht verändert. Sein dunkelgraues Haar war voll und wie üblich trug er es kurz und zurückgestrichen. Ein beigefarbener Anzug hob ihn von den Angestellten ab und verriet, welche Position er in diesem Gebäude innehatte. Nicht eine neue Falte zeichnete sein Gesicht. Seine Haut war straff und gebräunt, obwohl ich sicher war, dass das mit der Arbeit von Schönheitschirurgen und regelmäßigen Solariumbesuchen zu tun hatte. Mit gezielten Schritten durchquerte er den Raum und zog mich in seine Arme. Drei Bodyguards folgten ihm und blieben mit etwas Abstand zu uns stehen.

»May Louise, meine geliebte Tochter. Wie sehr du mir gefehlt hast.«

Ich erstarrte zu Eis. Statt seine Umarmung zu erwidern, ließ ich sie bloß über mich ergehen. Dieses offensichtliche Schauspiel väterlicher Zuneigung trieb mir die kalte Kotze hoch. Am liebsten hätte ich ihn von mir gestoßen.

»Willst du deinen Vater nicht umarmen!«, zischte er in mein Ohr und klang dabei viel mehr nach dem Mann, den ich kannte. Eine Warnung, dass wir Zuschauer hatten. Damit holte er mich zurück in die Realität. Statt ihm zu gehorchen, entzog ich mich seiner Berührung.

»Warum hast du mich hergeholt?«, verlangte ich zu wissen und begegnete dem Blick seiner eiskalten, fast schwarzen Augen. Ganz anders als das sanfte Grün von Moms. Zum Glück kam ich nicht in allem nach ihm. Ich ertrug es so schon kaum, in den Spiegel zu sehen und dabei jedes Mal an das Monster erinnert zu werden, das mein Erzeuger war.

»Komm. Wir reden in meinem Büro weiter. Ungestört.« Mit diesen Worten packte er mich am Ellbogen und zog mich mit sich zu den Aufzügen. Seine Bodyguards begleiteten uns in angemessenem Abstand, doch nur einer von ihnen stieg mit uns in den Aufzug. Er stellte sich vor uns an den Eingang und wandte uns den Rücken zu.

Zum ersten Mal seit drei Jahren war ich meinem Vater so nah.

»Sieht so aus, als würden deine Drogengeschäfte gut laufen«, sagte ich und ließ meine Stimme mit Absicht angewidert klingen. »Wie viele Menschen mussten sterben, damit du dieses Gebäude in die Höhe ziehen konntest?«

Ich musterte ihn mit einem abfälligen Blick, aber wie immer war meinem Vater egal, was ich über ihn dachte. *Ich* war ihm egal. Für ihn war ich nichts als eine weitere Schachfigur auf dem Spielbrett, die er kontrollieren wollte.

»Wie ich sehe, hast du deine scharfe Zunge nicht verloren. Du sagst, was du denkst. Auch wenn es noch so unangebracht ist.«

Damit spielte er auf die vielen Male an, die ich ihn vor seiner Frau, seinen Mitarbeitern und jedem, der gerade in Hörweite war, kritisiert hatte. Etwas, das in seinen Augen unverzeihlich war. Denn nach außen hin mussten wir eine geschlossene Front präsentieren.

»Wie könnte die Wahrheit unangebracht sein, William?«

»William?«, wiederholte er skeptisch. »Willst du mich nicht Dad nennen?«

Ich sah ihn ausdruckslos an, aber seine Worte schnürten mir die Kehle zu. Früher, als kleines Mädchen, hatte ich ihn *Daddy* genannt. Ich hatte ihn geliebt, so unendlich, dass es fast schon an Vergötterung grenzte. Er war mein Held, bis er dieses Bild für alle Zeiten zerstörte und damit alles, worauf ich vertraut hatte.

»May Louise …«, schlug er einen sanfteren Ton an.

»May!«, fuhr ich ihn scharf an. »Ich heiße May.«

Seufzend schloss er die Augen und massierte mit zwei Fingern auf jeder Seite seine Schläfen, während der Aufzug uns langsam weiter hochtrug. Die Anzeige verriet mir, dass wir schon im vierzehnten Stockwerk waren. Den Knöpfen nach zu urteilen, gab es sechsundzwanzig.

»Ich habe keine Kraft mehr, gegen deine ständige Rebellion anzukämpfen. Du bist kein kleines Kind, May Louise. Es wird Zeit, dass du dich wie eine erwachsene Frau benimmst. Ich hatte gehofft, dass die Jahre in Frankreich dir deine kindische Naivität und dein aufmüpfiges Gemüt austreiben würden, aber da habe ich mich geirrt.«

Ich schnaubte wenig damenhaft. »Kindische Naivität? So nennst du es also, wenn eine Tochter nichts als Verachtung für ihren kriminellen Vater übrighat?«

»Das reicht«, fuhr er mich scharf an.

Sein Bodyguard ließ sich nicht anmerken, was er von unserer Unterhaltung hielt. Geschweige denn, dass er sie mitbekam. Trotzdem wusste ich, dass es meinem Vater ein

Dorn im Auge war, dass ich diese Worte vor einem Zuhörer aussprach. Umso mehr Genugtuung verschaffte es mir.

»Was denn? Gefällt dir die Wahrheit nicht? Ist sie zu unangenehm? Wieso hast du mich herbestellt, *Dad?*« Das letzte Wort sprach ich voller Abscheu aus. »Willst du versuchen, unsere Beziehung zu retten? Mir weißmachen, dass du nicht der kaltblütige Mörder bist, für den ich dich halte?«

Mein Vater schüttelte den Kopf. Eine Geste, die verriet, wie sehr ihn dieses Gespräch nervte. Ich biss die Zähne vor Wut zusammen. Was hatte er erwartet, wie es laufen würde? So ging es seit Jahren zwischen uns. Seit ich wusste, wer er wirklich war.

»Deine Professoren haben mich über alles informiert«, fuhr er unvermittelt fort.

»Das Verhalten, das du an den Tag gelegt hast, ist inakzeptabel und hat ab heute ein Ende.«

Meine Personalakte an der Universität in Paris war dicker als die von zehn Studentinnen zusammen. Ich hatte keine Möglichkeit ausgelassen, um den Lehrkräften und meinen Kommilitonen zu zeigen, was ich von dieser Institution und ihnen hielt. Warum ich das getan hatte? Vielleicht wäre es schlauer gewesen, mich zu benehmen und dem Willen meines Vaters zu fügen. Möglicherweise hätte er mich in Paris gelassen.

Aber ich konnte nicht. Etwas tief in mir wehrte sich dagegen. Weil ich unterbewusst gespürt hatte, dass mein Vater mich jederzeit aus meinem Leben reißen konnte. Als ich dachte, Paris könnte eine gute Idee sein, weil es Distanz zwischen mich und meinen Vater brachte, machte ich mir etwas vor. Ich suchte nur eine Rechtfertigung für mich selbst, um mein Los leichter zu ertragen. Zog ein Schauspiel ab. Und der rebellierende, anstrengende und aufmüpfige Teil in mir wusste das. Deswegen hatte ich es nie geschafft, mich zu fügen. Doch der endgültige Tonfall in der Stimme meines Vaters ließ all meine Alarmglocken schrillen.

Das Verhalten, das du an den Tag gelegt hast, ist inakzeptabel und hat ab heute ein Ende.

»Was willst du damit sagen?«, fragte ich und hasste mich dafür, dass meine Stimme so zitterte. Bei dem Ausdruck, der auf seinem Gesicht lag, wurde mir angst und bange. Er hatte mich oft als kindisch bezeichnet und meine Kritik an seiner Person als aufmüpfiges Verhalten abgetan. Mich sogar auf einen anderen Kontinent geschickt, um mich loszuwerden. Aber jetzt sah er mich an, als hätte er mich besiegt.

Pünktlich zu dieser Erkenntnis erreichten wir das oberste Stockwerk. Mit einem hellen *Pling* öffneten sich die Aufzugtüren und der Bodyguard meines Vaters verließ den Fahrstuhl. Vor uns im Flur tauchte eine Gestalt auf. Wie in Schockstarre ließ ich meinen Blick langsam von den sauber glänzenden Schuhen über den perfekt sitzenden Anzug gleiten, bis ich bei seinem Gesicht ankam.

»Tanner«, stieß ich atemlos hervor und mein Innerstes zog sich schmerzhaft zusammen, als ich meiner früheren Jugendliebe gegenüberstand. Dem Mann, den ich fast so sehr verabscheute wie meinen Vater.

Ich hatte gewusst, dass dieser Tag mein ganzes Leben verändern würde, aber dieses Mal übertraf mein Vater selbst meine schlimmsten Befürchtungen.

Kapitel -6-

May

»Endlich sehen wir uns wieder«, begrüßte Tanner mich und zog mich an der Hand aus dem Aufzug, während ich wie erstarrt war. »Du siehst wunderschön aus«, flüsterte er an mein Ohr. Er war viel zu gefasst. Viel zu kalkulierend. Seine Worte jagten mir eine Welle des Unwohlseins durch den Körper.

Mein Vater folgte uns, gemeinsam standen wir auf dem kargen Flur vor seinem Büro. In dieses Stockwerk verschlug es nur die wenigsten Mitarbeiter, weswegen wir ganz allein waren. Der Bodyguard hielt sich einige Schritte entfernt auf. Weit genug weg, um uns Privatsphäre vorzugaukeln, jedoch so nahe, dass er im Notfall schnell eingreifen konnte. Der graue Teppich dämpfte unsere Schritte, bis wir vor der verschlossenen Bürotür meines Vaters standen. Auf einem Glasschild an der Wand prangten die Worte *William Parker.* Während er seine Schlüsselkarte aus der Brusttasche seines Sakkos zog, musterte er Tanner und mich. Eine gefährliche Zufriedenheit legte sich auf seine Gesichtszüge. Eine, die dafür sorgte, dass nackte Angst in mir emporstieg. Wenn mein Vater zufrieden war, bedeutete es für mich nichts Gutes. »Was geht hier vor?«, verlangte ich zu wissen und entriss mich Tanners Griff. Die Stelle, an der er meine Hand berührt hatte, brannte wie Säure.

»Lass uns in das Büro deines Vaters gehen, dort sind wir unter uns«, schlug Tanner vor. So hatte er schon immer mit mir geredet. Beruhigend, falsche Sicherheit versprechend. Es passte zu seinem charmanten Aussehen. Blondes, gepflegtes Haar, ebenmäßige Gesichtszüge und braune Augen. Optisch war er der Traum einer jeden Schwiegermutter. Einen starken Kontrast dazu bildete die Gewalt, mit der er versuchte, mich vom Flur herunter ins Büro zu schleifen. Denn das war der wahre Tanner. Er war nicht nett oder zuvorkommend. Er war genauso viel Monster wie mein Vater. Leider hatte ich zu lange gebraucht, um das zu erkennen.

Ich wehrte mich mit aller Kraft gegen ihn und stemmte die Füße in den Boden. »Ich will wissen, was los ist!«, forderte ich und versuchte verzweifelt, Tanners Hand abzuschütteln. Seine Finger bohrten sich schmerzhaft in meinen Arm.

»May Louise«, bellte mein Vater. Seine wütende Stimme hallte von den Wänden wider und ließ mich bis ins Innerste erbeben. »Ich habe genug von deinem Verhalten und mir gehen die Entschuldigungen für dich aus. In den letzten Jahren hast du dir mehr als ausreichend zu Schulden kommen lassen. Allein wie du rumläufst!«

Mit der Hand machte er eine abfällige Bewegung, die mein gesamtes Outfit einschloss. Zu dem roten Mantel trug ich einen dunkelgrünen Schal und braune Stiefel. Eine Wahl, die in den Augen meines Vaters inakzeptabel war. Ich musste mich zwingen, unter seinen verurteilenden Blicken und scharfen Worten nicht zu Boden zu sehen. Ich erinnerte mich daran, dass ich das wollte. Ich *wollte* gegen ihn rebellieren und gab ihm bewusst keinen Grund, stolz auf mich zu sein. Denn William Parkers Anerkennung kam mit einem hohen Preis einher. Dennoch verletzten mich seine harschen Worte und ich erkannte, dass ich noch immer nicht über den Wunsch hinweg war, mein Vater möge mich bedingungslos lieben.

»Deinetwegen werde ich zu einer Lachnummer. Meine Geschäftspartner zerreißen sich hinter meinem Rücken das Maul über mich. Der Drogenbaron, der seine eigene Tochter nicht im Griff hat. «

Mit aufgerissenen Augen sah ich ihn an. »Ach, darüber reden die Leute. Aber dass du unter dem Pantoffel eines ehemaligen Nacktmodels stehst, interessiert sie nicht?«

Tanners Griff um meinen Arm wurde noch fester, als er mich dicht an sich zog. »Was soll das?«, zischte er empört. Kein Wunder. Für ihn konnte mein Vater nichts falsch machen. Er stellte ihn auf ein Podest, als handelte es sich bei ihm um einen Gott. Er saugte gierig jedes Wort und jede Geste ein, die mein Vater an ihn richtete. Seit seiner Jugend arbeitete er für unser Unternehmen. Um genau zu sein, seitdem mein Vater ihn vor seinem gewalttätigen Stiefvater gerettet hatte. Um ihre Drogensucht zu finanzieren, hatte Tanners Mutter sich auf ihren Dealer eingelassen. Wenn dieser zu viel trank oder einschmiss, ließ er es an Tanner aus, der damals erst fünfzehn war. Der Dealer, sein Name war Hugh, arbeitete zu dieser Zeit für meinen Vater und hinterging ihn. Er behauptete, dass ihm eine beachtliche Menge Koks geklaut worden war, in Wahrheit vertickte er den Stoff und steckte die Gewinne selbst ein. Dafür tötete mein Vater ihn. Vor den Augen von Tanner und seiner Mutter. Während sie hysterisch geworden war und einen Nervenzusammenbruch erlitt, hatte Tanner nur dagesessen, ganz ruhig, und den Leichnam seines Stiefvaters lächelnd angesehen.

Mein Vater hatte mir die Geschichte erzählt, als ich noch viel zu jung gewesen war, um sie zu hören oder sie zu verstehen. Damals glaubte ich, dass er Tanner aus

Barmherzigkeit zu sich geholt hatte. Heute verstand ich es besser. An jenem Tag sah mein Vater etwas in Tanners Augen. Etwas Dunkles. Er erkannte, dass er ihn zu genau dem Mann formen konnte, den er brauchte.

»Es wird Zeit, dass du den Platz in der Familie einnimmst, für den du geboren wurdest«, fuhr mein Vater ungerührt fort und riss mich aus meinen Gedanken. Er machte eine kurze Pause, bevor er weitersprach: »Du wirst Tanner heiraten. Ihr werdet gemeinsam nach Kolumbien gehen und Tanner wird mit meinen Geschäftspartnern vor Ort zusammenarbeiten. Sobald du einen Erben gezeugt hast, wird er nach New York kommen, um bei mir aufzuwachsen und als mein offizieller Nachfolger meine Geschäfte zu übernehmen.«

Die Worte rauschten in meinen Ohren, arbeiteten sich durch meinen Körper und ließen mich fast wahnsinnig werden. Ich wusste, wer die Männer waren, die er seine Geschäftspartner nannte und von denen er seine Lieferungen bezog. Die Drogenkartelle Kolumbiens waren so gefürchtet, dass es dutzende Serien, Dokumentationen und Bücher über sie gab. Die Straßen waren ein Schlachtfeld. Eine Leiche mehr oder weniger fiel dort nicht ins Gewicht, solange das Drogengeschäft ungehindert weiterging.

Und mein Vater wollte mich mitten hinein in diese blutrote Hölle schicken, damit ich einen Mann heiratete, den ich nicht liebte. Bloß, um einen Erben zu zeugen. Als wäre das alles, wozu ich gut war. Mein einziger Wert.

»Nein! Du kannst mich nicht zwingen«, schrie ich völlig außer mir. »Niemals werde ich …«

Eine schallende Ohrfeige schnitt mir das Wort ab. Der Schlag brannte so hart auf meiner Haut, dass er mir Tränen ins Gesicht trieb. Fassungslos starrte ich meinen Vater an. Diese Grenze hatte er noch nie überschritten.

»May«, versuchte Tanner mich zu beruhigen. »Dein Vater meint es nur gut mit dir. Und du weißt, dass ich mich um dich kümmern werde. Das habe ich immer getan.«

Ich sah ihn ungläubig an. War das sein Ernst? Wie konnte er so etwas sagen, nachdem ich vor seinen Augen geschlagen worden war? In dieser Situation wurde mir das Ausmaß seines Wahnsinns zum ersten Mal wirklich bewusst.

»Du bist wie er geworden«, sagte ich abfällig. Nie hatte ich größere Abscheu für ihn empfunden. Seine Verehrung für meinen Vater war so tief in ihm verwurzelt, dass er nicht mehr zwischen Richtig und Falsch unterscheiden konnte.

Doch am wütendsten war ich auf mich selbst, weil ich so schwach war. Weil mein Vater mich schlug und ich es nicht zustande brachte, mich zu wehren. Ich ignorierte Tanners Worte. Alles, was ich hören wollte, war, dass das ein schlechter Scherz war. Die Situation fühlte sich surreal an. Als stünden mir zwei Irre gegenüber, die über meine Zukunft entschieden und mir waren die Hände gebunden. Wie konnte das mein Leben sein? Aber das Nächste, was mein Vater zu mir sagte, besiegelte mein Schicksal.

»Ich sagte dir bereits, dass ich genug von deinen Mätzchen habe. Du hattest Zeit, es auf die einfache Art zu lernen, aber das wolltest du nicht. Jetzt musst du mit der harten Tour leben. Die Hochzeit ist in sieben Tagen. Es ist alles vorbereitet. Bis dahin wirst du im Hotel wohnen. Euer Flug nach Kolumbien geht am Morgen nach der Trauung.«

Das war´s. Eine Woche. Eine übers Knie gebrochene Hochzeit.

Mehr hatte mein Vater nicht für mich übrig. Aber er täuschte sich, wenn er glaubte, dass ich das einfach so hinnehmen würde.

»Du bist ein Monster! Ich hasse dich! Ich wünschte, du würdest sterben und in der Hölle verrotten!«, schrie ich, wobei meine Stimme mit jedem Wort mehr von Tränen erstickt wurde, bis sie schlussendlich brach und in einem lauten Schluchzer unterging. Tanner hielt mich fest, weil ich sonst auf meinen Vater losgegangen wäre. Dieser bedachte meinen Ausbruch mit einem enttäuschten Kopfschütteln. Ohne weiter auf mich einzugehen, drehte er sich um und öffnete sein Büro. Sein Bodyguard folgte ihm. »Du klärst den Rest, Tanner«, wies mein Vater an, bevor er die Tür hinter sich schloss.

»May, beruhige dich«, redete Tanner mir gut zu, nachdem wir allein waren, und strich mir über den Rücken. Eine Berührung, die sich durch und durch falsch anfühlte. Alles an dieser Situation war falsch.

»Du machst mich krank«, stieß ich hervor. »Wie kannst du zu so etwas zustimmen?«

Ich entriss mich ihm und stürmte durch den Flur an eines der Fenster. Verzweifelt versuchte ich, es zu öffnen, während Tanner mir folgte. Es war fest verschlossen. Ich brauchte Luft, denn ich drohte an all den Gefühlen zu ersticken, die in mir tobten.

»May, du musst dich beruhigen«, redete Tanner weiterhin sanft auf mich ein und ignorierte meine verächtlichen Worte. Ich sah ihn an, den Mann, in den ich mich vor all den Jahren verliebt hatte, in den ich so viel Hoffnung gesteckt hatte und fragte mich, wie ich in ihm jemals etwas anderes als einen Psychopathen hatte sehen können.

»Tanner, das ist kein Spiel. Es geht um mein Leben! Wie kannst du mir das antun? Wie kannst du das zulassen?«, warf ich ihm die ersten Worte an den Kopf, die ich in meinem Gedankenchaos zu fassen bekam.

»Wie ich dir das antun kann? May, ich liebe dich, das weißt du. Wenn du mir vorwerfen willst, dass ich mein Leben mit dir verbringen möchte, tu das. Aber das wird nichts an meinem Entschluss ändern, dich zu heiraten.«

»Ihr könnt mich nicht zwingen«, schrie ich verzweifelt.

»Zwingen?« Tanner kam zwei Schritte auf mich zu, packte mich an den Armen und schüttelte mich leicht. »Wir waren schon mal ein Paar und du warst glücklich. Wir werden es wieder sein, das verspreche ich dir. Du musst nur aufhören, dich gegen deinen Vater zu wehren. Er will dein Bestes. Genauso wie ich. Siehst du das denn nicht?«

Seine Worte festigten die traurige Erkenntnis, die sich bereits in mir angebahnt hatte. Es hatte keinen Sinn, Tanner überzeugen zu wollen. Er hätte schon damals alles getan, um meinem Vater zu gefallen. Wie hatte ich glauben können, dass es heute anders wäre? Ich erstarrte in seinen Armen. Keine Kapitulation. Nur eine kurze Pause, während ich über meine nächsten Schritte nachdachte. Tanner deutete die Situation falsch.

»Ich verspreche dir, dass ich anständig zu dir sein werde. Ich werde ein guter Ehemann sein und dich glücklich machen«, wisperte er heiser und legte seinen Mund auf meinen. Er umschlang mich und zog mich stöhnend an sich. Mit aller Kraft schubste ich ihn von mir.

»Ich werde nicht zweimal denselben Fehler begehen«, spie ich ihm entgegen.

Mit einem gefährlichen Knurren schlug Tanner mit der flachen Hand gegen das Fenster, sodass die ganze Scheibe hinter meinem Rücken erzitterte. Sein Gesicht war zu einer wütenden Maske verzerrt. Er beugte sich dicht zu mir, bis ich nichts außer seinen kalten Augen und vereinzelten blonden Haarsträhnen sehen konnte.

»Dein Vater hatte recht. Wir haben es auf die sanfte Tour versucht und es hat nichts gebracht. Du weißt Nettigkeit nicht zu schätzen, May. Aber keine Sorge: Wenn wir erst einmal verheiratet sind, werde ich dir solche Undankbarkeiten austreiben. Dann hast du ein ganzes Leben Zeit, um mich lieben zu lernen.«

Geschockt von seinem Wutausbruch starrte ich ihn an, meine zitternden Hände fest gegen die Fensterscheibe in meinem Rücken gepresst.

Tanner drückte mir einen harten Kuss auf die Stirn.

»Wir werden morgen Abend gemeinsam essen. Um sieben ist der Fahrer bei dir«, informierte er mich und ließ mich allein im Flur stehen, um meinem Vater in sein Büro zu folgen. Meine Knie wollten unter mir nachgeben. Mein ganzer Körper verlangte danach, auf den Boden zu sinken und eins mit ihm zu werden. Aber ich verbot mir diese Schwäche. Jetzt war nicht der Augenblick dafür. Mir lief die Zeit davon und ich brauchte einen Plan. Auf keinen Fall würde ich zulassen, dass mein Vater mich wie ein Stück Vieh verschacherte.

Tanners Gefühle waren mir nicht neu. Er nannte es Liebe und vermutlich glaubte er selbst daran, dass es die Wahrheit war. Doch er hatte nie erlebt, was es bedeutete, jemanden wirklich zu lieben. Seine Mutter war eine Drogensüchtige, sein Vater ließ ihn als Kind im Stich und sein Stiefvater misshandelte ihn jahrelang. Wie sollte er seine eigenen Gefühle mir gegenüber da verstehen? Aber ich wusste es besser. Das war keine Liebe. Es war Besessenheit. Nicht von mir, sondern von dem Gedanken, was er durch mich erlangen konnte. Deswegen hatte ich mich vor vier Jahren von ihm getrennt, nachdem wir einige Monate ein Paar gewesen waren.

Damals hatte ich geglaubt, endlich einen Mann gefunden zu haben, der stark genug war, um sich gegen meinen Vater durchzusetzen. Andere Kerle hatten mich gemieden und einen großen Bogen um mich gemacht. Sie alle fürchteten William Parkers Zorn. Aber nicht Tanner. Er hatte sich getraut, mich um ein Date zu bitten. Ich glaubte, dass er mehr in mir sah. Dass er derjenige war, der mir die Freiheit schenken konnte, nach der ich mich sehnte. Ich hatte es mir so sehr gewünscht, dass ich blind alle Anzeichen übersah. Zum Beispiel, dass manchmal wenige Worte ausreichten, um ihn ausflippen zu lassen. Dass er schon bei einfachen Diskussionen laut wurde. Dass ich mich in solchen Momenten nicht sicher bei ihm fühlte. Ich ignorierte die Zweifel, denn ich wünschte mir so sehr, dass er mein Ticket raus aus meiner persönlichen Hölle wäre.

Bis zu jenem Abend, an dem ich erfuhr, dass Tanner im Auftrag meines Vaters einen Mann verprügelte. Ich belauschte ein Gespräch zwischen einigen seiner Leute, die vorbeigekommen waren, um im Herrenzimmer meines Vaters zu trinken, Billard zu spielen und sich mit ein paar Huren zu vergnügen.

Sie schwärmten von Tanners Unerschrockenheit. Der Brutalität, mit der er vorgegangen war. Ihre Worte drehten mir den Magen um. Ich schaffte es gerade noch ins nächste Badezimmer. Da erkannte ich, dass Tanner nicht mein Weg aus der Hölle war. Er war ein Bestandteil davon und er wollte mich darin festhalten.

Genauso, wie mein Vater es geplant hatte.

Aber nicht heute.

Mit achtzehn war ich zu schwach gewesen, um für mich selbst einzustehen. Zu sehr abgelenkt von dem Wunsch, dass irgendwer kommen und mich retten würde. Vier Jahre später hatte ich verstanden, dass dieser Jemand nie auftauchen würde. Ich musste für mich selbst kämpfen. Dieses Mal würde ich einen Weg finden, meinem Vater endgültig zu entkommen. Von seinem Radar zu verschwinden. Irgendwohin, wo er mich nicht finden konnte. Statt ein Leben in Glanz und Licht zu führen, entschied ich mich für eines im Schatten, wenn das bedeutete, dass ich dafür frei sein durfte.

Kapitel -7-

River

»Seine Tochter ist in der Stadt«, eröffnete Kent unvermittelt das Telefonat und ich richtete mich ruckartig im Sessel auf. Die letzten Stunden hatte ich damit verbracht, mir in meinem Hotelzimmer den Kopf zu zerbrechen und eine Schwachstelle an William Parker zu finden. Jetzt präsentierte er sie mir mit einer rosa Schleife.

»Bist du sicher, dass die Information korrekt ist?«, fragte ich, ohne mir zu viele Hoffnungen zu machen.

»Ich habe die Meldung gerade von José erhalten. Er hat ein Gespräch zwischen Parkers Bodyguards belauscht. Offensichtlich ist es zwischen Parker und seiner Tochter heute Morgen zu einem schweren Streit gekommen. Er hat sie nach New York einfliegen lassen, um sie mit diesem Tanner zu verheiraten.«

»Parkers gehorsames Äffchen?«, entfuhr es mir verwundert. Tanner Larsson hatte sich in unseren Kreisen einen Ruf gemacht. Als Parkers rechte Hand und der Mann, der mit Freude die Scheiße aus Leuten herausprügelte. Obwohl es in diesem Geschäft nicht unbedingt von guten Männern wimmelte, war Tanner ein besonders grausames Exemplar.

»Genau der«, bestätigte Kent und ich schüttelte angewidert den Kopf.

»Wie kann ein Mann seine Tochter so einem Kerl überlassen?« Als Frau hätte ich mich lieber von einer Brücke gestürzt, als mich unter einen Typ wie Tanner zu legen. Aber wie hoch konnten ihre Moralvorstellungen schon sein, wenn ihr Vater

William Parker war? Vermutlich interessierte sie nur, dass sie sich keine Sorgen um ihr Kreditkartenlimit machen musste. Nicht, wie viele Leute dafür draufgingen.

»Unser Informant sagt, dass die Kleine sich heftig gegen diese Entscheidung gewehrt hat«, widerlegte Kent meine Theorie im nächsten Moment und ich horchte interessiert auf.

»Wie meinst du das?« Mit der freien Hand rieb ich mir die müden Augen. Mittlerweile war ich seit fast zwanzig Stunden wach. Doch an Schlaf war nicht zu denken.

»Sie war sehr aufgebracht, als sie das Gebäude verlassen hat«, fuhr Kent fort. Seine Worte weckten eine irrwitzige Hoffnung in mir. Aber das konnte nicht sein. So leicht konnte sie es uns nicht machen.

»Du glaubst, dass sie fliehen will?«, sprach ich den Gedanken dennoch aus.

»Ja«, bestätigte Kent. Ich konnte nicht länger sitzenbleiben. Unruhig wanderte ich durchs Zimmer und öffnete ein Fenster, um frische Luft reinzulassen und einen klaren Kopf zu behalten.

»Hast du sie überprüfen lassen?«, fragte ich.

»Das habe ich«, antwortete Kent und seine Stimme klang plötzlich aufgeregt. »Und rate mal, wo sie wohnt.«

Ich riss überrascht die Augen auf. Die Art und Weise, wie Kent diese Frage stellte, schloss aus, dass sie in Parkers Penthouse übernachtete. Das konnte nur bedeuten, dass … nein, es war unmöglich.

»Sie wohnt in der Platin Suite des *Grand Life Hotels*«, eröffnete Kent mir die gute Neuigkeit und ich konnte mir ein lautes Lachen nicht verkneifen.

Ich wusste nicht, ob es Schicksal war, Karma oder einfach nur Parkers Dummheit. Auf jeden Fall servierte er uns seine Tochter auf dem Silbertablett.

»Wie willst du es anstellen?«, wollte Kent wissen. Er hasste Parker und wollte ihm eins auswischen. Vielleicht mehr als ich. Denn bei den Angriffen waren Männer zu Schaden gekommen oder gar verstorben, mit denen Kent Tag für Tag zusammenarbeitete. Loyale Mitarbeiter, bei denen er sich geschworen hatte, ihnen ein guter Chef zu sein. »Willst du ihr auflauern, wenn sie allein ist? Oder ihr heimlich etwas in den Drink mixen? Wir können auch einen unserer Männer auf sie ansetzen und sie abstechen lassen, so wie sie Pablo abgestochen haben.«

Gleiches muss mit Gleichem vergolten werden.

Sals Lektion kam mir in den Kopf. Aber war das der richtige Weg?

»Nein«, antwortete ich bestimmt. »Wir lassen sie am Leben.«

»Was?«, stieß Kent überrascht aus und schickte einen wütenden Fluch hinterher. »Bist du von allen guten Geistern verlassen? Das ist unsere Chance, es ihm heimzuzahlen.«

»Und dann?«, fuhr ich ihn an. »Denk nach. Was passiert danach? Wir bringen Parkers Tochter um und im Anschluss tötet er wieder einen unserer Männer. Das würde nur zu Krieg führen.«

Kent schnaubte verächtlich. »Er hat keine Gnade verdient.«

»Das habe ich auch nicht gesagt«, wies ich ihn zurecht. Normalerweise war Kent der Ruhigere von uns beiden. Derjenige, der mit Bedacht an die Dinge heranging. So getrieben von dem Wunsch nach Vergeltung hatte ich ihn noch nie erlebt.

»Was ist dann dein Plan?«, verlangte er zu wissen und ich musste mich daran erinnern, dass ich gerade nicht nur mit meinem Mitarbeiter sprach, sondern auch mit meinem besten Freund, der bald Vater wurde und sich wahrscheinlich um die Sicherheit seiner Familie sorgte. Daher brachte ich Verständnis für seinen harschen Tonfall auf.

»Wir entführen sie«, eröffnete ich ihm meine Idee. Je mehr ich darüber nachdachte, desto besser gefiel sie mir. »Wir kidnappen Parkers Tochter und erpressen ihn, damit er sich endgültig aus dem Geschäft zurückzieht und uns den New Yorker Markt überlässt.«

William Parker würde stets versuchen, an mehr Macht zu gelangen. Solange es ihn gab, war er ein Problem. Die einzige Möglichkeit, ihn und seine Familie nicht vollständig auslöschen zu müssen, war, dass er die Stadt verließ. Er hatte genug Geld verdient, um sich irgendwo in der Karibik zur Ruhe zu setzen. Die Wahl lag bei ihm.

»Und wenn er sich nicht darauf einlässt?«, fragte Kent skeptisch und sprach damit einen Zweifel an, den auch ich hatte. War seine Tochter ihm mehr wert als seine Macht?

»Sollte er nicht auf unsere Forderung eingehen, bekommt er seine Tochter trotzdem wieder. Stück für Stück«, antwortete ich ruhig. Ich hoffte, dass es nicht so weit kommen würde. Ich hatte bereits getötet. Mehrmals. Aber ausschließlich, um mein Leben oder das eines anderen zu verteidigen. Niemals kaltblütig. Niemals geplant.

Gleiches muss mit Gleichem vergolten werden.

Ich hoffte, dass es nicht so weit kommen würde.

Aber wenn es sein musste, würde ich bis zum Äußersten gehen.

Kapitel -8-

May

Selbst zwei Stunden nach dem Zusammentreffen mit meinem Vater zitterte ich noch am ganzen Körper. Meine Nerven waren zum Zerreißen gespannt. Gleich würde ich den Verstand verlieren! Das Wissen darüber, was mein Vater bereit war, mir anzutun, machte mich wahnsinnig. Seit meiner Rückkehr ins Hotel lief ich wie besessen in der Suite auf und ab. Aber so sehr ich mir auch den Kopf zerbrach, wusste ich doch, dass nichts meinen Vater umstimmen konnte, wenn er sich einmal entschieden hatte.

Er hatte mich meiner Mutter entrissen, meinem einzigen echten Zuhause, und mich von sich gestoßen, als seine neue Frau mich nicht ertrug. Immer, weil er es für das Richtige hielt. Für sich. Ich war für ihn … ich wusste nicht, was ich für ihn war. Aber ich wusste, dass seine Vaterliebe nicht stark genug war, um ihn von diesem Vorhaben abbringen zu können.

Seufzend ließ ich mich auf dem schicken Sofa im französischen Stil nieder und vergrub das Gesicht in den Händen. Mit den Fingern fuhr ich über meine Augen, ein verzweifelter Versuch, meine Tränen zurückzuhalten.

Heulen bringt dir gar nichts, May.

Trotzdem strömten die Tränen einfach aus mir hervor, wie ein unaufhaltsamer Fluss. Für einige Minuten erlaubte ich mir diese Schwäche. Langsam glitt ich auf den Boden, die Knie eng an die Brust gezogen, die Arme um die Beine gelegt und das Sofa im Rücken.

Seit Mutters Tod hatte ich mich nicht mehr so hilflos und ausgeliefert gefühlt.

Ich musste mich zusammenreißen und nach einer Lösung suchen.

Aber ich brauchte noch eine Weile, bevor ich mich tatsächlich beruhigen konnte. Dann wischte ich mir entschlossen mit dem Handrücken über das nasse Gesicht. Mit dem Versiegen meiner Tränen kam ein glasklarer Gedanke. Meine einzige Möglichkeit. Flucht.

Ich musste fliehen und niemals zurückkehren.

Aber wie sollte ich das anstellen? Vaters Leute waren überall.

Es gab nur eine Antwort. Ich musste untertauchen, mich in ein anderes Land absetzen und dort ein völlig neues Leben führen. Ohne offizielle Dokumente. Vielleicht würde ich mir irgendwann eine falsche Identität zulegen können. Aber bis dahin musste ich mich mit allen Jobs über Wasser halten, die man schwarz ausüben konnte. Ich dürfte keinen Mietvertrag haben, kein Bankkonto, nicht einmal eine scheiß Payback Karte konnte ich mir auf meinen Namen zulegen. Denn das alles könnte mein Vater zu mir zurückverfolgen. Problemlos. May Louise Fields musste sterben. Ich wäre irgendwer ohne Namen, aber immer noch ich. Vielleicht in Armut, dafür in Freiheit. War ich bereit, all meine Privilegien aufzugeben? Bisher hatte die Antwort Nein gelautet. Sonst hätte ich diesen Schritt viel früher in Erwägung gezogen. Aber jetzt … definitiv. Der Preis, den ich sonst zahlen würde, war zu hoch. Meine Freiheit und die Unschuld meines Kindes. Wenn ich blieb, besiegelte ich seine Zukunft noch vor seiner Geburt. Und was würde mein Vater tun, wenn ich ein Mädchen zur

Welt brachte? Keinen heißersehnten Erben. Würde er sie auch möglichst gewinnbringend an den Erstbesten verheiraten? Nein, das durfte ich nicht zulassen. Es ging um so viel mehr als nur um mich. Es ging um meine zukünftige Familie. Ich wollte nicht, dass sie den Kampf austragen mussten, in dem ich schon mein ganzes Leben lang steckte. Er würde ein Ende finden. Mit mir.

Entschlossener, als ich mich jemals gefühlt hatte, rief ich bei der Rezeption an und ließ Arabella zu mir auf mein Zimmer schicken. Um keine Aufmerksamkeit zu erregen, bestellte ich sie mit Kaffee und Kuchen zu mir. Das war nichts Ungewöhnliches, denn das war eine lang andauernde Tradition bei uns und wir kamen ihr bei jedem meiner Besuche nach. Für mich war es eine Chance gewesen, der Einsamkeit meines Hotelzimmers zu entkommen und für Arabella eine Flucht aus dem stressigen Arbeitsalltag. Da mein Vater ein hochangesehener Mann war und man mich zufriedenstellen wollte, erhob niemand sein Wort gegen diesen kleinen Brauch.

Keine zwanzig Minuten später klopfte es an meiner Tür. Als ich sie öffnete, strömte mir der Duft von frisch aufgebrühtem Kaffee entgegen. Auf zwei goldverzierten Tellern lagen großzügig abgeschnittene Stücke einer Schokotorte. Als mir Arabellas Blick über den Servierwagen hinweg begegnete, spürten wir beide, dass dieser Tag anders war. In ihren Augen las ich, dass sie wusste, dass etwas nicht stimmte.

Ich zog die Tür ein Stück weiter auf. Wortlos schob sie den Wagen an mir vorbei ins Zimmer. Dann blieb sie mitten im Raum stehen und sah mich mit einem Ausdruck an, der mir die Luft abschnürte. Meine Brust zog sich eng zusammen und mein Herz schrie vor Schmerz. Ich schloss die Tür, stürmte auf Arabella zu und ließ mich in ihre weichen Arme fallen. Sie nahm mein Gesicht zwischen ihre Hände und musterte die Spuren, die die Tränen darauf hinterlassen hatten.

»Ich wusste, dass es nichts Gutes bedeuten kann, wenn er dich zu sich rufen lässt«, stieß sie verbittert hervor. Arabella hatte miterlebt, wie mein Vater mich behandelte. Wenn jemand ihn so sehr verabscheute wie ich, war sie es. Sie würde mir helfen, das wusste ich.

Ich erzählte ihr von den Geschehnissen am Morgen und den Plänen, die mein Vater für mich geschmiedet hatte. Als ich ihr von seinem Wunsch nach einem Erben und Nachfolger für seine Geschäfte berichtete, schlug sie bestürzt die Hand vor den Mund. »Welches Monster raubt einem unschuldigen Kind seine Zukunft, nur damit sein blutiges Geschäft überdauert?«

Ich wusste nicht, was ich darauf antworten sollte. Mein Vater war ein furchtbarer Mensch und ich könnte mich nicht mehr für meine Abstammung schämen.

»Deswegen brauche ich deine Hilfe«, sagte ich und atmete tief durch, um meinen Mut zu sammeln. »Ich habe einen Plan.«

Kapitel -9-

River

»Und du bist sicher, dass du das durchziehen willst?« Sals Stimme klang ernst. Zum ersten Mal glaubte ich, Besorgnis in seinen Worten mitschwingen zu hören. Nachdem Kent und ich noch eine Weile über unsere Entscheidung nachgedacht hatten, beschloss ich, Sal anzurufen und ihn in Kenntnis zu setzen. Dank Teresa aus dem IT-Team hatten wir viele nützliche Informationen über Parkers Tochter. Ihr Name war May Louise Fields. Als ich ihn das erste Mal gehört hatte, hatte ich ein Augenrollen unterdrücken müssen. Ein typischer Name für ein reiches, verwöhntes Mädchen. Teresa schaffte es, ihre Social Media Accounts zu hacken. So erfuhren wir, dass May die letzten Jahre in Paris gelebt hatte. Dort studierte sie an einer Privatuniversität für Volks- und Betriebswirtschaftslehre und wohnte in einem pompösen Wohnheim, das selbst das *Grand Life* in den Schatten stellte. Parker hatte wirklich keine Kosten gescheut, um es seiner Prinzessin gutgehen zu lassen. Ich sah sie vor mir, wie sie nach ihren Vorlesungen den Pariser Modeboutiquen einen Besuch abstattete, shoppte, bis ihre Kreditkarten glühten und sich danach in einem Restaurant mit Blick auf den Eiffelturm einen überteuerten Salat gönnte. Wohl wissend, dass der Mann, der ihr dieses Leben ermöglichte, ein kaltblütiger Killer war.

Meine Wut auf sie wuchs mit jeder Minute. Doch als Teresa uns ein Bild von ihr schickte, damit wir sie bei der Entführung erkennen konnten, stockte mir der Atem. Ich hatte mich geräuspert und kurz wegsehen müssen. Langes schwarzes Haar umrundete ihr schönes Gesicht, das so unschuldig aussah, dass selbst ich kurz zweifelte. Ihre Haut war fast so hell wie Porzellan. Ihre roten Lippen und das leuchtende Grün ihrer Augen bildeten einen starken Kontrast dazu. Sie sah aus wie ein verdammtes Schneewittchen. Anmutig, wunderschön ...

»River, bist du noch dran?«, riss Sals Stimme mich aus meinen Gedanken und brachte mich zurück in die Realität. Ich richtete das Handy gerade an mein Ohr und vertrieb die Bilder von May aus meinem Kopf.

»Ich bin noch dran«, antwortete ich fest. »Und ich bin mir zu einhundert Prozent sicher. Parkers Tochter ist unsere einzige Chance, ihn ein für alle Mal loszuwerden.«

Während ich mit Sal telefonierte, hatte Kent sich auf den Weg gemacht, um das Penthouse in Manhattan für unseren baldigen Besuch vorzubereiten. Es lag nur wenige Querstraßen entfernt vom *Grand Life* und damit auch vom Parker Building, weswegen es keine dauerhafte Lösung war. Nur solange keiner wusste, dass wir May hatten, war es akzeptabel. Sobald wir Parker die erste Botschaft schickten, mussten wir sie fortschaffen. Ich würde sie mit mir nach Brasilien nehmen. Meine Villa dort war groß, abgelegen und mit allen Sicherheitsvorkehrungen ausgestattet. Ein perfekter Ort, um eine Gefangene zu halten. War sie erst einmal dort, hätte Parker keine Chance, an sie heranzukommen. Das war unverzichtbar, denn so wie ich ihn einschätzte, würde er sein Imperium nicht kampflos aufgeben.

Ich hatte erwartet, dass Sal den Plan gut finden würde. Stattdessen zögerte er mit seiner Antwort und schwieg für seine Verhältnisse zu lange.
»Oder siehst du noch eine andere Möglichkeit?«, fragte ich daher.
Sal seufzte. »Nein, du hast recht. Die Idee ist nicht schlecht.«
»Aber?«, bohrte ich nach und warf einen Blick auf die Rolex an meinem Handgelenk. Viertel vor vier. In ein paar Stunden würde ich sicherheitshalber schon mal aus dem Hotel auschecken.
»Was willst du mit der Kleinen machen, wenn Parker sich nicht auf den Deal einlässt?«
Ich schnaubte verächtlich. »Denkst du, dass er seine Tochter den Haien zum Fraß vorwerfen würde, nur um sein Unternehmen zu retten?«
Selbst, wenn er es nicht aus Vaterliebe tun wollte, war May Parkers einzige Chance auf einen Erben. Die einzige Möglichkeit, seinen Namen weiterleben zu lassen. Wenigstens das sollte ihm Motivation genug sein.
»Parker ist unberechenbar. Du hast gesagt, dass er seine Tochter mit Tanner verheiraten will. Gegen ihren Willen.«
»Worauf willst du hinaus?«, fragte ich unruhig, denn ich ahnte, was kommen würde.
»Er ist bereit, sie mit einem Monster zu verheiraten, weil er Nutzen darin sieht. Sein ganzes Handeln dreht sich darum, möglichst viel für sich selbst herauszuschlagen. Was, wenn es ihm egal ist, dass wir sie haben? Weil er seine Macht niemals aufgeben würde?«

Ich lachte, doch in Wirklichkeit teilte ich Sals Sorgen. Seine Argumente kamen nicht von irgendwoher. Sie hatten Hand und Fuß.

»May ist unsere einzige Chance. Wir müssen es probieren«, sagte ich und ließ mir meine Zweifel nicht anmerken.

Wieder seufzte er.

»Was noch, Sal?«, fragte ich, weil ich spürte, dass er sich meinetwegen zurückhalten wollte. Von Sal kritisiert zu werden, störte mich nicht im Geringsten. Er blickte auf viele Jahre Lebenserfahrung zurück. Wenn er etwas sagte, war es ratsam, darüber nachzudenken.

»River, mein Junge. Du hast immer zu den Guten gehört. Als du zu mir kamst, hast du alle Prostituierten mit *Miss* angesprochen«, verlor Sal sich in Erzählungen und ich hörte ihm schmunzelnd zu. An diese Zeiten erinnerte ich mich gut. Es hatte Jahre gedauert, bis ich mir das hatte abgewöhnen können.

»Du hast haufenweise Straßenhunde angeschleppt. In meinem Garten gab es mehr verdammte Streuner als auf den Straßen von Rio. Als du das erste Mal einen Mann töten musstest, hast du dein Zimmer tagelang nicht verlassen.«

Seine erste Leiche vergaß man nicht. An jenem Tag hatte Sal mich in seinem Puff in Rio abgesetzt, weil er etwas zu erledigen hatte. Ich verbrachte gern Zeit dort, weil ich mich vor den Frauen nicht beweisen musste. Ich konnte ein paar Minuten abschalten. Meistens spielte ich Playstation oder sah mir mit den Frauen eine der Telenovelas an, die sie so liebten. An diesem Tag waren alle bis auf Sheila auf einem Außentermin bei Kunden. Ein Mann betrat das Bordell und Sheila führte ihn in ihr Zimmer. Nach ein paar Sekunden hörte ich ihre Schreie. Ich war damals erst sechzehn, doch Sal bestand darauf, dass ich eine Waffe bei mir trug. Ich rannte wie ein Irrer die Treppen rauf, während die Laute aus Sheilas Zimmer zunehmend verzweifelter wurden. Als ich die Tür aufstieß, sah ich nur noch, wie der Kerl mit einem Messer auf sie losgehen wollte, während sie halbnackt und wehrlos vor ihm lag, mit zahlreichen Schnittwunden an den Armen und im Gesicht. Ich dachte nicht nach, sondern zielte und drückte ab. Der erste Schuss traf ihn in die Seite, der zweite in den Kopf. Obwohl er zu Boden fiel, verpulverte ich in meiner Panik das ganze Magazin. Immer wieder drückte ich den Abzug, bis keine Kugeln mehr flogen. Dann stand ich da, mit zitternden Händen und ließ zu, dass Sheila mich in ihre Arme zog.

Die Polizei in Brasilien ließ die Ermittlungen schnell fallen. Sal kannte die richtigen Leute und mit Sheilas Aussage war ich fein raus. Unschuldig. Zumindest offiziell, nicht aber in meinem Inneren. Denn machte es wirklich einen Unterschied, ob man einen Menschen in Notwehr tötete? Das Ende blieb dasselbe. Ein Menschenleben war beendet worden. Eine unumkehrbare Tat, egal aus welchen Gründen sie begangen worden war.

Von dem Tag an hatte ich das Bordell nur noch besucht, wenn geschäftliche Dinge zu erledigen gewesen waren. Denn der einzige Ort, an dem ich unbeschwert hatte sein können, war zerstört worden. Von mir selbst.

»Das ist lange her«, sagte ich leise. »Ich bin nicht mehr der Teenager von damals.«

Ich wusste nicht, wen ich überzeugen wollte, Sal oder mich. Obwohl mehr als zehn Jahre zwischen heute und dem Vorfall lagen, erinnerte ich mich daran, als wäre es gestern gewesen. Auch wenn seither viele weitere Leichen meinen Weg gekreuzt hatten, vergaß ich diesen Mann von damals nie. Oft genug suchte er mich nachts in meinen Träumen heim.

»River, ich habe dich zu meinem Nachfolger gemacht, weil du anders bist. Du kennst Erbarmen. Du besitzt Menschlichkeit. Deswegen war ich immer sehr stolz auf dich«, redete Sal auf mich ein.

»Mach dir keine Sorgen. Wenn es sein muss, kann ich sie töten.«

»Und genau das macht mir Sorgen, mein Junge«, sagte er und sein Tonfall hatte etwas Trauriges bekommen. »Ich habe keine Angst davor, dass du es nicht tun kannst. Ich fürchte mich vor dem, was es mit dir macht.«

Kapitel -10-

May

An Schlaf war überhaupt nicht zu denken. Die Angst davor, dass wir auffliegen könnten, hielt mich wach. Stundenlang tigerte ich ruhelos durchs Zimmer und starrte auf die Digitalanzeige der Uhr. Drei Uhr siebenundfünfzig. Gleich würde Arabella kommen, um mich abzuholen.

Ich ließ alles zurück, nahm nur mit, was mir auf meiner Flucht nützlich sein konnte. Geld, Schmuck, meinen Personalausweis, den ich in Paris zusammen mit meiner Geldbörse in einen Fluss werfen würde und eine alte Fotografie von Mom und mir. Eine Erinnerung an sie, die ich immer bei mir trug. Alles, was ich für den Start in ein neues Leben brauchte, fand Platz in einem kleinen Rucksack. Den Rest würde ich hinter mir lassen.

War ich erst einmal in Frankreich, konnte ich von dort aus in jedes Land der Europäischen Union fahren. Ohne Grenzkontrolle. Von da an wäre es für meinen Vater unmöglich, meine Schritte nachzuverfolgen. Mit etwas Glück konnte ich es bis nach London schaffen, ohne dass ich ein einziges Mal nach meinem Personalausweis gefragt wurde. Eine Stadt mit über acht Millionen Einwohnern und einer enormen Dunkelziffer an illegalen Einwanderern. Der perfekte Ort, um unsichtbar zu werden. Dort würde ich mich aufhalten, bis ich es schaffte, mir eine falsche Identität zuzulegen. In London konnte ich die richtigen Leute treffen. Auf dem dortigen Schwarzmarkt konnte man beinahe alles kaufen. Es waren Menschen wie mein Vater. Kriminelle. Nur statt mit Drogen zu dealen, handelten sie mit anderen Dingen. Gefälschte Lizenzen, Identitäten. Sogar einen Doktortitel konnte man sich besorgen, wenn man genug Geld auf den Tisch legte. Dank dem Umgang mit den Männern meines Vaters wusste ich von Banden und ihren Geschäften auf der ganzen Welt. Wusste, wer wo das Sagen hatte und auch ungefähr, wo ich sie finden könnte. Auch wenn ich sie nie gesehen, nie mit ihnen zu tun gehabt hatte. Man konnte es als eine Art Marktanalyse betrachten. Wissen ansammeln, das einem irgendwann nützen konnte. Und wenn ich es schaffte, wie geplant Geld und Schmuck durch die Zollkontrolle zu schmuggeln, würde es mir schnell gelingen, mir eine falsche Identität zu besorgen. Dann wäre ich innerhalb weniger Tage im Besitz eines neuen Lebens.

Unauffindbar für alle Zeit.

Arabella würde mir helfen, das Hotel unbemerkt zu verlassen.

Um Punkt vier Uhr klopfte es einmal leise an der Zimmertür. Kaum hörbar, wenn man nicht gerade wie besessen auf das Geräusch wartete. So langsam wie möglich, um keinen Lärm zu verursachen, öffnete ich die Tür und Arabella schlüpfte hindurch.

»Hier«, flüsterte sie und drückte mir eine Tüte in die Hand, aus der ich eine Kellnerinnenuniform hervorzog. »Zieh die an, damit schaffen wir es unbemerkt in die Küche.«

»Was hat eine Kellnerin um diese Uhrzeit in der Küche verloren?«, bemerkte ich skeptisch, begann jedoch, mich umzuziehen. Jede Sekunde zählte. Ich durfte keine wertvolle Zeit verlieren.

»Das Frühstückbuffet beginnt um sechs. Ich schmuggle dich unter dem Vorwand hinein, dass du neu bist und ich dich einlernen will, die Tische zu decken, wenn noch nicht viele Gäste da sind und keiner deine Fehler sehen kann. Das ist das übliche Vorgehen. Niemand wird Verdacht schöpfen.«

Ich nickte. Arabellas Part war es, mich irgendwie unbemerkt aus dem Hotel zu schaffen. Sie kannte jeden Winkel des Gebäudes in- und auswendig. Ohne sie könnte ich nie unentdeckt herauskommen. Zwar hätte ich das Vorgehen gern genauer mit ihr durchgesprochen, doch dafür blieb keine Zeit. Ich musste darauf vertrauen, dass Arabella wusste, was sie tat.

Keine fünf Minuten später schlichen wir uns leise in den Flur. Meinen Rucksack geschultert, folgte ich Arabella zu der Tür mit der Aufschrift *Notausgang*. Die Aufzüge waren zu riskant, denn sie veranstalteten einen Höllenlärm und man wusste nie, wer noch einstieg.

Über das Treppenhaus hetzten wir zwölf Stockwerke nach unten. Als wir im Erdgeschoss ankamen, gab Arabella mir ein wenig Zeit, meine Atmung zu normalisieren. Gemeinsam standen wir an der Tür, die uns vom Empfangsbereich des Hotels trennte und lauschten, ob sich draußen etwas tat.

»Wenn wir gleich da reingehen, hältst du den Kopf gesenkt«, wies sie an und ich nickte. »Ich will nicht, dass dich jemand erkennt.«

Mein Herz raste wie wild, aber ich versuchte, Ruhe zu bewahren und mich auf ihre Worte zu konzentrieren.

Du schaffst das, May. Du musst das schaffen.

Arabella drückte eine schwere Tür auf und führte mich hindurch. Vor mir tauchte der Hotelflur auf, der direkt zur

Rezeption führte. An der wir zwangsläufig vorbeimussten, wenn wir vom Treppenhaus aus in die Küche wollten. Die Dienstbotenzugänge lagen auf der anderen Seite des Gebäudes. Vermutlich, damit die Gäste und das Personal sich nicht ständig über den Weg liefen. Luxushotels liebten es, ihren Besuchern vorzugaukeln, dass sich die Arbeiten wie von Zauberhand erledigten. In meinem speziellen Fall war das gerade kein Vorteil. Es war der riskanteste Teil des Plans. Wenn wir Gefahr liefen, aufzufliegen, dann hier. Denn auch, wenn ich lange Zeit im Hotel gelebt hatte, kannte ich kaum jemanden vom Küchenpersonal. Zum einen verließen sie ihren Arbeitsplatz selten und zum anderen wechselten die Mitarbeiter dort in viel kürzeren Zeitabständen als in anderen Positionen. Nein, von ihnen kannte kaum einer mein Gesicht. Aber die Rezeptionisten und Kellner schon.

Um ehrlich zu sein, war eine Uniform kaum genug, um meine wahre Identität zu verbergen. Ein genauerer Blick und sie wussten, wen sie vor sich hatten. Aber was hätte ich anderes anziehen sollen? Ein Kostüm? Darin wäre ich vermutlich noch mehr aufgefallen. Also blieb nur zu hoffen, dass keiner einer schüchternen Kellnerin, die gerade ihren ersten Arbeitstag hatte, Beachtung schenkte.

»Komm«, zischte Arabella leise und wartete in der offenen Tür, als ich ihr nicht folgte. Ich war wie angewurzelt stehengeblieben. Angst lähmte mich. »May, wir dürfen keine Zeit verlieren.«

Arabella hatte recht. Ich gefährdete den Plan mit meinem Verhalten. Ich versuchte meine Gedanken zu fokussieren und folgte ihr, während sie zügig durch die weite Halle schritt. Den Blick hielt ich bestmöglich gesenkt und ließ mir die Haare ins Gesicht fallen, in der Hoffnung auf mehr Anonymität. Dass wir in der großen Hotellobby ankamen, erkannte ich nur daran, dass der rote Teppich unter meinen Füßen von hellen Marmorfließen abgelöst wurde. Unsere Schritte hallten laut durch den weiten leeren Raum, egal wie viel Mühe wir uns gaben, leise zu sein. Schweiß breitete sich auf meinen Handflächen aus und ich wischte sie fahrig am Rock meiner Uniform ab. Wenn wir weiter so einen Lärm veranstalteten, würden wir noch das Sicherheitspersonal auf den Plan rufen.

»Hey«, rief eine männliche Stimme hinter uns und ich zuckte schreckhaft zusammen.

»Bleib ruhig«, ermahnte Arabella mich scharf, bevor wir uns zu der Stimme umdrehten. Ein Mann in blauer Rezeptionistenuniform eilte durch die Lobby auf uns zu und wedelte mit der Hand, um uns zu bedeuten, dass wir stehenbleiben sollten. Schnell richtete ich meinen Blick auf den Boden, bevor er zu nahekam und mein Gesicht erkennen konnte.

»Arabella, warte«, rief er und verlangsamte seine Schritte erst kurz vor uns.

»Was gibt es, Walther? Ich habe zu tun«, erwiderte diese barsch mit dem für sie typischen Tonfall.

»Einer der Gäste beschwert sich über das laute Rauschen der Klimaanlage in seinem Zimmer. Du musst hingehen und dir das ansehen. Er sagt, dass er wegen des Lärms kein Auge zubekommt.«

»Ich habe keine Zeit«, teilte Arabelle ihm entschlossen mit. Als er protestieren wollte, schnitt sie ihm das Wort ab. »Wenn es so wichtig ist, geh du hin und sieh es dir selbst an. Die Rezeption läuft ja nicht gerade über vor Arbeit. Aber ich muss die Neue anlernen. In zwei Stunden kommen die ersten Gäste zum Frühstücken und ich weiß nicht, wie ich ihr bis dahin beibringen soll, ein ganzes Buffet einzudecken.«

Um ihre Worte zu unterstreichen, nestelte ich nervös an meinen Fingern herum und ließ die Schultern hängen.

Arabella seufzte. »Die Mitarbeiter, die sie mir schicken, sind auch nicht mehr dasselbe wie früher. Aber man muss mit dem arbeiten, was man bekommt. Wer will schon in der Nachtschicht eingesetzt werden?« Mit diesen Worten wandte sie sich ab und packte mich am Arm, bevor Walther auf die Idee kam, mich genauer in Augenschein zu nehmen. Für den Moment hatte Arabellas Wortschwall bewirkt, dass er stotternd nach Worten suchte.

»Komm, Mädchen. Wir haben viel zu tun.«

»Ich melde dich bei der Hoteldirektion«, rief Walther uns aufgebracht hinterher.

»Wenn du nichts Besseres zu tun hast, mach das gern«, säuselte Arabella, ohne sich nochmal umzudrehen. Zielsicher zog sie mich hinter sich her. Erst als wir um die Ecke verschwunden waren, erlaubte ich es mir, die angehaltene Luft auszustoßen.

»Das war knapp, oder?«, fragte ich nervös und Arabella nickte ernst.

Danach schafften wir es ohne weitere Zwischenfälle bis zur Küche, die so früh beinahe leer war. Nur einer der Lehrlinge war bereits anwesend, schnitt Obst und Gemüse für das Buffet zurecht und dekorierte die ersten Servierteller.

»Das Besteck ist dort vorn. Teller findest du in den Schränken links«, erklärte Arabella mir laut, um unsere Tarnung aufrechtzuerhalten. »Hinten gibt es Servierwagen.

Da lädst du alles drauf und fährst es in den Speisesaal. Das geht schneller, als wenn du es einzeln trägst und hundertmal denselben Weg läufst.«

»Kann ich die Wagen sehen?«, fragte ich laut genug, dass der Lehrling es hören konnte, egal ob er uns gerade wirklich beachtete oder nicht. Die Wagen waren unser Vorwand, unter dem wir es unbemerkt zum Hinterausgang schaffen wollten. Denn sie standen genau in dem Raum neben der Tür, die normalerweise für Lebensmittel- und Getränkeanlieferungen gedacht war. Heute würde sie meiner unbemerkten Flucht aus dem Hotel dienen. Denn Arabella hatte dafür gesorgt, dass ihr Ehemann Roger dort in einem Lieferauto auf mich wartete. Seine Firma versorgte das Hotel täglich mit frischem Obst und Gemüse. Nur meinetwegen war er heute früher gekommen. Mit einem leeren Laderaum. Er würde mich mitnehmen und mich drei Straßen weiter rauslassen. Gestern hatte ich Arabella Wechselkleidung von mir mitgegeben, die sie im Kofferraum des Autos deponiert hatte. Mit einer Kellnerinnenuniform würde ich am Flughafen zu viel Aufmerksamkeit erregen.

Roger stand wie vereinbart am Treffpunkt. Als er uns näherkommen sah, stieg er aus und öffnete die Türen zum Laderaum.

»Spring rein«, sagte er und hielt mir die Hand hin, um mir beim Einstieg zu helfen. Ich zögerte. Die Aufregung hatte mich vergessen lassen, dass das auch ein Abschied von Arabella war. Vielleicht für immer. Schlagartig füllten sich meine Augen mit Tränen, als ich mich zu ihr herumdrehte und in ihrem Blick dieselbe Erkenntnis sah. Wir wussten nicht, ob und wann wir uns wiedersehen würden.

»Danke für alles«, schluchzte ich und fiel ihr um den Hals.

»Pass gut auf dich auf und vertraue niemandem«, ermahnte Arabella mich und zog mich fest an ihre Brust.

»Beeilt euch, uns rennt die Zeit davon«, trieb Roger uns an. Er hatte recht. Jeden Moment konnte jemand kommen und uns entdecken, damit wäre meine letzte Chance zur Flucht vertan. Ich löste mich aus der Umarmung und gab Arabella einen sanften Abschiedskuss auf die Wange. Dann sprang ich in den Transporter und Roger schloss die Türen hinter mir. Das Letzte, was ich sah, war Arabella, wie sie die Hände vor der Brust verschränkte und etwas murmelte.

Um mich herum wurde es dunkel. Nur die vorbeiziehenden Straßenlaternen warfen gelegentlich einen Lichtstrahl durch die schmalen Seitenfenster des Lieferautos. Während Roger den Motor startete und vom Hof fuhr, suchte ich nach dem Hoodie und der Jeans, die ich Arabella mitgegeben hatte. Ich fand die Sachen auf einer leeren Obstkiste. Meine bei weitem unauffälligsten Klamotten. Mit einer Hand hielt ich mich an den Innengriffen der Tür fest, um nicht umzufallen. Mit der anderen versuchte ich, schnellstmöglich die Uniform abzulegen und die anderen Sachen überzustreifen. Kurz bevor wir das Ziel erreichten, wurde ich fertig. Ich checkte gerade, ob ich auch wirklich all meine Papiere mitgenommen hatte, als Roger die Tür öffnete.

»Wir sind da. Das Taxi steht bereits dort«, informierte er mich und half mir aus dem Wagen.

»Vielen Dank für die Hilfe«, sagte ich, doch er tat meine Worte mit einem Kopfschütteln ab. Ich sah ihn heute zum ersten Mal und er wirkte wie das genaue Gegenteil seiner geschwätzigen Ehefrau. Mehr der schweigsame Typ. Aber er hatte seine Hilfe bereitwillig angeboten und Arabella liebte ihn, also musste er ein guter Mann sein. Ich umarmte ihn unbeholfen zum Abschied, weil ich nicht wusste, wie ich mich verhalten sollte. Bevor er in die Fahrerkabine stieg, nickte er mir ein letztes Mal zu.

»Viel Glück, Mädchen«, murmelte er und ich verzog die Lippen zu einem schmalen Lächeln. Ja, Glück. Das könnte ich gebrauchen. Als Roger den Motor anließ, wendete ich mich dem Taxi auf der anderen Straßenseite zu.

»Zum Riverside Drive, bitte«, teilte ich dem Fahrer mit, nachdem ich eingestiegen war und mich auf den Rücksitz hatte fallen lassen. Die ganze Fahrt über spähte ich nervös aus dem Fenster. Ruhig wäre ich erst, wenn ich im Flugzeug saß. Bis es soweit war, musste ich noch dreimal das Taxi wechseln. Nur für den Fall, dass mein Vater die Kameraaufzeichnungen der Straßen rund um das Hotel kontrollieren würde.

Bis er meine Spur zum JFK Flughafen zurückverfolgt hatte und alle Passagierlisten checken ließ, saß ich längst in einem Bus nach Buffalo, um von dort den nächsten Flug nach Paris zu nehmen. Ich hatte mir die größte Mühe gegeben, ihn auf eine falsche Fährte zu locken. Ob das ausreichte, würde sich am Ende herausstellen.

»Wir sind da, Miss«, holte die Stimme des Fahrers mich in die Gegenwart zurück. Ich bezahlte ihn, stieg aus und sobald er davonfuhr, hielt ich Ausschau nach dem nächsten Taxi. Ich hatte bewusst keines bestellt. Die eingehenden Anrufe wurden im System der Zentrale aufgezeichnet. Wenige Straßen vom Hotel entfernt, hatte ich nicht riskieren können, auf eines zu warten. Doch jetzt war ich weit genug entfernt und an dem Punkt meines Plans, wo das Verwischen meiner

Spuren wichtiger war als Schnelligkeit. Außerdem wimmelte es in dieser Straße nur so von Taxen. Sie fuhren im Minutentakt vorbei. Gerade, als ich eins entdeckte und es heranwinken wollte, wurde ich mit einem heftigen Ruck nach hinten gerissen.

Mit einem überraschten Schrei wirbelte ich herum und begriff, dass jemand mir meinen Rucksack von den Schultern zerren wollte. Verzweifelt versuchte ich, den Riemen festzuhalten und der in Schwarz gekleideten Person unter die Kapuze zu schauen. Aber wer auch immer es war, er hatte zu viel Kraft und alles ging viel zu schnell. Bevor ich die Situation richtig realisieren konnte, riss der Riemen meines Rucksacks unter dem Druck und der Dieb rannte damit davon. Von hinten ähnelte seine Statur eindeutig einem Mann. Breite Waden, kräftige Schultern. Er war so schnell, dass ich kaum eine Chance hatte.

»Nein«, schrie ich verzweifelt und hechtete ihm hinterher. »Stehenbleiben! Stopp!«

Doch er wurde schneller.

»Hilfe! Ich brauche Hilfe!«, schrie ich und hoffte, dass irgendwer mich hören und den Dieb aufhalten würde. »Er hat meinen Rucksack gestohlen!«

Ein Passant, der gerade an einem Coffee-to-go-Stand wartete, wurde durch den Lärm auf mich aufmerksam. Als er mich rufen hörte, reagierte er blitzschnell und nahm die Verfolgung des Diebes auf. Ich sah noch, wie er ihm in eine Seitenstraße folgte, bevor sie mich abhängten. Hoffentlich erwischte der Fremde ihn. Nach Luft japsend und mir die Seite vor Schmerzen haltend, eilte ich schnellstmöglich hinterher. Als ich um die Ecke bog und in einer schmalen

Seitenstraße landete, sah ich gerade noch, wie der Dieb meinen unbekannten Helfer mit einem harten Stoß auf den Boden beförderte.

»Um Himmels willen«, keuchte ich und eilte zu dem Mann, der sich schmerzend die Schulter rieb, auf der er gelandet war. »Geht es Ihnen gut?«

Der Dieb war längst weitergerannt. Bald schon wäre er über alle Berge und ich hatte keine Chance, ihn einzuholen.

»Keine Sorge, sieht schlimmer aus, als es ist«, scherzte der Mann, ließ sich aber trotzdem von mir aufhelfen. Erst als wir voreinander standen, realisierte ich, wie nahe ich ihm dadurch gekommen war. Sein dunkles Haar war beim Sturz durcheinandergekommen. Mit einer Hand fuhr er sich darüber, um es in Ordnung zu bringen, während er mich eindringlich musterte. Seine dunklen Augen bohrten sich in meine und nahmen mir für kurze Zeit die Fähigkeit, etwas zu sagen. Die harten Züge seines Gesichts verliehen ihm etwas Kraftvolles, das vom Rest seiner großen Statur untermauert wurde. Trotz meiner misslichen Lage schoss mir der Gedanke durch den Kopf, dass ich nie einem Mann begegnet war, der mehr Stärke ausstrahlte. Etwas, das ihn, auch wenn es gerade unangebracht war, unglaublich attraktiv für mich machte.

»Sind Sie verletzt?«, fragte er mit rauer Stimme und seine Hand berührte mich am Arm. Selbst jetzt, wo er sich leicht zu mir herunterbeugte, überragte er mich. Seine Schultern waren so breit, dass ich mich vollständig hinter seinem Körper hätte verstecken können. Wie hatte der Dieb es geschafft, ihn zu Boden zu stoßen? Das Kinn erhoben, die Haltung stolz, passte er innerhalb von Sekunden nicht mehr zu dem Mann, der gerade am Boden gelegen hatte.

»Es geht mir gut, danke«, antwortete ich automatisch, ohne die Worte richtig mitzubekommen. Obwohl ich gerade andere Sorgen hatte, kam ich nicht umhin, ihn anzusehen. Seine Ausstrahlung war fordernd. Als wäre er es gewohnt, alles zu bekommen, was er wollte. Und wann er es wollte. Lediglich eine unschöne Schramme auf seiner Stirn verunstaltete sein makelloses Gesicht. Blut und Dreck hatten sich dort vermischt, wo er bei seinem Sturz mit dem Kopf auf dem Boden aufgekommen war.

»War etwas Wichtiges in dem Rucksack?«, fragte der Mann besorgt, während er ein Taschentuch aus seiner Manteltasche zog und es sich auf die Stirn presste.

Ich nickte. Tränen der Wut stiegen in mir auf und erstickten meine Stimme. »Mein Personalausweis, mein Geld …«

»Ich verständige die Polizei«, bot er an und zog sein Handy aus seiner Manteltasche.

»Nein, keine Polizei«, beeilte ich mich zu sagen und wich seinem fragenden Blick aus. Das war das Letzte, das ich jetzt gebrauchen konnte. Noch leichter könnte ich es meinem Vater nicht machen, mich zu finden.

»Ich verstehe«, antwortete der Mann ruhig und ich hätte ihm am liebsten gesagt, dass er gar nichts verstand. Wie könnte er auch.

»Sie können neue Dokumente beantragen. Es dauert nur ein paar Wochen, bis sie fertig sind. Allerdings sollten Sie keine Zeit verlieren und Ihre Kreditkarten sperren lassen.«

»Ich hatte keine dabei«, murmelte ich. Nur einen Haufen Bargeld und teuren Goldschmuck. Beides befand sich nun in den Händen eines Diebs. Der vermutlich nicht schlecht staunen würde, wenn er den Rucksack öffnete und zehntausend Dollar darin fand.

»Fuck«, fluchte ich und trat wütend nach einer Metalltonne. Scheppernd flog der Deckel ab und schlitterte geräuschvoll über den Boden. »Was soll ich nur tun?«, fragte ich mehr mich selbst, obwohl der Fremde dastand und mich beobachtete.

Von plötzlicher Panik getrieben, schlich ich an die Straßenecke und spähte zur Kreuzung. Was, wenn mein Vater irgendwie Wind von meiner Flucht bekommen hatte und bereits nach mir suchte? Ich war noch viel zu nah am Hotel.

»Scheiße, scheiße, scheiße.«

Ich raufte mir die Haare und hielt verzweifelt die Tränen zurück. Mein ganzer Plan war im Arsch. Ohne Papiere konnte ich das Land nicht verlassen. Und das einzige Geld, das ich hatte, waren fünfhundert Dollar, die ich schlauerweise in meine Jeanstasche gesteckt hatte.

»Kann ich Ihnen helfen? Soll ich Sie irgendwohin fahren?« Der Mann hatte sich so still verhalten, dass ich seine Anwesenheit fast vergessen hatte.

Ich musterte ihn skeptisch. Einem Teil von mir widerstrebte es, mit jemandem ins Auto zu steigen, den ich nicht kannte. Aber ich musste hier dringend weg. Je länger ich in der Nähe des Hotels blieb, desto größer war die Gefahr, entdeckt zu werden.

»Mein Auto steht ganz in der Nähe«, versuchte er es nochmal und warf mir ein schüchternes Lächeln zu, das so gar nicht zum Rest seines selbstsicheren Auftretens passen wollte.

Seine Augen waren … anders. Sie blickten direkt durch mich hindurch und ließen mich mit einem Gefühl völliger

Entblößung zurück. Und zu eben diesem Mann sollte ich ins Auto steigen? Aber was hatte ich zu verlieren? Ausgeraubt hatte man mich bereits. Und wenn mein Vater mich fand, war das schlimmer als alles, was dieser Fremde mir antun konnte.

»Sie könnten mich wirklich ein Stückchen mitnehmen«, antwortete ich und das Lächeln auf seinem Gesicht intensivierte sich. Wäre ich nicht so durch den Wind gewesen, hätte ich darüber nachdenken können, warum es seine Augen nicht erreichte.

Kapitel -11-

River

Alles lief nach Plan. Am Wagen zögerte sie kurz, stieg aber ein. Für den Moment war ich ihre einzige Chance, wegzukommen. Ohne Papiere und Geld saß sie in der Falle.

Kurz nach meinem gestrigen Telefonat mit Sal war Kent zurückgekommen. Mit einer Abhörausrüstung. Wir bestellten uns etwas zu essen beim Zimmerservice, montierten unser Equipment und warteten darauf, dass sich im Nachbarzimmer etwas tat. Etwa eine Stunde später betrat May ihre Suite. Kurz darauf folgte ihr eine zweite Person. Die Hausdame, wie es sich herausstellte.

Obwohl ihre Worte trotz des Abhörgeräts nur leise zu uns durchdrangen, konnten wir ihren Plan gut genug verstehen und unser Vorgehen daran anpassen. Eigentlich hatte ich gedacht, dass wir ihr vor dem Hotel auflauern und sie kidnappen würden. Aber so war es besser. Wir verfolgten sie, bis sie weit genug vom *Grand Life* entfernt war. Denn wie ich wusste, waren rund um das Gelände Kameras angebracht. Je später man uns mit ihrem Verschwinden in Verbindung brachte, desto besser. Bevor Parker davon erfuhr, wollte ich sie aus der Stadt geschafft haben.

May machte es uns leicht. Nachdem ich wusste, wo sie das Taxi wechseln wollte, musste ich dort nur auf sie warten. Kent zog sich ein paar schmuddelige Klamotten über und stahl ihren Rucksack, damit ich als Retter in der Not dastehen konnte. Ein Mann, der ihr helfen wollte, wirkte vertrauenswürdig genug, um in seinen Wagen einzusteigen.

Warum wir ihr nicht einfach einen Sack über den Kopf stülpten und sie entführten? Weil es zu viel Aufsehen erregen würde. May musste freiwillig mit uns kommen. Zumindest ein Stück des Weges.

»Wo soll ich dich hinfahren?«, fragte ich May unschuldig und genoss, dass sie mit mir im Auto festsaß. Vorhin hatte ich mich beherrschen müssen, meinem inneren Impuls nicht Folge zu leisten und die Türverriegelung zu betätigen. Noch musste sie denken, dass das alles hier ihre Idee war und sie jederzeit gehen konnte.

»Chinatown«, antwortete sie umgehend und ich sah sie überrascht an. »Wenn das nicht zu weit ist«, fügte sie zögernd hinzu.

Ich schüttelte den Kopf. »Natürlich nicht.«

Chinatown? Was wollte sie dort? Wortlos startete ich meinen Benz, eigentlich ein Firmenwagen, den Kent eigens für diesen Zweck dort abgestellt hatte, und fuhr aus der Parklücke. Ich war gespannt, wo May mich hinführen würde.

Was hast du vor, May Louise?

Es faszinierte mich, wie ruhig und kalkulierend sie wirkte. Ihr Plan war gescheitert und sie war gezwungen, zu improvisieren.

Während der Fahrt warf ich ihr verstohlene Blicke zu. Ihr Erscheinungsbild passte nicht zu dem, was ich von ihr erwartet hatte. Sie versteckte sich unter alten, abgetragenen Klamotten, hatte die Haare zu einem unordentlichen Zopf zusammengebunden und wirkte auch sonst nicht wie die verwöhnte Milliardärstochter, für die ich sie gehalten hatte. Ihr Gesichtsausdruck war nachdenklich, ihre Augen unergründlich und sie war in Wirklichkeit noch schöner als auf dem Foto. Ich hasste es, zuzugeben, dass mich dieser Umstand nicht kaltließ.

Als sie mir vorhin in diese Gasse gefolgt war und ihr einzelne Haarsträhnen ins Gesicht hingen, hatte ich mich zusammenreißen müssen, um sie ihr nicht hinters Ohr zu streichen. Ich wollte sie berühren. Herausfinden, ob ihre Haut sich so weich anfühlte, wie sie aussah. Ich presste den Kiefer zusammen und ermahnte mich innerlich, dass sie die Tochter unseres Feindes war. Es war meine Idee gewesen, sie zu entführen. Jetzt musste ich dafür sorgen, dass mein Plan funktionierte.

Kaum waren wir in Chinatown angekommen, navigierte sie mich zielsicher durch die Straßen. Das waren die einzigen Gelegenheiten, bei denen sie mit mir sprach. Ansonsten schwiegen wir.

»Hier ist es«, verkündete sie schließlich und ich hielt vor einem kleinen Diner, das so überhaupt nicht zu den restlichen Geschäften in der Straße passen wollte. Während alle anderen Ladenfassaden bunt glänzten und frisch gestrichen aussahen, hatten die Jahre deutliche Spuren am Diner hinterlassen. Die Farbe blätterte an einigen Stellen von den grünen Schaufensterrahmen ab und die Beleuchtung des Namensschildes *Sallys Diner* funktionierte nur noch bei den Buchstaben S, I und R.

»Hier?«, fragte ich verwundert und sie öffnete mit einem Nicken die Tür.

»Danke fürs Herbringen«, rief sie mir beim Aussteigen über die Schulter zu und steuerte direkt den Laden an.

»Warte«, beeilte ich mich zu sagen, und verließ den Wagen, um ihr zu folgen. May blieb stehen und drehte sich zu mir um. Die Arme vor der Brust verschränkt, wartete sie ungeduldig darauf, dass ich etwas sagte.

»Haben die da drinnen eine Toilette?«, fragte ich und handelte mir einen skeptischen Blick von ihr ein. »Es ist nur … ich würde mir gern das Blut und den Dreck aus dem Gesicht waschen«, nutzte ich die Antwort, die ich mir bereits im Wagen zurechtgelegt hatte. Sofort veränderte sich ihr abweisender Ausdruck und sie legte ihre steife Körperhaltung ab.

»Oh Gott, wie unhöflich von mir. Geht es deinem Kopf gut?«, erkundigte sie sich besorgt und kam auf mich zu. »Es tut mir so leid, normalerweise bin ich nicht so. Aber heute war ein harter Tag. Lass uns reingehen, drinnen haben sie bestimmt etwas, womit wir dich verarzten können.«

Bingo. Jetzt hatte sie ein schlechtes Gewissen und würde mich nicht so schnell fortschicken. »Bestimmt«, erwiderte ich und folgte ihr zufrieden in das Diner. Selbstverständlich überließ ich nichts dem Zufall. Im Kofferraum lag eine Flasche mit Chloroform. Für den Notfall. Nach Möglichkeit bevorzugte ich jedoch die elegantere Lösung.

Eine laute Glocke verkündete unser Eintreten. Der helle Ton hallte von den weißen Wänden des ansonsten unbesuchten Diners wider. Überall waren Poster alter Filmikonen in Rahmen gesteckt und aufgehängt worden. James Dean, Marilyn Monroe, Humphrey Bogart. Zwischendurch fand sich auch das ein oder andere Bild eines Pin-up-Girls. Es sah aus wie ein wild zusammengewürfeltes Sammelsurium, das nur vom schwachen Lichtschein einiger Deckenleuchten erhellt wurde. Der Laden war weder sauber noch wirkte er einladend. Vor zehn Jahren hatte es vielleicht ein paar

Besucher hierher verschlagen. Doch jetzt fragte ich mich, ob hier überhaupt jemand arbeitete, als sich eine beleibte Frau mit einer bunten Kochschürze durch die Küchentür zwängte.

Ihre blonden Locken wippten ihr bei jeder Bewegung um die Ohren, obwohl sie die meisten davon zu einem schiefen Dutt auf ihrem Kopf aufgetürmt hatte.

»Guten Morgen«, begrüßte sie uns und blieb abrupt stehen. »Ich kann hier keinen Ärger gebrauchen«, sagte sie schnaubend und deutete auf meine blutige Stirn.

»Wir machen keinen Ärger. Ich wurde bestohlen und er wollte mir nur helfen. Dabei wurde er verletzt. Haben Sie vielleicht einen Verbandskasten da?«, sprang May zu meiner Verteidigung ein. Ich konnte mir ein Grinsen nicht verkneifen.

Die Frau musterte uns einige Sekunden durch verengte Augen, bevor sie uns aufforderte, Platz zu nehmen. Offensichtlich hatte sie entschieden, dass wir ihr keine Umstände bereiten würden.

»Ich bring euch gleich den Verbandskasten. Wollt ihr auch was trinken?«

May zögerte, aber ich bestellte schnell zwei Kaffee für uns.

»Geht auf mich. Zur Beruhigung nach dem Schock so früh am Morgen«, fügte ich hinzu, als sie den Mund öffnete, um etwas zu erwidern. Sie schloss ihn wieder und sah mich einen kurzen Moment an, bevor sie sich für die Sitznische in der hintersten und dunkelsten Ecke des Diners entschied. Ich beobachtete sie, während sie den Blick durch das Diner gleiten ließ. Ihr Ausdruck hatte etwas Verträumtes und ich fragte mich, ob sie etwas anderes sah als ich.

»Bitte sehr, zwei Kaffee und der Verbandskasten«, unterbrach die Dame von vorhin unser Schweigen und stellte zwei Tassen vor uns auf den Tisch. Unter den Arm geklemmt trug sie den Verbandskasten, den sie May in die Hand drückte. »Da drinnen ist alles, was du brauchst, um deinen Freund zu verarzten.«

Als sie wegging, inspizierte May den Inhalt und zog Desinfektionsspray und Pflaster hervor. »Ich denke, es sollte genügen, wenn wir dir das Blut aus dem Gesicht wischen und die Wunde ein wenig desinfizieren, damit sie sich nicht entzündet. Hast du Schmerzen?«, fragte sie und ich schüttelte den Kopf. May stand auf und kam auf meine Seite des Tischs. Als sie sich mit den Knien auf der Sitzbank abstützte und ihre Hände meinem Gesicht näherte, zögerte sie kurz.

»Ich kann das auch selbst machen«, bot ich ihr an, doch sie verneinte.

»Schon okay. Das ist das Mindeste, nachdem du mir geholfen hast.«

»Dann gern. Aber das Pflaster wird nicht nötig sein«, sagte ich und nahm es ihr aus der Hand, um es zurück in den Verbandskasten zu legen. Ich hatte in meinem Leben weit schlimmere Wunden überlebt. Es brauchte mehr als eine lächerliche Schramme, damit ich mir etwas ins Gesicht kleben ließ.

Ich tat nicht einmal so, als wäre mir ihre Nähe unangenehm. Dazu wäre ich bei Gott nicht in der Lage gewesen. Sie saß so dicht bei mir, dass ich ihren Duft einatmen konnte. Sie roch wie frischer Sommerregen. Als ihre weichen Finger auf meine Haut trafen, zuckte ich kurz zusammen.

»Tut mir leid«, murmelte sie, weil sie denken musste, dass sie mir wehtat. Ganz im Gegenteil. Was mich aus der Fassung brachte, war, dass ich meine Augen nicht von ihrem Gesicht abwenden konnte. Während sie meine Verletzung versorgte, saugte ich ihren Anblick ungeniert in mich auf. Als sie nach getaner Arbeit auf ihre Seite des Tisches wechselte, musste ich mich zwingen, sie nicht zurückzuziehen.

Schweigend saß sie mir gegenüber, die Hände unter die Oberschenkel geschoben und starrte angestrengt in ihre Kaffeetasse. Ab und zu huschte ihr Blick aus dem Fenster. Dabei nahm ihr Gesichtsausdruck etwas Gehetztes an. Sie war noch auf der Flucht. Zwar weit genug entfernt vom Hotel, aber je schneller sie aus der Stadt verschwand, desto besser.

Leider wusste sie noch nichts von meinen Plänen für sie. Denn dann hätte sie sich die ganze Grübelei ersparen können. May Louises Schicksal stand fest. Ich hatte ihr die Entscheidung abgenommen. Bald würde sie es begreifen. Bis dahin spielte ich meine Rolle weiter.

»Woher kennst du das Diner?«, fragte ich, um unauffällig unser Schweigen zu brechen und musterte meine Umgebung. Schon beim ersten Eintreten war mir der Schuppen alt vorgekommen. Bei genauerem Hinsehen erkannte ich jedoch, dass die Möbel nicht nur in die Jahre gekommen und abgenutzt waren, man konnte sie schon als ranzig bezeichnen. Das Leder löste sich an vielen Stellen von den Sitzpolstern, weil bereits zu viele Menschen darauf gesessen hatten. Warum war ihr ausgerechnet dieser Ort als Erstes eingefallen?

»Meine Mom hat hier früher gearbeitet«, antwortete sie knapp und ließ sich nur widerwillig von ihren Grübeleien ablenken.

Ich stutzte. Warum sollte William Parkers Frau in einem Diner arbeiten? Oder log die Kleine? Ich suchte nach Anzeichen von Unehrlichkeit in ihrem Gesicht, fand jedoch keine.

»Kennst du die Mitarbeiter?«, bohrte ich weiter. Wenn ja, musste ich mich gleich darum kümmern. Sollte Parker mithilfe der Polizei nach ihr suchen, konnte ich keine Zeugen gebrauchen, die aussagten, dass sie mit mir hier gewesen war.

»Nein. Damals hatte der Laden noch einen anderen Besitzer. Das Personal wurde mittlerweile gewechselt.«

»Verstehe«, murmelte ich. William Parker gehörte zu den reichsten Menschen des Landes. Er hatte das *Grand Life* jahrelang bewohnt, als wäre es ein gewöhnliches Mietshaus. Was hatte seine Tochter in Chinatown verloren und wieso hatte seine Frau in einem alten Diner gearbeitet, das seine besten Zeiten schon damals lange hinter sich gelassen haben musste?

Mein Zusammentreffen mit May warf viele neue Fragen auf. Gut, dass ich mich nicht mehr lange gedulden musste. Dann hätte ich sie in meiner Gewalt und würde eine Antwort bekommen.

Kapitel -12-

May

Ich wusste nicht, warum ich dem Fremden antwortete. Aber seine Fragen und in diesem Diner zu sein, weckten in mir den Wunsch, darüber zu reden, wie es damals gewesen war. Schlagartig waren alle Gefühle zurückgekehrt und es fraß mich innerlich auf, denn Mom würde nie wieder durch die Schwingtür der Küche kommen, in der Hand einen Teller mit leicht angebrannten Fritten, weil ich sie so am liebsten mochte. Sie würde mir keine eiskalte Cola zapfen und ich würde nicht stundenlang an diesem Tisch sitzen, malen, spielen, und mich wie ein ganz normales Kind fühlen. Denn diese Erinnerungen waren die einzige Normalität, die ich kannte. Sie hatte den Job nach der Trennung von meinem Vater angenommen. Damals glaubte ich, dass endlich alles besser werden würde. Dass wir frei und in Sicherheit waren. Das hatte Mom sich für uns gewünscht. Weswegen es ihr völlig egal gewesen war, dass sie von morgens bis abends schuften musste, um überhaupt unsere Miete und Lebensmittel bezahlen zu können. Es war der einzige Job, den sie auf die Schnelle hatte bekommen können. Der Lohn war mickrig gewesen, dafür durften wir günstig in der Wohnung über dem Diner einziehen und waren unabhängig von meinem Vater.

Am liebsten wäre ich raufgegangen, um zu sehen, ob noch alles so dastand wie früher. Ob meine Dahlien die Fensterbänke zierten und Moms Bild an der Wand neben der Haustür hing. Aber natürlich war es dumm, das zu glauben.

Trotzdem fand ich seit Jahren keinen Abschluss für diese Phase meines Lebens. Konnte die wenigen glücklichen Tage nicht loslassen. Vielleicht hatte ich den Fremden deshalb gebeten, mich herzubringen.

»Ich kenne nicht einmal deinen Namen«, sagte ich, als mir auffiel, dass ich ihn in Gedanken den Fremden nannte.

»Nenn mich River«, stellte er sich vor und schenkte mir ein charmantes Lächeln.

»River«, wiederholte ich nachdenklich. »Ein ungewöhnlicher Name.« Als ich ihm daraufhin in die Augen sah, lag in seinem Blick etwas Unergründliches. Zeit, mich darüber zu wundern, oder mir Gedanken zu machen, weshalb er sich nicht nach meinem Namen erkundigte, ließ er mir jedoch nicht.

»Was ist mit deiner Mutter geschehen?«, fragte River behutsam, weil ihm nicht entgangen war, dass ich in der Vergangenheit von ihr gesprochen hatte.

»Sie ist gestorben«, antwortete ich trocken, weil mein Mund sich plötzlich wie die Sahara höchstpersönlich anfühlte. »Entschuldige mich bitte kurz«, krächzte ich und quetschte mich hinaus, um zur Toilette zu eilen. Ich verspürte nicht das Bedürfnis, meine ganze Vergangenheit vor River auszubreiten. Ich kannte ihn nicht. Außerdem plagten mich dringendere Sorgen. Trotz aller von mir getroffenen Vorkehrungen konnte es sein, dass mein Vater bereits nach mir suchte. Ich hatte keine Zeit, um gemütlich in einem Diner zu sitzen und Kaffee zu trinken, während mein Vater und Tanner eventuell schon die ganze Stadt nach mir absuchten. Außerdem wollte ich nicht darüber reden. Gerade jetzt musste ich meine Nerven zusammenhalten, nicht alte emotionale Wunden aufreißen.

Tränen sammelten sich in meinen Augen und ich rannte die Treppen zu den WCs förmlich blind hinab, aber meine Beine erinnerten sich von allein an den Weg. Unten angekommen stützte ich mich mit den Händen am Waschbecken ab und warf einen Blick in den Spiegel.

»Wie soll es jetzt weitergehen?«, fragte ich verzweifelt in die Leere des Raums. Ich durfte nicht aufgeben. Wenn ich kapitulierte, war mein Schicksal besiegelt. Entschlossen drehte ich den Wasserhahn auf und wusch mir das Gesicht so lange, bis keine heißen Tränen mehr nachkamen. Dann drehte ich ihn wieder zu und atmete, über das Waschbecken gebeugt, tief durch. Kleine Tropfen rannen an meinem Gesicht hinab.

Der Busbahnhof von New York war meine einzige Möglichkeit. Dort gab es zahlreiche Reisende, Busse, die in jede Richtung des Landes fuhren und ein paar Autovermietungen. Wenn ich Glück hatte, fand ich jemanden, der mich per Anhalter mitnehmen konnte. Richtung Süden. Nach Texas. So nahe wie möglich an die mexikanische Grenze. Ohne Papiere war das die naheliegendste Möglichkeit, wie ich das Land verlassen konnte.

Kapitel -13-

River

Ich nutzte die Gunst des Augenblicks. Die Bedienung war in der Küche. Hin und wieder hörte ich das Klirren von Tellern oder das Scheppern einer Schranktür, die zu kräftig zugeschlagen wurde. May war auf der Toilette. Ich musste handeln, bevor sie zurückkam. Denn freiwillig würde sie bei meinem Plan nicht mitspielen.

Schnell zog ich eine kleine Plastiktüte aus meiner Sakkoinnentasche, beugte mich über den Tisch und streute das weiße Pulver darin in Mays Kaffee. Mit einem Löffel verrührte ich es so lange, bis es sich vollständig aufgelöst hatte. Unsichtbar.

Gerade als ich mich zurücklehnte, erschien May am Treppenaufgang. Ihre Augen waren gerötet, aber ihre Miene wirkte entschlossen, als sie sich mir gegenüber in die Polster fallenließ.

»Könntest du mich zum Busbahnhof fahren?«, fragte sie.

»Natürlich.« Ich nickte. »Lass mich nur schnell meinen Kaffee leertrinken.«

In der Hoffnung, dass sie es mir gleichtun würde, griff ich nach meiner Tasse und setzte sie an die Lippen. May musterte ihre und mein Herz setzte für ein paar Schläge aus. Wenn das Pulver sichtbare Rückstände hinterlassen hatte, würde es unschön werden. Doch dann nahm sie den Kaffee und leerte alles mit einem Zug.

»Fertig, können wir?«, fragte sie ungeduldig.

Ich legte zwanzig Dollar auf den Tisch und deutete May mit ausgestrecktem Arm an, vorauszugehen. Am Auto angekommen, hielt ich ihr die Tür auf und sie ließ sich mit einem Stöhnen in den Sitz fallen.

»Alles in Ordnung?«, fragte ich gespielt ahnungslos, nachdem ich den Wagen umrundet hatte und neben ihr saß. »Du siehst blass aus.«

»Ich … der Kaffee«, nuschelte sie unverständlich und stöhnte erneut. Plötzlich ging ein Ruck durch ihren Körper. Der Moment der Erkenntnis, den kannte ich zu gut. Ihre rechte Hand fuhr an den Türgriff und ich drückte geräuschvoll den Knopf für die Verriegelung. Sie drehte den Kopf in meine Richtung und starrte mich mit großen glasigen Augen an. »Du …«, stieß sie hervor, weiter kam sie nicht. Ihr Blick verklärte sich mehr und mehr, bis ihre Lider zufielen. Das Letzte, das sie sah, war mein zufriedenes Lächeln.

Kapitel -14-

May

Nur langsam kam ich zu mir. Es fiel mir schwer, einen klaren Gedanken zu fassen. Mein Kopf schmerzte, mein Körper schien Tonnen zu wiegen, so viel Mühe bereitete mir jede Bewegung, und ich fühlte mich desorientiert. Was war passiert? Die Erinnerungen kehrten nur langsam zurück. Der Überfall. Der Fremde. Eine Tasse Kaffee. Undurchdringliche Dunkelheit in meinem Kopf. Schlagartig hatte ich Todesangst. Man hatte mich entführt!

Ich versuchte schwerfällig, mich aufzurichten und die Augen zu öffnen. Sofort schoss ein heißes Stechen durch meinen Schädel, vernebelte meine Sicht. Als sie sich langsam klärte, erkannte ich, dass ich mich allein in einem Schlafzimmer befand. Draußen war es noch hell, also konnte ich höchstens ein paar Stunden weggedöst sein.

Ich räusperte mich mehrmals und löste meine Zunge, die klebrig an meinem Gaumen hing. Die K.o.-Tropfen hatten einen pelzigen Geschmack darauf hinterlassen. Mein Mund war ausgedörrt, mein Hals brannte. Auf dem Nachttisch zu meiner Rechten stand ein Glas Wasser. Ich zwang mich, es nicht anzurühren.

Wo war ich? Was wollte River von mir?

Ich glaubte nicht an einen Zufall. Er musste mir gezielt aufgelauert haben. Ich dachte an den Dieb. Gehörte das alles zum Plan? Eine böse Vorahnung machte sich in mir breit. Ich war River nicht zufällig in die Arme gelaufen. Er hatte auf mich gewartet.

Der Gedanke schickte eine Welle der Panik durch meinen Körper. Wenn ich recht hatte, steckte ich in verdammt großen Schwierigkeiten.
So schnell ich konnte, erhob ich mich vom Bett und ignorierte den Schwindel. Zielsicher steuerte ich die Tür an und rüttelte am Griff. Verschlossen. Natürlich. Trotzdem hatte ich es probieren müssen. Ich ging weiter zu den Fenstern. Ebenfalls verriegelt. Als ich die Vorhänge beiseiteschob, stieß ich einen Laut der Überraschung aus. Vor mir erstreckte sich eine Skyline, die ich jederzeit wiedererkennen würde. Ich war noch in Manhattan. Das war gut. Hier kannte ich mich aus. Wenn ich es schaffte, River zu entkommen, wusste ich, wie ich untertauchen konnte.
Ich schluckte die aufkeimende Panik herunter und setzte meine Inspektion fort. Irgendwo musste ich etwas Nützliches finden. Etwas, das ich zu einer Waffe umfunktionieren konnte, wenn mein Entführer zurückkam.
Dass ich nicht wusste, wo er war, ließ mich hektisch alle Schubladen der Nachttische und des Kleiderschranks durchwühlen. Mit jedem Schritt, den ich machte, kehrte ein bisschen Kraft in meinen Körper zurück. Meine Glieder fühlten sich nicht länger wie Pudding an. Doch die Angst blieb.
Fluchend schloss ich die Türen des Kleiderschranks, nachdem ich dort nichts hatte finden können. Auch im angrenzenden Badezimmer blieb ich erfolglos. Doch als ich den Wasserhahn entdeckte, drehte ich ihn gierig auf, steckte meinen Kopf darunter und trank wie eine Verdurstende. Dann ging ich zurück ins Schlafzimmer und setzte meine Suche fort.
Mit jeder Minute, die verging, wuchs meine Angst.

Ich war gefangen. Ausgeliefert.

Dann hörte ich Schritte und gefror zu Eis.

Er kommt zurück.

Hektisch suchte ich das Zimmer nach einem Versteck ab, vergeblich. Während die Schritte näherkamen, fiel mein Blick auf das gefüllte Bücherregal in der Ecke, und ich traf eine Entscheidung. Blitzschnell eilte ich hin und suchte mir das dickste Buch mit festem Einband aus, das ich finden konnte, stellte mich hinter die Tür und wartete.

Vor dem Zimmer verklungen die Schritte. Ich schloss die Augen und versuchte meine Atmung zu normalisieren. Mein Herz schlug heftig in meiner Brust. Angst lähmte meine Glieder, als der Schlüssel im Schloss gedreht wurde.

Ich musste stark sein. Das war meine Chance, zu fliehen. Er rechnete damit, dass ich schlafend auf dem Bett lag.

Die Tür öffnete sich, langsam und nur einen Spalt breit. Ich riss mich zusammen, nicht voreilig zu handeln und wartete auf den richtigen Moment. Dann trat River in den Raum, den Rücken zu mir, das Gesicht dem leeren Bett zugewandt.

Jetzt, schrie eine Stimme in meinem Kopf. Doch ich konnte mich nicht rühren. Als River herumwirbelte, reagierte ich endlich. Bevor ich ganz in sein Blickfeld geriet, stürzte ich mich mit einem lauten Schrei auf ihn und rammte ihm das Buch gegen den Schädel. Er taumelte einige Schritte zurück, prallte gegen den Kleiderschrank und hielt sich verwirrt den Kopf.

Das verschaffte mir wertvolle Sekunden, die ich zur Flucht nutzte. Ich ließ das Buch auf den Boden fallen und stürmte aus dem Zimmer, wodurch ich direkt in einem langen Flur landete, mit Türen auf jeder Seite. Ich glaubte nicht, dass eine davon zum Ausgang führte, also rannte ich weiter geradeaus. Hinter mir hörte ich es poltern und fluchen. Ich musste mich beeilen. Als ich um die Ecke bog, tauchte eine große Eingangstür vor mir auf. Nur ein paar Meter trennten mich von der Freiheit.

Mein Körper war in Alarmbereitschaft. Ich hörte meinen eigenen Atem, laut und hektisch. Ich musste hier raus. Endlich erreichte ich die rettende Haustür. Ich rüttelte am Griff und versuchte sie zu öffnen … nichts. Sie war verschlossen.

»Das darf nicht wahr sein. Bitte nicht«, stieß ich flehend hervor und riss panisch am Türgriff. Tränen rannen über meine Wangen.

In diesem Moment hörte ich Rivers Schritte hinter mir. Langsam schritt er den Flur entlang, als hätte er alle Zeit der Welt. Das stimmte, denn ich konnte nirgendwohin fliehen. Ohne mich umzudrehen, wusste ich, dass uns nur noch wenige Meter trennten.

»Hilfe!«, schrie ich und hämmerte gegen die Tür. »Hilfe.« Tränen erstickten meine Stimme. Dann war er bei mir.

Seine Brust drückte hart gegen meinen Rücken. Die Hitze seines Körpers strahlte auf mich ab. Seine Hände legten sich bestimmend auf meine und verhinderten, dass ich weiter auf das Holz einschlug. Mit seinem Körper presste er mich hart gegen die Tür, sodass meine Wange auf dem kalten Material landete und der letzte Rest Luft aus meiner Lunge gepresst wurde.

»Shhhh«, machte er dicht an meinem Ohr. Ein Wimmern kam mir über die Lippen, während ich unkontrolliert zitterte. River schob unsere Hände an der Tür hinauf und hielt meine

Arme über meinem Kopf fest. Dann ließ er seine Finger langsam zu meinem Gesicht gleiten. Sanft strich er mir die Haare hinter das Ohr, fuhr mit seinem Daumen unter meinem Auge entlang und wischte die Tränen fort, die sich dort sammelten.

Mein Körper reagierte mit einer explosionsartigen Mischung aus Furcht und dem Verlangen, mich in seine Berührung fallen zu lassen. Das musste der von Todesangst getriebene Wunsch nach falscher Sicherheit sein, redete ich mir ein. Etwas in Rivers Berührung zwang mich förmlich dazu, meinen Widerstand aufzugeben, und ich musste mit allem, was ich hatte, dagegen ankämpfen.

»Tu mir nicht weh«, flüsterte ich und spürte, wie er sich in meinem Rücken anspannte. Ein wütendes Knurren erklang, kurz bevor er seine Faust fest in das Holz der Tür schlug. Der Aufprall hinterließ eine Vibration, die durch all meine Gliedmaßen hindurchging. Dann wurde ich herumgewirbelt und blickte direkt in seine zornigen Augen.

Kapitel -15-

River

Tu mir nicht weh.

Ihre Worte brachten die Wut in meinem Inneren zum Überschäumen. Blut rauschte in meinen Ohren.

Sicherlich, als Unschuldslamm konnte ich mich nicht bezeichnen. Der Weg meiner Vergangenheit war gepflastert mit Verbrechen. Dinge, die ich getan hatte, weil ich überleben musste. Dennoch war ich weit entfernt von dem Punkt, an dem ich eine Frau verletzen würde. Es beleidigte mich, dass sie mich mit solch ehrlosen Bastarden wie ihrem Vater und Tanner in eine Schublade steckte.

Ich fuhr mit der Hand an ihrem zitternden Körper hinauf, strich über ihre Taille und ließ meine Finger zu ihrem Hals wandern. Ihre Brust hob und senkte sich heftig. Sie starrte mich erschrocken an, ihre Augen tellergroß, ihr Mund vor Furcht leicht geöffnet. Ich legte zwei Finger an ihre Wangen und hielt ihr Gesicht fest.

»Hör mir gut zu«, raunte ich dicht an ihrem Ohr. »Ob du es willst oder nicht, für die nächsten Wochen bist du meine Gefangene. Es liegt in deiner Hand, ob wir eine schöne Zeit miteinander verbringen …« Mit meinen Fingern glitt ich langsam über ihren Arm. »Oder ob ich zu deinem schlimmsten Albtraum werde. Wenn du dich an die Regeln hältst, wird dir nichts geschehen. Darauf gebe ich dir mein Wort. Aber solltest du dich dagegen entscheiden und weiterhin versuchen zu fliehen, werde ich dir deine Zeit hier zur Hölle auf Erden machen. Ich habe kein Problem damit, dich den ganzen Tag lang in ein Zimmer zu sperren. Ich hoffe, du triffst eine kluge Entscheidung.«

Jetzt wäre der Moment gewesen, sie loszulassen. Aber ich hielt sie weiter fest, starrte auf ihre vollen Lippen, die mir bei Gott noch den Verstand rauben würden, und saugte ihren Anblick wie ein Süchtiger in mir auf. Ich spürte, wie ich in ihrer Gegenwart die Beherrschung verlor. Schon im Auto hatte ich keine Kontrolle über mein Verhalten gehabt und sie unverhohlen beobachtet.

Auch jetzt war ich nicht mehr Herr meiner Handlungen. Ich hätte ihr den Rücken zukehren sollen, stattdessen drückte ich meinen Körper fester gegen ihren. Presste meine harte Brust gegen ihre weichen Rundungen.

May keuchte leise und versuchte, ihre Arme aus meinem Griff zu befreien. Aber ich ließ ihr keine Chance. Ich legte meine Stirn an ihre. Kam ihr so nah, dass unsere Lippen sich fast berührten. Der Gedanke, dass ich sie hier und jetzt küssen könnte, dass ich meine Hände in ihrer Taille vergraben und ihren Mund kosten könnte, trieb mich an den Rand meiner Selbstbeherrschung. Ich streifte ihre Lippen nur leicht, aber es war genug, um mir ein Stöhnen zu entlocken. Ich begehrte diese Frau, daran gab es keinen Zweifel.

May musste es auch spüren, doch statt des lustvollen Stöhnens gab sie nur ein ängstliches Wimmern von sich. Eines, das sich wie eiskaltes Wasser über meinen erhitzten Körper goss.

Augenblicklich ließ ich von ihr ab und erinnerte mich daran, dass das kein Teil des Plans war. Es ging nur darum, May bei mir zu behalten, bis ich wusste, wie es mit ihrem Vater weitergehen würde. Nicht darum, sie zu vögeln.

An die Tür gelehnt, rieb sie ihre Handgelenke und beobachtete mich misstrauisch. Als würde sie befürchten, dass ich mich jede Sekunde wie ein wildes Tier auf sie stürzen könnte.
»Gehst du freiwillig zurück ins Zimmer oder muss ich dich zwingen?«, fragte ich kühl. Ich musste mich von dem Teil in mir distanzieren, der so stark auf sie reagierte. Mich an den Plan halten. May war nur ein Mittel zum Zweck, mehr durfte ich in ihr nicht sehen.
Statt meine Frage zu beantworten, schwieg sie. Ihre Schultern hingen herunter, ihr Körper war leicht von meinem abgewendet. Eine Schutzposition. Doch ihr Blick … ganz langsam schlich sich ein Hauch von Widerwillen in ihn. Trotzig reckte sie mir das Kinn entgegen und weigerte sich, mit mir zu sprechen.
Sollte mir recht sein. Wenn sie glaubte, in der Position zu sein, sich so zu benehmen, würde sie es eben auf die harte Tour lernen müssen.
Unsanft packte ich May am Arm. Mein Ausbruch traf sie so unvorbereitet, dass sie aufschrie und sich gegen meinen Griff wehrte. Sie zerrte an meinen Fingern und schlug gegen meinen Arm. Ich ignorierte all ihre Proteste und zog sie den Flur herunter, bis wir vor dem Gästezimmer angelangt waren. Für den Moment würde es reichen, sie dort unterzubringen. Die Tür stand offen und ich schubste sie direkt vor mir hinein, sodass sie in den Raum stolperte. Als ich die Tür vor ihrer Nase schließen wollte, zerrte sie mit aller Kraft am Griff.
»Du scheiß Psychopath«, schrie sie hysterisch. »Lass mich gehen, du verfluchtes Arschloch!«

Da riss mir der Geduldsfaden. Mit einem leisen Fluch stürzte ich mich auf sie und drehte ihr den Arm auf den Rücken, sodass sie sich nicht mehr bewegen konnte, ohne dass es höllisch wehtat.

»Lass mich los!«, fauchte sie und stöhnte im nächsten Moment vor Schmerzen.

»Du solltest nicht so viel rumzappeln«, riet ich ihr ruhig, weil sie weiter gegen mich ankämpfte. »Sonst kugelst du dir noch die Schulter aus.«

»Lieber das, als kampflos aufzugeben«, erwiderte sie stur. Ich konnte ihr Gesicht nicht sehen, war mir aber sicher, dass ihre Augen vor Zorn glühten. War sie vorhin noch ängstlich gewesen, zeigte sich jetzt ihr Kampfwille.

»Mal sehen, wie lange du diese Einstellung noch beibehältst«, erwiderte ich trocken und zerrte sie zum Bett, wo ich sie mit dem Bauch zuerst in die Matratze drückte. Dann setzte ich mich breitbeinig über sie, um sie mit meinem Gewicht dort festzuhalten. Mit einer Hand hielt ich weiterhin ihren Arm hinter ihrem Rücken, mit der anderen machte ich mir an meinem Gürtel zu schaffen, öffnete ihn und zog ihn umständlich aus den Schlaufen meiner Jeans. May, die das Geräusch des Gürtels hörte, trat mit den Beinen um sich und keuchte panisch auf.

»Tu das nicht«, flehte sie und ich brauchte einen Moment, bis ich begriff, was sie meinte. Als mir klar wurde, dass sie dachte, ich wollte sie vergewaltigen, platzte mir endgültig der Kragen. Ich ertrug ihre Nähe keine Sekunde länger. So schnell ich konnte, führte ich ihre Arme zueinander und legte ihr den Gürtel um die Handgelenke. In wenigen Sekunden hatte ich ihn geschickt so gewickelt, dass sie sich nicht mehr daraus befreien konnte. Als ich sah, wie das Leder fest in ihre weiche Haut schnitt, unterdrückte ich den Anflug eines schlechten Gewissens.

Nachdem ich sie erfolgreich gefesselt hatte, packte ich sie und drehte sie auf den Rücken. Tränen rannen ihre Wangen hinab. Bei dem Anblick schluckte ich hart.

»Bitte«, wimmerte sie nochmal. Nie zuvor hatte ich mich so widerlich und erbärmlich gefühlt wie in diesem Moment. Als sie vor mir lag, Todesangst im Gesicht, unkontrolliert zitternd, sich wohl bewusst, dass sie mir wehrlos ausgeliefert war. Aber ich durfte nicht nachgeben. Wenn ich sie emotional an mich heranließ, brachte ich alles in Gefahr.

Wortlos erhob ich mich und ließ sie allein auf dem Bett liegen. Ich durchquerte das Zimmer, ohne mich nach ihr umzudrehen, spürte jedoch, dass sie mir hinterherstarrte. Als ich die Tür schloss, stellte ich mich gegen den Wunsch, bei ihr zu bleiben und ihr zumindest einen Teil ihrer Angst zu nehmen.

So war es besser. Sie war William Parkers Tochter. Und auch wenn sie unschuldig und verletzlich wirkte, war das nicht die Wahrheit. Ich wusste es besser, als dass ich mich von ihrem anziehenden Äußeren täuschen lassen würde.

»Fuck«, fluchte ich und schlug gegen die Wand. Aber der Schmerz lenkte mich nur kurz ab. Aufgewühlt ging ich zurück ins Wohnzimmer, holte mir ein Glas aus dem Schrank und befüllte es mit Scotch.

Ich leerte das Getränk mit einem Zug und die braune Flüssigkeit brannte sich ihren Weg hinab durch meine Kehle. Ohne auf die Proteste meines Körpers zu achten, schenkte ich mir ein zweites Glas ein und kippte es hinterher. Erst, als ich mich leicht benebelt fühlte, hörte ich auf. Die Ellbogen auf die Arbeitsinsel gestützt und das leere Glas in der rechten Hand, fuhr ich mir mit der linken stöhnend durch die Haare. Ich musste mich beherrschen. Einen kühlen Kopf bewahren. Ich gefährdete meinen eigenen Plan. Und weshalb das Ganze? Weil ich Skrupel hatte. Weil ich schwach war. Genauso, wie die Zweifler es immer gesagt hatten.

Aber ich würde ihnen allen das Gegenteil beweisen.

Kapitel -16-

May

Erschrocken fuhr ich aus dem Schlaf hoch, mein Herz raste vor Aufregung in meiner Brust. Mein eigener Atem rauschte laut in meinen Ohren, ansonsten konnte ich kein Geräusch hören. Um mich herum war alles still und dunkel, nur spärliches Mondlicht schien auf die Konturen der Möbel und verhinderte eine vollkommene Finsternis.
Es konnte später Abend sein oder schon mitten in der Nacht. Ich wusste es nicht. Mein Zeitgefühl war durcheinandergekommen und in diesem Zimmer gab es keine Uhr. Obwohl ich hatte wach bleiben wollen, musste ich vor Erschöpfung eingeschlafen sein. Ich hatte ohne Pause gegen die Fesseln angekämpft, bis die Schmerzen unerträglich geworden waren und ich mir verzweifelt eingestehen musste, dass River ganze Arbeit geleistet hatte.
Das Gefühl, hilflos und verletzlich zu sein, ließ mich nicht los. Ich war eingesperrt. Entführt von einem Irren und wusste nicht, was er mit mir vorhatte.
Die Ungewissheit machte mich fertig. Nie im Leben hatte ich mich so einsam gefühlt. War das mein Ende? Würde er mich umbringen? Mit meiner Selbstbeherrschung war es vorbei. Ich war weit über den Punkt hinaus, an dem ich mir gut zureden konnte.
Wie lange hatte ich geschlafen? Diese Frage nicht beantworten zu können, machte mich wahnsinnig. Nicht zu wissen, wie viel Zeit verging, versetzte mich in eine ganz neue Form der Hilflosigkeit.

Mit panischem Blick suchte ich die Dunkelheit um mich herum ab. Mit jeder Sekunde beschleunigte sich mein Herzschlag. Ich sah Dinge in den Schatten, die nicht da waren. Dunkelheit strahlte auf ihre eigene Art und Weise eine Bedrohlichkeit aus. Ich fühlte mich wohler, wenn ich sah, was sich vor mir befand. Das war seit meiner Kindheit so. Jetzt war ich der Finsternis ausgeliefert. Konnte nicht das Licht einschalten und meine Angst auch nicht länger im Zaum halten. Mein Körper war geschwächt und meine Psyche an ihrer Grenze. In den vergangenen achtundvierzig Stunden hatte ich mehr durchgemacht, als ein normaler Mensch ertragen konnte. Ich gab auf und ließ zu, dass meine Todesangst mich zurück in die Vergangenheit katapultierte. Hin zu einer Nacht, in der ich auch um mein Leben hatte fürchten müssen.

Plötzlich lag ich nicht mehr in dem Raum, in den River mich gesperrt hatte. Ich war in meinem Kinderzimmer, eingekuschelt in meine pinke Prinzessinnendecke, und schlief. Ich hatte in jener Nacht von einer sprechenden Katze geträumt, das wusste ich noch, als ein Geräusch mich aus dem Schlaf riss. Das Knarren der Zimmertür. Als ich wach wurde, sah ich, dass sie einen Spalt offenstand. Nur ein schmaler Lichtstreifen erhellte den Raum. Es dauerte einige Sekunden, bis meine Augen sich an die Dunkelheit gewöhnten. Bis ich den Schatten erkannte, der sich auf mein Bett zubewegte. Als das hereinfallende Licht sich in seinem Blick spiegelte, ging ein Ruck durch meinen Körper und ein verzweifelter Hilferuf teilte meine Lippen.

Auch jetzt konnte ich nicht stumm bleiben. Die Erinnerungen waren zu real. Zu lebhaft. Dieselbe Todesangst hatte mich gepackt. Ich sah sein Gesicht, als stünde er direkt vor mir und ich konnte nicht mehr sagen, wo ich war. In meinem Kinderzimmer oder in Rivers Wohnung. In mir war nur diese unerträgliche Gewissheit, dass ich sterben würde.

Ich schrie, obwohl ich mir dessen nicht einmal bewusst war. Trotz der Schmerzen, die in meinem Kopf explodierten. Auch, als die Tür mit lautem Poltern geöffnet wurde, jemand in den Raum stürmte und mich packte. Ich konnte nicht mehr aufhören. Mein ganzer Körper bestand nur noch aus diesem einen verzweifelten Schrei, der mich bereits mein ganzes Leben lang begleitete. Ich spürte die Hände nicht, die mich packten und schüttelten. Hektisch meine Fesseln lösten. Sah das Licht kaum, das angeschaltet worden war. Nichts davon konnte zu mir durchdringen.

Plötzlich war da eine Wärme, die mich nach und nach einfing und meine angespannten Muskeln zur Kapitulation zwang. Ein sanftes Wiegen, das mein Zittern unter Kontrolle brachte und den Schrei auf meinen Lippen abebben ließ.

Langsam kehrte ich in die Wirklichkeit zurück. Und fand mich in Rivers Armen wieder. Er saß auf dem Bett, hatte beide Arme um mich geschlungen und drückte mich sanft an seine nackte Brust. Seine Hand strich behutsam über meinen Rücken.

Sobald ich verstand, was vor sich ging, wollte ich vor ihm zurückweichen und ihn von mir stoßen. »Hab keine Angst«, sagte er schnell. »Ich tue dir nichts.«

Im selben Moment merkte ich, dass meine Hände tatsächlich nicht länger gefesselt waren. Ich hatte es mir nicht eingebildet. Sie lagen an Rivers Brust, meine Fingernägel hatten Spuren in seiner Haut hinterlassen. Während mein Verstand versuchte, die Situation zu begreifen, sprach River weiter.

»Du hattest einen Alptraum. Ich habe dich schreien hören«, erklärte er, doch ich wusste, dass ich hellwach gewesen war, als meine Dämonen mich heimgesucht hatten.

Ich wollte erneut von ihm wegrücken, aber River ließ mich nicht. Er hielt mich an sich gedrückt. So dicht, dass die Wärme seiner Haut auf mich überging.

»Du bist hier sicher«, versprach er und wie sehr wünschte ich mir, ihm glauben zu können. »Ich werde dir nicht wehtun.«

Mein Blick fiel auf meine blutigen Handgelenke, wo sein Gürtel tiefe Schnitte in der Haut hinterlassen hatte. Tränen sammelten sich erneut in meinen Augenwinkeln. Ein leises Schluchzen teilte meine Lippen. Er hatte mir bereits wehgetan.

»Das wird nicht nochmal vorkommen«, verkündete er mit fester Stimme, als hätte er meine Gedanken gelesen. Ich wendete mich seinem Gesicht zu, dem meines Entführers, und sah darin nichts als Aufrichtigkeit. Dieselbe Aufrichtigkeit, mit der er mir seine Hilfe angeboten hatte. Mit der er mir einen Kaffee spendiert hatte. Alles nur Lügen, um mich herzubringen. Ich durfte ihm nicht glauben. Innerlich baute ich eine Mauer um den Wunsch, ihm zu vertrauen, auf. Doch als er mit seinem Daumen sanft über mein Gesicht fuhr und die Tränen fortwischte, riss er ein Stück davon ein.

»Wenn du denkst, dass ich dir jemals vertraue …«, flüsterte ich und hielt seinen Blick fest, »… bist du wahnsinnig.« Meine Worte waren leise, aber mit so viel Inbrunst hervorgebracht, dass er den Hass in jedem davon spüren musste. »Du bist ein

Monster. Ich verabscheue dich und wenn ich könnte, würde ich dich umbringen.«
Der weiche Blick, mit dem er mich eben noch bedacht hatte, wich einer harten Maske. Die Lippen fest aufeinandergepresst, starrte er mich an. Seine Arme, die um meinen Körper geschlungen waren, standen unter Spannung. Kurz huschte ein verletzter Ausdruck über sein Gesicht. Wenn ich die Möglichkeit gehabt hätte, hätte ich ihm in diesem Moment alle Schmerzen der Welt zugefügt.
Als er zu einer Antwort ansetzte, ertönten plötzlich Schritte im Flur. Wir hatten beide nicht bemerkt, dass jemand die Wohnung betreten hatte. Bevor River reagieren konnte, stand ein weiterer Mann im Türrahmen. Er trug einen dunkelblauen Anzug, war hochgewachsen und hatte dunkles Haar. Sein Aussehen schien gewöhnlich, könnte sogar als harmlos bezeichnet werden - durch die braunen Haare und die gleichfarbigen Augen. Doch als sein Blick auf mich fiel, geriet etwas in mir in Alarmbereitschaft.
»Störe ich?«, fragte der Fremde mit hochgezogenen Brauen. Als er River ansah, glaubte ich, einen stummen Vorwurf in seinem Gesicht zu lesen. Dieser ließ mich abrupt los, schob mich ein Stück von sich weg und stieg aus dem Bett, als wäre er gerade bei etwas Verbotenem erwischt worden. Wer war dieser Mann?
Da fiel es mir wie Schuppen von den Augen. Es gab nur eine naheliegende Antwort. Eine Person, die höchstwahrscheinlich in den Plan mit eingeweiht gewesen sein musste.
»Du!«, stieß ich wütend hervor und zeigte mit dem Finger auf ihn. »Du warst der Dieb, der meinen Rucksack gestohlen hat.«

Durch die schwarze, weite Kleidung, die er beim Überfall getragen hatte, konnte ich mir nicht sicher sein. Die Statur passte allerdings. Und mein Bauchgefühl sagte mir, dass ich richtiglag.

Er ignorierte mich, stattdessen wandte er sich River zu, der ohne Shirt im Raum stand. »Wieso ist sie nicht gefesselt?«

»Das ist nicht nötig«, antwortete River knapp und erwiderte den Blick des Mannes standhaft. Für einen Moment glaubte ich, dass er widersprechen würde, aber Rivers Ausstrahlung hatte etwas so Autoritäres, dass es großen Mut bedurfte, um sich ihm entgegenzustellen. Mit gestrafften Schultern und angespannten Gesichtszügen schien er nur darauf zu lauern, dass der fremde Mann etwas erwiderte. Die Luft im Raum wurde dick. Ich fragte mich, in welcher Beziehung sie zueinanderstanden.

»Kent, warte bitte in der Küche auf mich«, wies River an und gab dem Fremden damit einen Namen. Kurz erweckte Kent den Anschein, als wollte er es auf ein Kräftemessen ankommen lassen, bevor er widerwillig den Raum verließ.

Damit waren River und ich wieder allein. Als er mich ansah, war der verletzte Ausdruck von vorhin verschwunden. Er war einer beherrschten Maske gewichen, die keinerlei Gefühlsregung durchscheinen ließ.

»Ich habe dir gesagt, dass ich dir nicht wehtun werde und das meine ich auch so«, stellte er nüchtern klar. »Solange du dich benimmst, kannst du dich sicher fühlen.«

Dann verließ er den Raum und schloss die Tür hinter sich ab.

Ich atmete erleichtert auf, obwohl ein großer Teil von mir sich fragte, wie viel Wert die Worte eines Kidnappers besaßen.

Kapitel -17-

River

Kent erwartete mich in der Küche. Die Arme vor der Brust verschränkt, starrte er aus dem Fenster in die Nacht. Ich hätte mir gern die Zeit genommen, mir ein Shirt überzuziehen. Mays Schrei hatte mich aus dem Schlaf gerissen und mir den Schreck meines Lebens bereitet. Ich hatte geglaubt, jemand wäre in die Wohnung eingedrungen. Aber als ich sah, dass die Zimmertür verschlossen war, begriff ich, dass es etwas anderes sein musste.

Ich hatte meine Knarre auf die Anrichte im Flur gelegt und war zu May gegangen. Sie lag einfach da, gefesselt, wie ich sie zurückgelassen hatte und schrie aus Leibeskräften. Ihre Augen waren offen gewesen, doch gesehen hatte sie mich nicht. Sie war weg. So weit weg, dass es Minuten gedauert hatte, sie zu beruhigen.

Ich hatte keine andere Wahl gehabt, als mich zu ihr zu legen. Die Adern an ihren Schläfen hatten wie wild pulsiert. Ich hatte Angst gehabt, dass sie kollabierte. Also hatte ich alles versucht, um sie zu beruhigen. Aber erst, als ich sie an mich gezogen und in den Armen gehalten hatte, zeigte es Wirkung. Ausgerechnet in dem Moment musste Kent auftauchen. Er besaß selbstverständlich einen Schlüssel zum Penthouse. Schließlich wurde es normalerweise für geschäftliche Zwecke genutzt. Wir hatten vereinbart, dass er herkam. Nur hatte ich nicht mehr damit gerechnet, dass er so spät noch auftauchen würde.

»Warum kommst du jetzt erst?«, fragte ich und ging zum Kühlschrank, um mir ein Wasser zu holen. Ich trank direkt aus der Flasche, während ich auf Kents Antwort wartete.
»Cassie hatte Wehen und ich musste sie ins Krankenhaus fahren«, antwortete er und drehte sich zu mir um. Der stumme Vorwurf war nicht aus seinem Blick gewichen.
»Bekommt sie das Baby?« Der errechnete Geburtstermin war meines Wissens nach nah. Es konnte jeden Tag soweit sein.
Kent schüttelte den Kopf. »Falscher Alarm«, erklärte er knapp. »Was hatte das zu bedeuten?«
Ich wusste, dass er die Szene mit May meinte.
»Nicht das, was du denkst«, erwiderte ich und ließ mir nicht anmerken, wie sehr die Situation mich aufwühlte.
»Ich denke«, fuhr Kent mich scharf an, »dass du Parkers Tochter gegenüber schwach geworden bist. Nach weniger als einem Tag.« Er kam einige Schritte auf mich zu und baute sich vor mir auf. »Du kannst jede Frau vögeln, aber musste es ausgerechnet sie sein?«
»Pass auf, wie du mit mir redest«, antwortete ich zornig. »Du bist mein bester Freund, aber ich bin ebenso dein Boss. Vergiss das nicht.«
Welche Erwiderung ihm auch auf der Zunge lag, er schluckte sie herunter. Doch an seinem Gesichtsausdruck erkannte ich, dass dieses Thema für ihn noch nicht gegessen war.
»Ich hoffe, du weißt, was du tust«, sagte er ruhig. »Und wie viel davon abhängt. Ich muss los.« Im Gehen deutete er auf eine Plastiktüte, die auf der Kücheninsel lag und mir bisher nicht aufgefallen war. »Da drin sind die Sachen, die du haben wolltest.«

Ich blieb in der Küche, bis ich hören konnte, wie die Tür hinter ihm ins Schloss gefallen war. Erst dann löste sich meine Anspannung. Ich hatte es vor Kent nicht zugeben können, aber May ging mir unter die Haut. Er hatte recht, ich war schwach geworden. Als ich mir das erste Mal Gedanken darüber gemacht hatte, was für ein Mensch sie war und was sie dachte, war ich bereits einen Schritt zu weit gegangen.
Aber so sehr ich auch versuchte, nicht an das Gefühl ihres Körpers in meinen Armen zu denken, so wenig wollte es mir gelingen. In ihrer Gegenwart fühlte ich mich wie ein abartiges Monster. Sah mich durch ihre Augen. Suchte ich deswegen ihre Nähe? Weil ich ihr beweisen wollte, dass sie falschlag?
Oder machte ich mir selbst etwas vor? Immerhin hatte sie nicht unrecht. Ich war ihr Entführer. So sehr ich auch versuchte, mir einzureden, dass sie Parkers Tochter war und es verdiente, konnte ich mich dennoch nicht mehr davon überzeugen. Nicht jetzt, wo ich sie gesehen hatte. Nichts an ihr war, wie ich es erwartet hatte. Deswegen konnte ich mich nicht länger belügen. Ich hatte eine unschuldige Frau entführt und hielt sie gegen ihren Willen fest. In all den Jahren, in denen ich für Sal gearbeitet hatte, war es vermeidbar gewesen, einer Person zu schaden, die es nicht verdient hatte. Die Männer, die durch meine Hand starben, waren selbst Mörder oder Vergewaltiger gewesen. Brutale Kerle, die anderen Menschen Leid zufügten und denen keiner eine Träne hinterherweinte.
Aber May? Verdammt, sie war das genaue Gegenteil, sanft und zerbrechlich. Wie konnte ich ihre Angst sehen und länger glauben, dass sie böse war?

Ich war zu dem geworden, was ich niemals hatte sein wollen. Aber welche Wahl war mir geblieben, nachdem ihr Vater uns so offensichtlich den Krieg erklärt hatte? William Parkers Angriff gegen meine Leute hatte mich in Zugzwang gebracht. Leider konnte ich nicht mehr mit voller Überzeugung sagen, dass meine Reaktion darauf richtig gewesen war. Jetzt saß ich zwischen den Stühlen. Auf der einen Seite waren Kent und die Menschen, die ich als meine Familie bezeichnete und die auf mich zählten. Auf der anderen befand sich May, die mich zurecht hasste.

Ich musste aufhören, so an sie zu denken. Dieser Weg führte nirgendwohin. Die Entscheidung war gefallen. May Louise Fields bildete das perfekte Druckmittel gegen ihren Vater. Und das würde ich nicht aus der Hand geben.

Kapitel -18-

May

Schwerfällig erhob ich mich vom Bett. Mein ganzer Körper schmerzte. Ich war bis in den letzten Muskel verspannt. Bei jedem Schritt lauschte ich in die Stille der Wohnung. Irgendwie rechnete ein Teil von mir damit, dass River plötzlich hereinstürmte. Aber nichts geschah. Er hatte mich zurückgelassen. Ich wusste nicht, ob er sich überhaupt noch in der Wohnung befand. Vielleicht war er zusammen mit Kent fortgegangen.

Du bist verloren.

Niemand suchte mich hier.

Ich kniff die Augen zusammen und bekämpfte die Tränen, die erneut aufstiegen. Der Drang, sinnlos gegen die Tür zu hämmern, war groß. Nur würde kopfloses Handeln mir nicht weiterhelfen. Ich musste nachdenken. Mich konzentrieren. Was schwer war, denn das Geräusch des einrastenden Schlosses echote in meinem Kopf. Laut und deutlich klang es in meinen Ohren nach und verkündete, dass ich eingesperrt war. Ich war Rivers Gefangene und hatte keine Ahnung, was er mit mir vorhatte.

Er musste Arabella und mich im Hotel belauscht haben. Anders konnte ich es mir nicht erklären. Es war kein Zufall, dass er mich an genau der richtigen Stelle abgepasst und dafür gesorgt hatte, dass Kent mir meine Papiere abnahm. Der einzige Schwachpunkt in meinem Plan. Ich hatte gewusst, dass es riskant war, das Taxi zu wechseln. Aber meine Sorge hatte mehr der Tatsache gegolten, dass ich

dadurch langsamer vorankam. Da wusste ich auch nicht, dass ein irrer Stalker nur darauf wartete, mich zu entführen.
Als wäre ihm klar gewesen, dass ich mich auf der Flucht befand und ohne meine Dokumente und das Geld aufgeschmissen war. Damit ich auch wirklich zu ihm in den Wagen steigen musste. Ein großes Fragezeichen bildete nur das Warum.
Welches Ziel verfolgte er? Aus welchem Antrieb heraus handelte River? Wenn ich überleben wollte, musste ich das herausfinden.
»So ein Mist«, zischte ich, wütend über mich selbst. Wieso war ich nicht vorsichtiger gewesen! Trotz verlorenem Rucksack hätte ich niemals mit ihm mitgehen dürfen.
»Dieser Scheißkerl!«
Aber den Kopf in den Sand zu stecken, war nicht meine Art. Egal, wie aussichtslos die Situation war, man durfte nie den Mut verlieren. Mom hatte mir das früh beigebracht.
Du musst eine Kämpferin sein, May.
Weil mein Vater sonst als Sieger hervorgegangen wäre. Mich sein Schatten verschluckt hätte, ohne mir die Chance zu geben, mich jemals ans Licht zurückzukämpfen. Aber ich hatte nie zugelassen, dass seine Dunkelheit mich beherrschte. Mom hatte mich so gut unterwiesen, dass ich selbst nach ihrem Tod, als ich allein zurückblieb, nicht schwach geworden war. Damals hatte ich mir kaum erlaubt, um sie zu weinen. Eine Nacht. Mehr nicht. Am nächsten Morgen war ich losgezogen, hatte dutzende Dahlien gekauft und unsere kleine Wohnung in Chinatown damit dekoriert. Bis mein Vater kam und mich fortriss. Und auch, wenn die Dahlien dortblieben, würde meine Mutter stets bei mir sein. Ich hatte

mich damals nicht unterkriegen lassen, ich würde es auch heute nicht tun.
Mein Zusammenbruch kostete mich wertvolle Zeit. Denn mit jeder Sekunde, die ich hier drinnen saß, wuchs die Gefahr. Mein Vater musste längst nach mir suchen. Tanner hatte mich um sieben Uhr zum Abendessen abholen wollen. Seitdem waren Stunden vergangen. Wenn sie mich fanden … nein, so lange durfte ich nicht bleiben. Ich musste fliehen, bevor es soweit war. Denn mein Vater und Tanner würden zwar das Problem mit River lösen, doch ihr ursprüngliches Vorhaben, mich zu verheiraten und nach Kolumbien zu schicken, war keinen Deut besser. Wenn ich hoffte, dass sie kamen und mich retteten, war ich verloren. Ich musste mein eigener Held sein. Und dafür sollte ich endlich verstehen, in was für eine Sache ich geraten war. River hatte mich entführt, schien jedoch nicht der klassische Kidnapper zu sein. Er verletzte mich nicht, bis auf die Sache mit meinen Handgelenken, und er näherte sich mir auch nicht auf sexuelle Weise. Was war sein Motiv? Auf irgendeine Art musste er Nutzen aus alldem ziehen.
Aufmerksam nahm ich das Zimmer in Augenschein. Seit River mich vor Stunden eingesperrt hatte, konnte ich mich vor lauter Aufregung auf nichts richtig konzentrieren. Ich hatte nur nach einer schnellen Waffe gesucht. Dafür war ich jetzt umso entschlossener.
Eventuell fand ich etwas, womit ich arbeiten konnte. Einen Hinweis. Irgendwas. Ich war bereit, nach jedem Strohhalm zu greifen.
An der längsten Wand stand ein breites Bett mit grauen Bezügen, die von meinem Gewicht völlig durcheinandergewühlt waren. Links und rechts zwei

Nachttische aus dunklem Holz mit jeweils einer kleinen Lampe darauf. Mein Blick glitt weiter über das Bücherregal, das gegenüber vom Bett stand. Ein Stück daneben befand sich der zweitürige Kleiderschrank, der mir bereits vorher aufgefallen war. Beide aus demselben dunklen Holz wie die restlichen Möbel. Das Regal bog sich bereits unter dem Gewicht der Bücher. Jenes, mit dem ich River attackiert hatte, lag daneben auf dem Boden. Gerade als ich es aufhob und zurück ins Regal stellen wollte, wurde die Tür erneut aufgeschlossen. Die Finger fest in den Einband des Buches gekrallt, starrte ich auf die Stelle, an der kurz darauf River im Zimmer erschien. Sein Blick fiel auf das Buch.

»Ich rate dir davon ab, mich nochmal anzugreifen«, warnte er mich. Er trug eine Plastiktüte bei sich. Zögerlich stellte ich das Buch zurück an seinen Platz im Regal. Auf ihn loszugehen, würde mir genauso viel nützen wie beim ersten Mal.

River nahm die Geste nickend zur Kenntnis und betrat das Zimmer. Er hielt mir die Plastiktüte entgegen und als ich nichts tat, um sie ihm abzunehmen, legte er sie auf dem Bett ab. »Da drin sind eine Zahnbürste, Shampoo, Wechselklamotten und ein paar Hygieneartikel, die du brauchen könntest.«

Am liebsten wäre ich zur Tüte gerannt und hätte mich auf die Zahnbürste gestürzt. Nach Stunden ohne die Möglichkeit, mich zu säubern oder mich anderweitig um meine Körperhygiene zu kümmern, hatte ich einen pelzigen Geschmack auf der Zunge und der Angstschweiß klebte mir am Rücken. Ich sehnte mich danach, mich wieder wie ein Mensch zu fühlen. Statt mich zu bewegen, wartete ich auf

Rivers nächste Handlung. »Wenn du etwas brauchst, lass es mich wissen.«

»Antworten«, schoss es aus mir hervor. »Ich brauche Antworten.«

Er schüttelte betreten den Kopf. »Die kann ich dir nicht geben.«

Abwehrend verschränkte ich die Arme vor der Brust und funkelte ihn wütend an. »Dann verschwinde«, zischte ich.

Er öffnete den Mund, als wollte er noch etwas sagen, schloss ihn jedoch wieder, nickte knapp und verließ das Zimmer. Sobald ich hörte, wie sich seine Schritte auf dem Flur entfernten, rannte ich zur Tüte, riss sie auf und inspizierte den Inhalt. Seufzend zog ich die Zahnbürste hervor. Nach dem, was ich in den letzten Stunden durchgemacht hatte, erschien sie mir wie ein Geschenk Gottes. Ich fand ebenfalls ein Shampoo, das nach Limette duftete, Zahnpasta, ein paar Einwegrasierer sowie eine Yogahose und ein weites Shirt.

Ich nahm die Sachen mit ins Bad, ebenso wie das Glas mit Wasser, das auf dem Nachttisch stand. Den Inhalt entleerte ich ins Waschbecken und befüllte es mir mit Leitungswasser. In New York war es zwar nicht unbedingt empfehlenswert, aus dem Wasserhahn zu trinken, doch das war mir lieber, als etwas anzunehmen, das River mir eingeschenkt hatte.

Nachdem ich drei volle Gläser getrunken hatte und das geschwollene Gefühl in meinem Mund etwas nachließ, entkleidete ich mich hastig und stieg unter die Dusche. Ich wollte mich beeilen, denn River konnte jederzeit ins Zimmer platzen. Der Schlüssel zum Bad fehlte, sodass die Tür sich nicht abschließen ließ. So gern ich das warme Wasser auf

meiner Haut auch genossen hätte, mein Misstrauen war zu groß.
Ich seifte meinen Körper und meine Haare mit fahrigen Bewegungen ein, wobei ich die Badezimmertür im Auge behielt. Dabei ignorierte ich das heiße Brennen, das von den Wunden an meinen Handgelenken ausging, bestmöglich. Auch wenn mich der Schmerz kurz schwindlig werden ließ. Ich blinzelte die Schwärze vor meinen Augen weg und fuhr mit meiner Körperwäsche fort. Selbst das Wasser ließ ich nur schwach laufen, damit ich hören konnte, wenn River reinkam. Nach wenigen Minuten fühlte ich mich zwar sauber, aber nicht erholt. Stattdessen griff ich mit klopfendem Herzen nach dem Handtuch, das an der Innenseite der Tür hing, und trocknete mich halbherzig ab. Als ich mich schnell in die Kleidung zwängte, hinterließ meine Haut nasse Flecken darauf. Erst, als ich vollständig angezogen war, wurde ich ruhiger. Das Handtuch um meine nassen Haare geschlungen, freute ich mich, dass ich mir wenigstens beim Zähneputzen mehr Zeit lassen konnte. Währenddessen rief ich mir Rivers Worte in Erinnerung:
Wenn du dich an die Regeln hältst, wird alles ganz einfach. Du darfst dich frei in der Wohnung bewegen.
Es wurde Zeit, dass ich herausfand, was die Regeln waren.

Kapitel -19-

River

Ich schlief weniger als sonst. Mein Blut kochte vor Wut. Ich wusste nicht, wie diese Frau das schaffte, aber selbst nachdem sie verstummt war, geisterte ihre Stimme stundenlang in meinem Kopf herum.

Statt mich unruhig im Bett hin und her zu wälzen, nutzte ich die Zeit lieber sinnvoll. Obwohl es erst fünf Uhr morgens war, machte ich mich auf den Weg in den Fitnessraum, der sich im obersten Stock des Wohngebäudes befand. Als ich an Mays Zimmer vorbeiging, unterdrückte ich den Drang, das Ohr an die Tür zu legen und auf ein Lebenszeichen von ihr zu horchen. Es gefiel mir nicht, wie ruhig sie plötzlich war. Egal. Ich versuchte, die Gedanken an sie aus meinem Kopf zu vertreiben. Und es gab keine bessere Ablenkung als schweißtreibenden Sport.

Die nächsten zwei Stunden trainierte ich wie ein Besessener. Dank der frühen Uhrzeit hatte ich den Raum für mich. Ich hatte früh gelernt, dass mein Körper meine stärkste Waffe und gleichzeitig mein größter Schwachpunkt war. Deswegen forderte ich ihn regelmäßig und ging unerbittlich bis an meine Grenzen und darüber hinaus. Außerdem war es die beste Methode, um den Kopf freizubekommen. Nur die Hanteln und ich. Einatmen, ausatmen, Gewicht stemmen. Mehr gab es nicht.

Statt wie üblich nur eine Muskelgruppe zu trainieren, warf ich heute alle Übungen durcheinander. Bankdrücken, Kniebeugen, Kreuzheben. Selbst die Gewichte erhöhte ich,

denn ich wollte, dass mein ganzer Körper schmerzte, um mich von den Gedanken an May abzulenken.
Am Ende meines Workouts war ich schweißgebadet. Die Muskeln in meiner Brust waren aufgepumpt, meine Beine zitterten von den Kniebeugen und mein Rücken war zum Zerreißen gespannt. Mein Herz schlug fest in meiner Brust. Trotzdem war ich unzufrieden, denn ich hatte es nicht geschafft, Mays Gesicht aus meinem Kopf zu verbannen. Sie hatte sich hartnäckig eingenistet, als hätte jemand ihr verdammtes Bild in mein Auge gebrannt.
Noch gereizter, als ich gekommen war, verließ ich den Trainingsraum. Nachdem ich geduscht hatte, wurde es Zeit, mich um das Geschäftliche zu kümmern. Bevor Mays Vater erfuhr, dass sie sich bei uns aufhielt, wollte ich sie aus der Stadt geschafft haben.
In der Küche ließ ich mir einen Espresso durch die Kaffeemaschine laufen und inspizierte den Kühlschrank. Dank Kent war er aufgefüllt worden. Dabei glitten meine Gedanken zu May. Sie hatte seit über vierundzwanzig Stunden nichts gegessen. Trotzdem hörte ich keinen Ton von ihr. Ich hatte damit gerechnet, dass sie sich längst entschuldigen und mich um etwas Essbares bitten würde.
In dem Versuch, ein ausgewogenes Frühstück zusammenzustellen, briet ich Spiegeleier an und toastete ein paar Scheiben Brot. Dazu schnitt ich Erdbeeren und machte May ebenfalls einen Kaffee. Schwarz, wie sie ihn im Diner getrunken hatte.
Als ich alles auf ein Tablett stellte und zu ihr ging, fühlte ich mich gut. Edelmütig. Sie würde mein Entgegenkommen zu schätzen wissen, schließlich war sie kein dummes Mädchen.

So lange hungrig und eingesperrt zu sein, war ihr bestimmt eine Lektion gewesen und in Zukunft würde sie sich mir gegenüber respektvoller verhalten. Und letztendlich wollte ich auch nicht, dass sie verhungerte oder vollkommen entkräftete. Ich war vieles, aber kein herzloses Monster.
Ich schloss die Tür leise auf und betrat das Zimmer vorsichtig, für den Fall, dass May noch schlief. Das tat sie. Obwohl die Vorhänge aufgezogen waren, hatte sie die kleine Nachttischlampe eingeschaltet gelassen. Sie selbst lag inmitten des riesigen Bettes, die Beine an den Körper gezogen. Die Decke musste in der Nacht auf den Boden gerutscht sein. Behutsam stellte ich das Tablett auf dem Beistelltisch am Fenster ab, schaltete die Nachttischlampe aus und ging um das Bett herum, um die Decke vom Boden aufzulesen. Eine leichte Gänsehaut hatte sich über Mays Arme gelegt. Gerade, als ich die Decke über ihr ausbreiten wollte, riss sie die Augen auf und wirbelte mit einem Schrei herum. Sie schlug und trat wild nach mir, den Blick voller Panik.
»Beruhige dich«, stieß ich wütend hervor und wich ihren Tritten aus. May reagierte nicht. Sie schrie und schlug weiter um sich, bis ich mich über sie beugte, ihre Hände packte und sie fest in die Matratze drückte.
»May«, rief ich und sie zuckte zusammen, als würde sie erst jetzt aufwachen. Zum ersten Mal sah sie mich richtig an. Ihr Atem ging viel zu schnell, ihr Blick huschte unruhig hin und her, wie ein Tier, das gejagt wurde und Todesängste litt.
»Ich bin es«, sagte ich sanfter und lockerte den Griff um ihre Handgelenke. Trotzdem blieb ich wachsam, falls sie mich wieder attackieren wollte.

»Tut … tut mir leid«, stieß sie atemlos hervor und suchte mit den Augen den Raum hinter mir ab.
»Außer mir ist niemand da«, versicherte ich ihr, weil mein Gefühl mir sagte, dass es das war, was sie hören musste. Sie beruhigte sich nur langsam. Die ganze Zeit über beobachtete ich sie und fragte mich, wovor sie solche Angst hatte. Irgendwas musste in der Vergangenheit vorgefallen sein, dass sie sich so vor der Dunkelheit und vor dem Schlaf fürchtete. Nachdem ich sie ein oder zwei Minuten lang angestarrt hatte, als könnte ich ihre Geschichte mit Gewalt aus ihrem Kopf saugen, vernahm ich ihr Räuspern.
»Du kannst mich loslassen«, sagte sie und nickte mit dem Kopf an die Stelle, an der ich ihre Hände in die weiche Matratze drückte. Inzwischen war ich ihr so nahegekommen, dass unsere Gesichter nur noch wenige Zentimeter voneinander entfernt waren. So nah, dass ich glaubte, im Grün ihrer Augen versinken zu können. Bedächtig liebkoste ich mit meinem Blick die anmutigen Formen ihres Gesichts. Ließ ihn über ihre hohen Wangenknochen hin zu den vollen Lippen wandern. Selbst so früh am Morgen hatte sie nichts von ihrer Schönheit eingebüßt. Ich wollte nicht loslassen, alles in mir schrie danach, mich an sie zu drücken. Mit den Händen ihre weichen Formen nachzufühlen, jeden Zentimeter ihres Körpers zu erforschen und die Töne aufzusaugen, die sie dabei von sich gab.
»River«, flüsterte May. In der Art, wie sie meinen Namen sagte, lag eine Warnung. Sie spürte es. Sie spürte die Anziehungskraft zwischen uns genauso, wie ich es tat. Und fürchtete sich vielleicht noch mehr davor als ich.

Widerwillig löste ich mich von ihr, vorerst, und verließ das Bett.
Sofort griff May nach der Decke und zog sie über ihren Körper. Aber ich hatte schon genug gefühlt, um es nie wieder aus dem Kopf zu bekommen. Ich versuchte zwanghaft, nicht daran zu denken. Stattdessen konzentrierte ich mich auf den eigentlichen Grund meines Eindringens. »Ich habe dir Frühstück mitgebracht«, sagte ich und zeigte auf das Tablett. Der Toast und die Eier verströmten einen köstlichen Duft, dennoch schenkte May dem Essen keine Beachtung.
»Ich esse erst, wenn du mir drei Fragen beantwortest«, forderte sie und ich starrte sie ungläubig an.
»Wie bitte?«
»Du hast mich schon verstanden. Ich werde dir jeden Tag drei Fragen stellen.« Mehr sagte sie nicht.
»Wie kommst du auf die hirnrissige Idee, dass ich mich darauf einlasse?«, erwiderte ich ungläubig und bedachte sie mit einem herablassenden Lächeln. »Glaubst du, dass du in der Position bist, um Forderungen zu stellen?«
»Ja.« Ihr Gesichtsausdruck zeigte pure Entschlossenheit. Aufmüpfig reckte sie mir das Kinn entgegen. Ich musste mich zusammenreißen, um bei ihren knappen Antworten nicht die Beherrschung zu verlieren. Zweifel suchte ich in ihrem Blick vergeblich. »Das musst du mir erläutern. Mir kann es am Arsch vorbeigehen, ob du isst oder nicht.«
»Siehst du«, sagte sie und zeigte mit dem Finger auf mich, als hätte ich gerade eine besonders schlaue Bemerkung gemacht. »Genau das kann es nicht. Du hast mich nicht umsonst entführt. Irgendeinen Nutzen ziehst du daraus und mit ziemlich großer Sicherheit brauchst du mich dafür lebendig.

Außerdem sollte es selbst für einen Kriminellen wie dich schwer werden, eine Leiche mitten in New York unbemerkt verschwinden zu lassen.« Ein zufriedenes Lächeln stahl sich auf ihr Gesicht. »Und genau deswegen wirst du mir meine Fragen beantworten.«

Ich war fassungslos.

Glaubte die Kleine wirklich, dass sie damit Erfolg haben würde? Aber das tat sie, sonst würde sie nicht so zufrieden dreinblickend auf dem Bett sitzen. Gut, dann musste ich sie eben eines Besseren belehren.

»Ich werde nichts dergleichen tun. Du kannst essen oder du kannst es lassen. Mir egal. Aber denk nicht, dass du mit mir spielen kannst. *Ich* stelle die Regeln auf. Deine Aufgabe ist es nur, dich daran zu halten. Je eher du das lernst, desto besser.«

Ich verließ den Raum und schloss sie ein. Das Frühstück ließ ich stehen. Mal sehen, wie lange sie dem Duft widerstehen konnte, wenn es direkt vor ihrer Nase stand. In ein paar Stunden würde ich nochmal nach ihr sehen. Ich war mir sicher, dass sie bis dahin alles bis auf den letzten Krümel verputzt hatte.

Ich freute mich schon darauf, ihr meinen Triumph unter die Nase zu reiben.

Kapitel -20-

May

Sein Gesicht, als er Stunden später kam und alles unberührt vorfand, war die Magenkrämpfe und Übelkeit wert. »Drei Fragen«, war alles, was ich auf seinen wütenden Blick erwiderte. Ohne mir eine Antwort zu liefern, verließ er den Raum. Aber ich konnte genau sehen, wie sein Kiefer vor Wut mahlte.

Die nächsten Stunden waren die Hölle. Ich versuchte, einzuschlafen, damit die Zeit schneller herumging, doch mein knurrender Magen hielt mich wach. In dem verdammten Zimmer befand sich kaum etwas, womit ich mich hätte ablenken können. Nur Bücher. Aber sobald ich eins davon aufschlug, verschwammen die Buchstaben vor meinen Augen. Nach weiteren Stunden - die Sonne stand mittlerweile hoch am Himmel - fühlte ich mich zu schwach, um das Bett zu verlassen. Ich musste mich regelrecht zwingen, zum Wasserhahn zu schleichen und mir den Magen mit lauwarmem Wasser zu füllen, damit der beißende Schmerz wenigstens für ein paar Sekunden nachließ. Dabei vermied ich jedes Mal den Blick auf den Teller mit dem Spiegelei. Nach weiteren Stunden, vielleicht waren es auch nur Minuten, stand ich direkt davor, sah mir die angetrockneten Ränder des Spiegeleis an und befühlte das steinharte Brot. Nichts hatte je köstlicher ausgesehen.

Von dem Punkt an war es ein reiner Kampf gegen meine natürlichen Überlebensinstinkte. Der Drang zu essen war so tief in jedem von uns verankert ... sich dagegen zu stellen, gestaltete sich schwieriger als gedacht. Einzig die Erinnerung an Vaters Pläne mit mir, ließ mich an meinem Entschluss festhalten.

Wenn ich entkommen wollte, musste ich zuerst verstehen, was los war. Wenn ich bloß eine Gefangene war und zuließ, dass River mit mir machte, was ihm beliebte, wäre ich verloren. Ich musste ihm auf Augenhöhe begegnen. Und ich selbst war das einzige Druckmittel, das ich hatte. Mein Verdacht, dass River mich für irgendetwas brauchte, war der einzige Trumpf, den ich in der Hand hielt. Wenn ich ihn nicht klug ausspielte, verlor ich meine Chance.

Als der Abend bereits über der Stadt dämmerte und dunkle Schatten ihren Weg ins Zimmer fanden, war River noch nicht zurückgekommen. Mittlerweile lag ich zusammengekauert auf dem Bett. Ich war weit über den Punkt hinaus, an dem Wasser irgendetwas brachte. Stattdessen drückte ich jedes Mal die Hände auf meinen Magen, wenn er sich schmerzhaft zusammenzog, und hoffte, dass die Welle schnell vorüberziehen würde.

Zuletzt hatte ich vor dem Treffen mit meinem Vater etwas zu mir genommen. Und weil ich an diesem Morgen so nervös gewesen war, hatte sich mein Frühstück auf eine Tasse Kaffee und ein simples Croissant beschränkt. Seitdem waren mehr als zwei Tage vergangen.

Oh Gott, wie sehr ich mir wünschte, dass ich in der Bäckerei die gesamte Auslage leergefressen hätte.

Meine Gedanken drehten sich nur noch um Essen. Plötzlich konnte ich den Geschmack von Ofenkartoffeln auf der Zunge spüren. Wusste, wie gebratenes Hähnchen roch und erinnerte mich an das frische Gefühl, das knackiger Salat in meinem

Mund hinterließ. Ein dröhnender Kopfscherz war seit einer Ewigkeit mein Begleiter. Wie lange würde ich das noch aushalten?
In dem Moment hörte ich, wie der Schlüssel ins Schloss gesteckt wurde. Oder bildete ich mir das nur ein? Wie sich Verdurstende in der Wüste eine Oase einbildeten?
Aber nein, tatsächlich betrat River kurz darauf das Zimmer. In der Hand hielt er ein Tablett mit einem belegten Sandwich.
Dieser Wichser.
Ich schloss die Augen. Am liebsten hätte ich mir auch noch die Nase zugehalten, damit ich den Duft nicht ertragen musste. Wie auf Kommando gab mein Magen ein lautes Knurren von sich, das mich vor Schmerzen wimmern ließ.
»Du bist offensichtlich am Ende deines kleinen, sinnlosen Protestes angekommen. Hier.« Er stellte den Teller mit dem Sandwich auf dem Nachttisch direkt vor mir ab, nahm das Spiegelei vom Morgen und brachte es weg. Vermutlich in die Küche. Als er kurz darauf im Türrahmen erschien, lag ich genauso da wie vorher. Nicht einmal die Tatsache, dass er das Zimmer nicht abgeschlossen hatte, konnte mich motivieren. Wie weit wollte ich in diesem Zustand schon kommen?
»Ist das dein Ernst? Ich höre bereits, wie dein Magen anfängt, sich selbst zu verdauen. Und du weigerst dich weiterhin?« Er schüttelte ungläubig den Kopf.
»Drei Fragen«, krächzte ich müde.
»Verdammtes Weib, du bringst nur Ärger«, fluchte er und ich könnte schwören, dass er drauf und dran war, mir das Sandwich mit Gewalt in den Hals zu stopfen. Ich hätte das sogar willkommen geheißen, aber River riss sich zusammen. Leider.

»Drei Fragen«, wiederholte ich lauter und zuckte zusammen, als er mit der flachen Hand heftig gegen den Türrahmen schlug.
»Was bringen dir diese scheiß Fragen, dass du bereit bist, dich dafür zu Tode zu hungern?«
Richtig, was nützte mir das alles überhaupt? Ich wusste es selbst nicht genau. Aber ich wollte nicht nach seinen Regeln spielen, sonst würde er mit mir machen, was er wollte und das durfte ich nicht zulassen. Der andere Punkt war, dass ich ihn kennenlernen musste. Wer war der Mann, der mich entführt hatte und in seiner Wohnung festhielt?
»Du hast mich mit Gewalt hergebracht und damit mein Schicksal besiegelt. Es steht mir zu«, war die einzige Antwort, die ich bereit war, ihm zu geben.
Er zögerte. Ich sah, dass er kurz davor war, nachzugeben. Stumm flehte ich das Universum um Hilfe an. Denn wenn er nicht gleich einlenkte, würde ich dieses Sandwich verschlingen und danach vermutlich ihn, weil ich in meinem jetzigen Zustand daran zweifelte, jemals satt zu werden.
»Ich fasse es nicht, dass ich mich darauf einlasse«, murmelte er, zuckte jedoch resignierend mit den Schultern. Die Matratze sank ein Stück weit ein, als er sich neben mich auf das Bett setzte. Er griff nach dem Teller und hielt ihn mir direkt unter die Nase. Es fiel mir schwer, mich aufzurichten. Meine Arme zitterten, als ich mich darauf abstützte und das Zimmer drehte sich um mich herum. River schürzte die Lippen und beobachtete mich. »Wie konntest du aus dieser Situation als Gewinnerin hervorgehen?«, fragte er und hielt mir das Essen hin. Ich hatte mich mit einem Kissen an den

Kopfteil des Bettes gelehnt und nahm das Sandwich entgegen, rührte es aber nicht an.
»Erst meine Fragen«, forderte ich.
»Vertraust du mir etwa nicht?« Sein argloser Gesichtsausdruck zeigte mir, dass er es tatsächlich ernst meinte. Ich schnaubte. Darauf bedurfte es nicht einmal einer Antwort. »Also schön, wir wechseln uns ab. Du stellst deine erste Frage, aber danach isst du!«
Auf den Deal ließ ich mich ein. »Warum hast du mich entführt?«
»Kannst du nicht mit etwas Leichterem anfangen?«, stöhnte er und fuhr sich mit der Hand durch die Haare. Ich schüttelte den Kopf.
»Um deinen Vater zu erpressen«, antwortete er schließlich. Ich würde gern sagen, dass mich die Antwort erschreckte, doch ich hatte es bereits geahnt. Allerdings war es mindestens genauso beängstigend, meine Vermutung bestätigt zu wissen. River erpresste meinen Vater. Mit mir. Ich war sein Druckmittel. Seine Geisel. Ich versuchte, die Furcht in mir wegzuschieben. Davon durfte ich mich nicht ablenken lassen. Ich musste schlau sein. Tausend Fragen schossen durch meinen Kopf. Was hatte das zu bedeuten? War er einer von Vaters Männern, der sich nun gegen ihn stellte? Oder ein Konkurrent? Um Zeit zu gewinnen und keine wertvolle Frage unnötig zu verschwenden, biss ich von meinem Sandwich ab. In meinem Zustand hätte mir vermutlich alles geschmeckt, aber wenn meine Sinne mich nicht trogen, hatte River sich bei der Zubereitung tatsächlich Mühe gegeben. Ich aß noch einen Bissen, bevor ich meine zweite Frage stellte. Tatsächlich fühlte ich mich ungewöhnlich ruhig angesichts dessen, was ich

gerade erfahren hatte. Ich verhielt mich rational. Sehr gut. Obwohl ein kleiner, stetig wachsender Teil in mir nur darauf wartete, völlig auszuflippen.

»Warum willst du meinen Vater erpressen?«

Um ehrlich zu sein, war ich überrascht, dass River mir auch hierauf antwortete. Aber er hielt sein Wort.

»Sagt dir der Name Salvator Ruiz etwas?«, wollte er von mir wissen und ich nickte. Selbstverständlich hatte ich den Namen von Vaters größtem Konkurrenten schon mal gehört. Vor Jahren war ich ihm bei einer Gelegenheit kurz begegnet. Lange Zeit hatten er und mein Vater Krieg gegeneinander geführt, bis sie zu einer Einigung bereit gewesen waren.

»Gut«, fuhr River fort. »Ich bin sein Nachfolger.«

Er machte eine Pause und wartete, wie ich auf die Worte reagierte. Ich ließ mir nicht anmerken, wie aufgewühlt ich mich fühlte. Der Mann vor mir war also der Boss eines Drogenimperiums. Ebenso ein Krimineller, wie mein Vater es war. Ich wusste, womit diese Männer ihr Geld verdienten. Zuhälterei, Drogenhandel, Geldwäsche, Schutzgelderpressung und Auftragsmorde. Dass er mich entführt hatte, konnte nichts Gutes bedeuten. Eventuell steckte ich noch tiefer in der Klemme, als mir am Anfang bewusst gewesen war.

»Ich weiß nicht, wie viel Einblick du in die Geschäfte deines Vaters hast, aber er und Sal haben New York vor Jahren in zwei Gebiete aufgeteilt, um ihren Streit endgültig zu beenden und die Reviere ein für alle Mal festzustecken.«

Davon wusste ich selbstverständlich. Während River neben mir auf dem Bett saß und weitererzählte, verdrückte ich das Sandwich. Einerseits, weil ich fast verhungerte, aber

hauptsächlich, um nicht auf seine Worte reagieren zu müssen. Doch in meinem Kopf überschlugen sich die Gedanken.
»Dein Vater hat beschlossen, diese alte Abmachung nicht mehr ernst zu nehmen. In den vergangenen Wochen hat er mehrere meiner Männer angreifen lassen. Einige von ihnen sind gestorben. Einer wird vielleicht für immer unter den Folgen leiden.«
Ich verschluckte mich am Brot und hustete heftig. Als ich wieder Luft bekam, starrte ich River schockiert an.
»Du wusstest nicht davon?«, fragte er und ich glaubte, so etwas wie Erleichterung in seinen Augen zu lesen.
»Nein«, antwortete ich. »Und es tut mir aufrichtig leid für deine Männer.«
Ich meinte es, wie ich es sagte. Ich kannte diese Menschen nicht. Vielleicht waren sie gut, vielleicht böse. Aber ich wünschte niemandem ein gewaltsames Ende. Egal, was er getan hatte. Schlechtes konnte nicht mit Schlechtem vergolten werden.
»Danke«, sagte River und ein kurzes Lächeln huschte über seine Mundwinkel. So schnell es gekommen war, verschwand es auch wieder. »Wir haben beschlossen, dich zu entführen, damit wir deinen Vater zwingen können, sich ein für alle Mal aus dem Geschäft zurückzuziehen.«
Jetzt war die Wahrheit raus. Ich wusste endlich, warum ich hier war. Was River von mir wollte. Aber ich konnte nicht behaupten, dass ich die neuen Infos positiv aufnahm. Der Plan war also, mich an meinen Vater zu übergeben, sobald alles geregelt war. Das durfte ich auf keinen Fall zulassen. Und was meinte er mit *wir*? Sich und Kent?

»Jetzt weißt du es. Du hast noch eine Frage«, forderte River mich auf. Ich stellte den leeren Teller zwischen uns auf das Bett und versuchte, aus den tausenden Fragen in meinem Kopf eine zu finden, deren Antwort mir etwas nützte.
»Hast du meinen Vater schon kontaktiert?«
Während ich auf seine Antwort wartete, hielt ich gespannt die Luft an. Sie würde darüber entscheiden, wie viel Zeit mir noch blieb.
»Noch nicht.«
Erleichtert atmete ich aus.
»Wann wirst du es ihm sagen?«
River schüttelte den Kopf. »Das ist eine Frage zu viel.« Mit diesen Worten erhob er sich und verließ den Raum. Ich war wieder allein und schloss die Augen. Versuchte, mich auf das neue Wissen zu konzentrieren, das ich erlangt hatte und wie es mir in meiner Situation nützlich sein konnte.

Kapitel -21-

May

»Wer ist außer dir noch in meine Entführung eingeweiht?«, überfiel ich ihn, sobald der Schlüssel im Schloss gedreht wurde und sein Gesicht im Türspalt erschien. River stöhnte genervt. »Ich bin eben erst ins Zimmer gekommen.«

Sein Pech. Ich war bereits seit Stunden wach und überlegte, wie ich den Trumpf, den ich in der Hand hielt, am besten ausspielen konnte. Wenn ich jeden Tag nur drei Fragen hatte, musste ich die richtigen stellen, um ein möglichst genaues Bild meiner Situation zu bekommen.

Ich versuchte das Omelett, das er mir vor die Nase hielt, nicht zu beachten. Trotz des Sandwichs gestern fühlte ich mich dem Hungertod nah. Wie schnell man vergaß, was für ein Luxus es war, jederzeit an den Kühlschrank gehen und sich satt essen zu können. Jetzt war ich auf das angewiesen, was River mir zubereitete. »Meine Frage«, drängte ich weiter. Der Kerl sollte antworten, damit ich verdammt nochmal essen konnte!

River seufzte geschlagen. »Nur Kent und Sal«, sagte er und hielt mir erneut das Frühstück entgegen.

»Sal lebt noch?«, rief ich überrascht und bereute im selben Moment, dass ich eine kostbare Frage dafür vergeudet hatte. Sie war mir einfach so rausgerutscht. Doch da River Sals Nachfolger war, hatte ich angenommen, dass Salvator Ruiz verstorben sein musste.

River grinste angesichts meiner Unbedachtheit. Wütend über mich selbst, nahm ich ihm das Omelett aus der Hand und schob mir eine Gabel davon in den Mund. Es schmeckte köstlich. Allein der Duft. Und diese Gewürze … himmlisch. Wie kam ein Krimineller dazu, so zu kochen?

»Ja, Sal lebt noch«, beantwortete River meine Frage. »Er lässt es sich in der Schweiz bei einem Kuraufenthalt gutgehen und genießt seinen Ruhestand.«

Salvator Ruiz und sein Ruhestand interessierten mich nicht im Geringsten. Das wusste River genau.

»In welchem Verhältnis steht ihr zueinander, du und Sal? Ist er dein Vater?« Ich glaubte zwar, mich daran zu erinnern, dass Ruiz keine Kinder hatte, aber es konnte sich genauso gut um eine Fehlinformation handeln. »Du hast gesagt, dass er dir sein Imperium vermacht hat«, fuhr ich fort, meine Gedanken mit ihm zu teilen. »Also musst du ihm sehr nahestehen. Hast du für ihn gearbeitet?«

River sah mich mit gerunzelter Stirn an und gab ein erschöpftes Seufzen, gepaart mit einem Kopfschütteln, von sich. »Entweder kannst du nicht bis drei zählen oder du bist sehr schlecht darin, dich an deine eigenen Abmachungen zu halten.«

Ich schnaubte abfällig. Am liebsten würde ich ihm zeigen, wie gut ich zählen konnte, indem ich ihm dreimal mit dem Teller gegen den Schädel schlug. Aber ich beherrschte mich. »Such dir einfach eine Frage aus«, knurrte ich schlecht gelaunt, während River seine kleine Stichelei zu genießen schien. Er stand lächelnd auf, nahm mir den leeren Teller ab und ging zur Tür. Im Rahmen drehte er sich nochmal zu mir um.

»Salvator Ruiz hat mich zu sich geholt, als ich dreizehn war. Er ist für mich wie ein Vater«, sagte er. In seinem Gesicht spiegelten sich viele verschiedene Emotionen, während er die Worte aussprach. Da waren eindeutig Zuneigung und

Dankbarkeit, doch ich glaubte, auch Bedauern in seinen Augen zu erkennen. In diesem Moment hätte ich ihm zu gern in den Kopf geschaut und herausgefunden, worum seine Gedanken sich gerade drehten.

»Such dir aus, welche deiner Fragen das beantwortet«, fügte er hinzu und verließ das Zimmer. Wieder einmal hörte ich das vertraute Geräusch des einrastenden Türschlosses. Ich stand auf und ging seufzend zum Regal, um ein Buch daraus hervorzuziehen und es mir im Sessel am Fenster gemütlich zu machen. Irgendwie musste ich die Stunden zwischen Rivers Besuchen überbrücken, um nicht vor Langeweile durchzudrehen. Aber ich schaffte es einfach nicht, mich abzulenken. Die ganze Zeit über geisterten seine letzten Worte durch meinen Kopf. *Salvator Ruiz hat mich zu sich geholt, als ich dreizehn war. Er ist für mich wie ein Vater.*

Wer verbarg sich wirklich hinter dem Namen River? Von Anfang an hatte ich gezweifelt, dass es sich um seinen richtigen Namen handelte. Jetzt war ich mir sicher. In kriminellen Kreisen war es üblich, einen falschen Namen anzunehmen. Meistens lagen die Gründe dafür auf der Hand. Derjenige hatte etwas zu verbergen. Ich zweifelte nicht daran, dass es sich in Rivers Fall ähnlich verhielt. Er versteckte etwas. Und wie war ein Dreizehnjähriger an einen Mann wie Ruiz geraten? Was für ein Mensch war er gewesen, bevor sich ihre Wege gekreuzt hatten? Über all das dachte ich nach, bis mir die Augen zufielen und ich, den Kopf gegen die Lehne des Sessels gestützt, einschlief.

Kapitel -22-

River

Meine Besuche bei May wühlten mich auf. Jedes Mal verließ ich sie und fühlte mich ein Stück mehr, als würde sie mir die Kontrolle entreißen. Das Schlimme war, dass es mich viel mehr stören sollte. Stattdessen genoss ich die Gespräche mit ihr. Auch wenn sie einseitig waren und ich aufpassen musste, welche Antworten ich ihr gab. Ein verdammt großer Teil von mir wünschte sich sogar, ebenfalls ein paar Dinge über sie zu erfahren. Wie ihr Verhältnis zu ihrem Vater war, zum Beispiel. Was dachte sie über ihn? Warum war sie geflohen? Nur wegen der geplanten Hochzeit mit Tanner - oder steckte mehr dahinter? Und weil all diese Dinge mich mehr interessierten, als es gut für mich war, beschloss ich, zu handeln.

Ich nahm mein Handy aus meiner Jacke, die ich gestern über einen der Barhocker an der Küchentheke gehängt hatte, und wählte Mariannes Nummer. Sie war meine Assistentin in Rio, erledigte den Papierkram für mich und kümmerte sich darum, dass ich gut organisiert war.

»Hallo, Mr. Cohen. Sind Sie gut in New York angekommen?«, begrüßte sie mich mit fröhlicher Stimme. Marianne war die Mutter von zwei bezaubernden Töchtern und das reinste Energiebündel. Obwohl sie erschöpft und oft am Rande ihrer Kräfte sein musste, ließ sie sich nie etwas anmerken. Sie hatte eine vorbildliche Arbeitsmoral, kam stets ein paar Minuten früher ins Büro, machte freiwillig Überstunden, selbst wenn ich sie nach Hause schicken wollte, und war mir seit Jahren eine loyale Mitarbeiterin. Ebenso wie ihr Mann Diego. Mein Jobangebot hatte die beiden aus einer finanziellen Krise gerettet. Diego war Kleinunternehmer und hatte kurz vor dem Bankrott gestanden. Heute kümmerte er sich um die Grünanlagen auf meinem Anwesen und denen all meiner Geschäftspartner.

»Hallo, Marianne«, sagte ich und ließ mich auf dem grauen Sofa im angrenzenden Wohnzimmer nieder, das zum Fenster zeigte, damit man einen ungestörten Blick über die Stadt hatte. Die Sonne ging gerade auf. Rote Streifen zogen sich durch den Himmel.

»Veranlasse bitte, dass der Privatjet morgen Abend bereitsteht und mich zurück nach Rio fliegt«, kam ich ohne Smalltalk auf mein Anliegen zu sprechen. Ich musste heute noch viel erledigen.

»Natürlich, Mr. Cohen. Ich kümmere mich darum.«

»Danke«, sagte ich. »Und Marianne, ich reise nicht allein. Ich werde Ihnen eine Adresse zukommen lassen, zu der Sie mir einen Chauffeur schicken. Der soll mich zum Flughafen bringen und sorgen Sie dafür, dass der Pilot vertrauenswürdig ist. Erhöhen Sie, wenn nötig, sein Gehalt. Es ist wichtig, dass niemand erfährt, wer mit mir in diesem Flugzeug sitzt. Haben Sie das verstanden?« Marianne bejahte. Ich hörte das Kratzen eines Stiftes auf Papier, vermutlich machte sie sich schnell eine Notiz. Nachdem ich sicher war, dass sie alles verstanden hatte, beendete ich das Telefonat.

Mays Überführung nach Brasilien bereitete mir die größten Sorgen. Denn Parker besaß dort ebenso viele Feinde wie Freunde. Da wir demselben Geschäft nachgingen, bewegten wir uns in ähnlichen Kreisen. Ich musste verhindern, dass

Außenstehende von der Sache erfuhren. Denn wenn die Haie Blut witterten, würden sie sich auf May stürzen. Oder auf mich. Jede weitere Person, die in das Vorgehen eingeweiht war, bedeutete ein unnötiges Risiko. Entdeckt zu werden, war zu keinem Zeitpunkt so wahrscheinlich wie beim Transport nach Brasilien und auf dem Weg zu meiner Villa in Rio. Trotzdem war es nötig. Wenn ich erst einmal dort wäre, könnte ich Parker anrufen und klären, was geklärt werden musste.

Als Nächstes wählte ich Kents Nummer. Er hob gleich nach dem ersten Klingeln ab, was mich stutzig machte.

»Ich wollte dich gerade anrufen«, sagte er und seine Stimme klang hektisch. Er war völlig außer Atem.

»Was ist passiert?«, fragte ich alarmiert.

»Parker weiß, dass seine Tochter entführt wurde«, stieß Kent hervor. »Er lässt den Flughafen, die Zugstationen und selbst den Busbahnhof überwachen.«

»Woher weißt du das?«, bohrte ich nach und hoffte, dass die Information falsch war. Ich hatte gewusst, dass Parker nach ihr suchen würde. Aber nicht, dass er nach nur zwei Tagen die ganze Stadt auf den Kopf stellen und mit seinen Männern überschwemmen würde.

»José hat mich angerufen. Parker hat ihn und einige andere losgeschickt, um die Straßen rund um das Hotel abzusuchen und sich die Videos der Überwachungskameras anzusehen.«

»Scheiße«, stieß ich hervor und stand ruckartig vom Sofa auf. »Wenn er die Videos hat ...« Ich schloss die Augen und massierte mir mit zwei Fingern meine Nasenwurzel.

»Dann führt eins zum anderen. Er wird Mays Spuren zurückverfolgen. Und wenn irgendwer gesehen hat, dass sie zu dir in den Wagen gestiegen ist, sind wir am Arsch. Dann weiß er hundertprozentig, dass sie nicht bloß abgehauen ist, sondern entführt wurde«, führte Kent die Geschehnisse an meiner Stelle weiter aus. »Von uns.«

»Das darf nicht passieren. Ich habe Marianne gerade angerufen. Sie organisiert den Privatjet für morgen Abend. Damit bringe ich May raus aus Amerika. Parker kann jeden Stein umdrehen, den er will. Wenn sie nicht mehr da ist, kann er sie nicht finden.«

Ich fasste es nicht, wie schnell ich in Zugzwang gekommen war. Als Kent und ich unser Vorgehen abgesprochen hatten, hatten wir mit drei Tagen gerechnet. Bis Parker merkte, dass sie gekidnappt worden war. Die Zeit, in der er davon ausging, dass sie weggelaufen war, ihr Handy orten ließ, Passagierlisten checkte, etc. Erst, wenn all das sich als nutzlos herausstellte, sollte er von einer Entführung ausgehen. Drei Tage waren uns realistisch erschienen.

»Dafür ist es zu spät«, widersprach Kent. »Seine Männer bewachen auch alle privaten Flugplätze. Es ist, als würde er etwas ahnen.«

Ich versuchte, einen kühlen Kopf zu bewahren und nicht daran zu denken, dass das Parker Building nur fünfhundert Meter Luftlinie von mir entfernt war. Wenn er herausfand, dass wir seine Tochter hatten, wäre er in weniger als zehn Minuten hier.

»Ich habe ein Haus in den Hamptons. Ihr könntet euch dort verstecken«, schlug Kent vor.

»Läuft das Haus auf deinen Namen?«, fragte ich und kannte die Antwort bereits.

»Ja«, sagte Kent niedergeschlagen und wir beide wussten, dass diese Option damit wegfiel. Es wäre zu leicht zurückzuverfolgen.
»Wir bleiben hier«, beschloss ich und hörte Kent auflachen. Nicht amüsiert, mehr als zweifelte er an meinem Verstand.
»Dann findet er dich innerhalb weniger Tage. Möglicherweise Stunden.«
»Nicht, wenn ich bluffe.« Entschlossen ging ich ins Schlafzimmer, wo ich meine Tasche mit dem Gepäck hingebracht hatte. Darin befand sich mein Laptop. Mit einer Hand zog ich ihn heraus, ging in die Küche und klappte ihn auf der Theke auf. In meinem Kopf reifte ein Plan. Irrwitzig, aber derzeit unsere einzige Option.
»Denk nach«, wies ich Kent an. »Seitdem wir die Kleine entführt haben, sind fast achtundvierzig Stunden vergangen. Selbst wenn Parker ahnt, dass sie nicht von allein fortgelaufen ist, könnte man sie mittlerweile überall hingebracht haben. Was, wenn wir ihn belügen? Wir kontaktieren ihn, sagen ihm, dass wir seine Tochter haben, und gaukeln ihm vor, dass wir sie bereits aus dem Land geschafft haben. Er stellt New York erst seit ein paar Stunden auf den Kopf. Wenn wir es schaffen, ihn glauben zu lassen, dass er zu spät kommt, wird er hier nicht weiter nach ihr suchen, sondern sich auf den Ort fokussieren, an dem wir vorgeben zu sein.«
Kent schwieg, so als wäre er sich nicht sicher, was er sagen sollte. Aber je mehr ich über meine Idee nachdachte, desto besser gefiel sie mir.
»Wie willst du vortäuschen, dass du in einem anderen Land bist?«, fragte Kent schließlich und ich lächelte, weil ich ihn auf meiner Seite hatte.

»Mittels einer Software. Wenn ich mein Handy mit dem Laptop kopple, kann ich über das Programm jeden beliebigen Standort auf der Welt auswählen. Parker wird das Signal zurückverfolgen lassen und mir glauben, wenn ich ihm sage, dass May sich längst in Brasilien befindet.«

Der Plan musste einfach funktionieren. Wenn Parker seine Aufmerksamkeit auf Brasilien lenkte, würde ich in New York unsichtbar für ihn werden. Er würde gar nicht mehr auf die Idee kommen, die Immobilien der Firma checken zu lassen.

»Bist du dir ganz sicher, dass das funktioniert?«, fragte Kent mit Nachdruck in der Stimme. »Wenn das schiefgeht …«

»Scheitert das ganze Vorhaben. Das musst du mir nicht erklären.« Ich wusste, wie viel von der Sache abhing. Wenn Parker auch nur den Hauch einer Lüge witterte und uns bis hierher zurückverfolgte, würde Krieg ausbrechen. Mein Leben und das all meiner Leute stand auf dem Spiel. Ich musste ihm also eine überzeugende Show abliefern. Aber ich hatte Vertrauen in meine eigenen Fähigkeiten. Egal, wie sehr man mich in die Ecke drängte, ich behielt die Kontrolle über das Spielfeld.

Kapitel -23-

River

Kent hatte dabei sein wollen, wenn ich Parker anrief, ließ sich jedoch von mir überzeugen, dass es zu riskant war. Solange die Entführung lief, musste alles ganz normal weitergehen, damit er keinen Verdacht schöpfte. Wenn wir einen Spitzel bei ihm hatten einschleusen können, konnte es genauso gut sein, dass er einen in unsere Reihen geschmuggelt hatte und Kent beschatten ließ. Ein Abstecher zum Penthouse wäre zu riskant. Selbst unsere Telefonate mussten wir zukünftig auf das Nötigste beschränken. Außerdem sollte er bei seiner hochschwangeren Frau sein. Cassie brauchte ihn. Deswegen zog ich es allein durch.

Ich hatte es angefangen, ich würde es zu Ende bringen. Obwohl ich Parker kannte, viel über ihn wusste und er derzeit einen großen Einfluss auf mein Leben ausübte, hatte ich nie zuvor mit ihm gesprochen.

Als ich am späten Abend in der Küche stand und die direkte Durchwahl zu seinem Büro in das Display eintippte, verspürte ich plötzlich so etwas wie Nervosität und zum ersten Mal zweifelte ich an meinem Plan. Nicht, weil ich Angst hatte, dass es schiefging. Sondern wegen May. Wenn William Parker meiner Forderung nachkam, erhielt er seine Tochter von mir zurück. Das würde ihr Schicksal besiegeln. Er würde sie zwingen, Tanner zu heiraten.

Aber gab es überhaupt ein Zurück? Nein. Selbst wenn ich die Zukunft bedauerte, die das Leben für sie bereithielt, war ich nicht derjenige, der sie davor retten konnte. Ich musste an meine Familie denken. An Marianne, Diego, Pedro, Kent und Cassie. An all die tausend Angestellten, deren Zukunft ebenso auf dem Spiel stand. Egal, was meine Gefühle mir sagten, May blieb die Tochter meines Rivalen. Unsere Wege mussten sich trennen. Als ich auf *Wählen* drückte, war ich entschlossen.

Es klingelte dreimal, bevor er abhob.

»William Parker hier, wer spricht da?«, meldete er sich mit tiefer, autoritärer Stimme.

»River Cohen«, antwortete ich und ging davon aus, dass er meinen Namen genauso gut kannte wie ich seinen.

Sein kehliges Lachen drang an mein Ohr.

»River Cohen«, wiederholte er spöttisch. »Ich habe mich schon gefragt, wann Sie anrufen.«

Natürlich hatte er sich das gefragt. Immerhin hatte er mehrere meiner Männer auf dem Gewissen und eine ganze Lagerhalle abgebrannt.

»Lassen Sie mich raten, Sie sind wütend, weil ich Ihren Drogenvorrat in Queens abgefackelt habe?«

Wieder lachte er, doch es störte mich nicht. Ich wartete geduldig auf meinen Moment der Genugtuung.

»Nicht ganz, obwohl das ärgerlich war. Der Grund meines Anrufs ist viel persönlicher«, antwortete ich daher und legte bewusst eine Pause ein, um ihn über meine Worte nachdenken zu lassen.

»Wovon zum Teufel sprechen Sie?«, wurde Parker schneller ausfallend, als ich es erwartet hätte. »Ich habe wichtige Dinge zu erledigen. Wenn Sie also nichts Relevantes zu sagen haben, verschwenden Sie bloß meine Zeit.«

Jetzt war ich es, der laut lachte.

»Was war daran so witzig?«, fuhr Parker mich an. Seine offensichtliche Wut zauberte ein zufriedenes Lächeln auf mein Gesicht. Denn Wut war ein Zeichen, dass man den Boden unter den Füßen verlor. Verlierer wurden wütend.
»Ich lache über Sie, William«, säuselte ich und schritt gemächlich in der Küche auf und ab. Irgendwann blieb ich vor der Balkontür stehen und ließ meinen Blick von den leuchtenden Lichtern der dunklen Stadt einfangen. »Weil Sie denken, dass Sie mich angreifen können, ohne dass es Konsequenzen hat. Dass Sie meine Männer töten können, ohne dass das Echo Ihrer Taten zu Ihnen zurückkommt.«
Am anderen Ende der Leitung war es ganz ruhig. Ich hatte seine volle Aufmerksamkeit.
»Worauf wollen Sie hinaus?«, fuhr er mich gereizt an. Angst schwang in seiner Stimme mit. Instinktiv musste er die ganze Zeit geahnt haben, was ich ihm gleich verraten würde. Sonst hätte er nicht wie verrückt die ganze Stadt auf den Kopf gestellt.
»Wir haben Ihre Tochter, Parker. May ist bei mir in Rio de Janeiro. Es geht ihr gut, vorerst. Wenn Sie wollen, dass das so bleibt, verhalten Sie sich ruhig. Ich werde Sie kontaktieren.«
»Verfluchter Hurensohn! Ich werde dich finden und dir die Haut abziehen! Du wirst den Tag …«, brüllte er wütend.
Mehr hörte ich nicht, denn ich beendete das Telefonat. Von jetzt an war es wichtig, dass ich die Kontrolle über die Verhandlungen behielt. Ich entschied, wann unser nächstes Gespräch stattfand. Wann ich ihm weitere Informationen und Anweisungen geben würde. Wenn ich wollte, dass Parker nachgab, musste ich ihn schwächen, bevor der richtige Kampf losging.

Ich war mir sicher, dass er den Anruf von seinen IT-Technikern zurückverfolgen lassen würde. Zwar hatte ich mit unterdrückter Nummer angerufen, doch das Signal ließ sich problemlos orten. Dafür hatte ich vor meinem Anruf gesorgt. In etwa ein bis zwei Stunden sollten seine Leute es nach Brasilien zurückverfolgt haben. Bis dahin hatte ich Zeit, mir in Ruhe meinen nächsten Schritt zu überlegen.

Kapitel -24-
River

»Hast du mit meinem Vater gesprochen?«, fragte May, als ich ein paar Stunden nach dem Telefonat mit Parker ihr Zimmer betrat. Sie konnte unser Gespräch unmöglich gehört haben. Aber anscheinend ahnte sie etwas. Auf dem Bett sitzend und die Beine an den Körper gezogen, sah sie mich erwartungsvoll an.

»Nein«, antwortete ich knapp und stellte den Teller mit Pasta, die ich auf die Schnelle für sie zubereitet hatte, auf dem Beistelltisch ab. »Das habe ich nicht.«

»Würdest du es mir sagen, wenn du ihn angerufen hast?«, wollte sie wissen und sah mich zweifelnd an.

»Warum ist dir das so wichtig? Was macht es für einen Unterschied?« Natürlich verstand ich, dass sie nicht zu ihrem Vater zurückwollte. Schließlich war sie nicht umsonst geflohen. Aber selbst ihr musste doch klar sein, dass es das Nächste sein würde, was passierte. Es war unausweichlich. Sobald ich Parker meine Bedingungen genannt hatte und er darauf eingegangen war, bekäme er sie zurück. Ob sie nun wusste, dass die Verhandlungen liefen oder nicht, änderte nichts an den Tatsachen.

»Es ist mein Leben, über das ihr da verhandelt. Meine Zukunft«, sagte sie leise und sah mich mit einer so tiefen Traurigkeit in den Augen an, dass ich mich abwenden musste. »Für dich mag sich nichts ändern, für mich jedoch alles. Dann weiß ich wenigstens, was auf mich zukommt und hocke nicht ahnungslos hier herum, in der Angst, dass du mich jede Sekunde rausholen und zu meinem Vater bringen könntest. Ich … ich will mich einfach nur darauf vorbereiten können.«

Ich schluckte mein schlechtes Gewissen herunter, sah ihr ins Gesicht und tat das einzig Richtige in dieser Situation. Ich belog sie.

»Wenn es soweit ist, sage ich es dir.«

Einen Augenblick lang sah sie mich zweifelnd an. Dann schien sie zu beschließen, dass ich die Wahrheit sagte und nickte dankbar. Als ich das Zimmer verließ und hinter mir abschloss, fühlte ich mich elend. Dennoch hielt ich meine Entscheidung, sie zu belügen, für richtig. May dachte vielleicht, dass es ihr helfen würde, sich auf die Situation vorzubereiten. Ich sah das jedoch anders. Es würde sie verrückt machen. Die Bestätigung, dass ich bereits mit ihrem Vater gesprochen hatte. Das Warten auf seine Reaktion. Würde er für sie auf sein Imperium verzichten oder seine Macht über seine Tochter stellen? Würde er versuchen, sie zu retten, weil er sie liebte oder ging es ihm nur um Rache? All diese Fragen und noch viele mehr müsste sie sich dann stellen. Tagein, tagaus. Und gerade konnte niemand sagen, wie sehr diese Sache sich in die Länge ziehen würde. Nein, je weniger May wusste, desto besser. Zu ihrem eigenen Wohl.

Nach meinem kurzen Besuch bei ihr rief ich Kent an und informierte mich, ob Parker angebissen hatte. Kent bestätigte mir, dass er circa eine Stunde nach unserem Telefonat seine Männer vom Flughafen und dem Busbahnhof abgezogen hatte. Was nur bedeuten konnte, dass er auf unsere List hereingefallen war. Kent wirkte am Telefon ebenso erleichtert wie ich. Vorerst waren wir in der Wohnung sicher. Zwar konnte ich trotzdem noch nicht riskieren, May von hier fortzubringen, falls er noch einzelne Männer undercover am Flughafen positioniert hatte, aber immerhin musste ich auch nicht mehr befürchten, dass er jede Sekunde hier hereinstürmte und versuchte, mich zu erschießen. Der nächste logische Schritt war nun, ihn über meine Forderungen zu informieren. Zuerst wollte ich ihn jedoch ein bisschen zappeln lassen. Daher ließ ich mir bewusst ein paar Stunden Zeit. Erst, als der Abend bereits dämmerte, entschied ich mich für einen erneuten Anruf. Nachdem ich das Telefon wieder mit meinem Laptop gekoppelt hatte, wählte ich seine Nummer.

»Guten Abend, Parker«, eröffnete ich das Telefonat, sobald ich hörte, dass er abgehoben hatte.

»Ich habe bereits auf Ihren Anruf gewartet«, antwortete dieser kühl.

»Wie ist es Ihnen in den letzten Stunden ergangen?«, fragte ich und ließ meine Stimme mit Absicht amüsiert klingen.

»Sehr gut«, kam prompt die Erwiderung. »Ich habe mir vorgestellt, auf wie viele verschiedene Arten ich Sie für Ihre Unverschämtheit bestrafen werde, wenn ich Sie erst einmal in die Finger bekommen habe.«

Ich lachte laut. »William, Sie sind wirklich ein Komiker. Wir wissen beide, dass Sie nicht mehr am längeren Hebel sitzen. Sonst wären Sie nicht sofort ans Telefon gegangen, nicht wahr?«

Ich konnte ihn förmlich vor mir sehen, wie er vor dem Handy gesessen und den ganzen Tag darauf gewartet hatte, dass ich ihn anrief.

»Was wollen Sie?«, knurrte er wütend und verriet damit, dass ich voll ins Schwarze getroffen hatte. Ich lächelte vor mich hin. Ihn so zu erleben, machte mehr Spaß, als ich gedacht hatte. Doch der Gedanke an das, was er meinen Leuten angetan hatte, sorgte dafür, dass meine nächsten Worte klar und deutlich hervorkamen und keinen Zweifel daran ließen, wie ernst es mir war.

»Ich will, dass Sie sich aus dem Geschäft zurückziehen. Packen Sie Ihre sieben Sachen und verlassen Sie New York.«

»Einen Teufel werde ich tun«, zischte er. Damit hatte ich gerechnet.

»Dann riskieren Sie das Leben Ihrer Tochter«, sagte ich kühl und war mir sicher, dass es ihn zum Einlenken bewegen würde.

»Früher oder später erwische ich Sie, River«, drohte er leise und klang dabei wie ein Wahnsinniger. »Sie denken, dass Sie mir auf der Nase herumtanzen können. Dass Sie mich vom Markt verdrängen können, aber *niemand* stiehlt mir meine Macht.«

»Ich gebe Ihnen Zeit, um über Ihre dummen Worte nachzudenken, Parker«, antwortete ich. »Und ich hoffe zum Wohle Ihrer Tochter, dass Sie zur Vernunft kommen.«

Dann legte ich auf und ignorierte den eisigen Schauer, der mir bei seinen Worten über den Rücken gelaufen war. Nicht, weil er mir gedroht hatte, sondern, weil der Mann mit keinem einzigen Wort Sorge um seine entführte Tochter ausgedrückt hatte.

Kapitel -25-

May

In dieser Nacht wachte ich mit der Erinnerung an meine Mutter auf. Ich war ihr im Traum begegnet, so lebhaft, dass ich es kurz für Wirklichkeit gehalten hatte. Sie hatte an meinem Bett gesessen mit einer Tasse Tee - so wie früher - und sich mit mir über alles unterhalten, was uns an diesem Tag widerfahren war. Nachdem wir vor meinem Vater weggelaufen waren und uns die Wohnung in Chinatown gemietet hatten, bauten meine Mutter und ich uns nach und nach unsere eigenen kleinen Traditionen auf. Es war, als wäre der Abstand von William Parker für uns beide der Startschuss in ein neues, besseres Leben.

Meistens redeten wir über Banales. Mom erzählte von den Kunden, die sie an dem Tag im Diner gehabt hatte. Ich oft von der Schule und den Aufgaben, die ich dafür hatte erledigen müssen. Das Besondere daran war, dass es sich um ganz gewöhnliche Dinge handelte. Sachen aus dem Alltag eines normalen Menschen. Nachdem wir jahrelang in der Festung meines Vaters gelebt hatten, eingesperrt mit Kriminellen, und jeden Tag konfrontiert wurden mit seinen Drogengeschichten, war ein bisschen Normalität alles, was wir uns wünschten.

Und an einigen seltenen Tagen redeten wir über die Zukunft. Wenn eine unterbewusste Angst unsere Stimmung trübte. Denn wir waren noch immer in New York, innerhalb der Reichweite meines Vaters. An solchen Tagen zündete Mom eine Kerze an, stellte sie auf meinen Nachttisch und kuschelte sich zu mir in mein Bett. Sie schlang von hinten die Arme um mich, zog mich an ihren Körper und gemeinsam beobachteten wir das Zittern der Flamme, während wir darüber redeten, wie unser Leben bald aussehen würde. Wo wir wohnen wollten und wie wir die einzelnen Räume einrichten könnten, damit sie gemütlich waren.

Als ich aufwachte, sah ich all diese Träume vor mir und noch viele mehr, die mir entrissen worden waren. Ich weinte so lange, bis meine Augen geschwollen waren, in der Hoffnung, dass die Tränen die Bilder fortspülen würden. Aber das taten sie nicht. Der Schmerz wurde größer. Als würde die Trauer vieler Jahre auf einmal auf mich einstürzen. Ich brach unter dem Druck zusammen und schaffte es zum ersten Mal nicht, mich allein aus diesem Loch zu befreien, in das ich gerade fiel. Die Stille der Nacht und die Einsamkeit des leeren Zimmers taten ihr Übriges, um dafür zu sorgen, dass ich an meinem Kummer zu ersticken drohte.

Bevor ich wirklich begriff, was ich tat, schlug ich die Decke zurück, verließ das Bett und schlich im Licht der Nachttischlampe zur Tür. Zuerst klopfte ich leise. Unsicher. Als mir klar wurde, dass er mich so niemals hören würde, ließ ich meine Faust fester auf das Holz treffen.

»River?«, rief ich seinen Namen und hoffte, dass er reagieren würde. Ich ertrug es keine Sekunde länger, allein zu sein. Mit jedem Klopfen und jedem Rufen, auf das er nicht reagierte, sank mein Herz ein Stückchen tiefer. Ausgerechnet bei ihm Trost zu suchen, ergab vermutlich keinen Sinn. Aber es war alles, was ich mir in diesem Moment wünschte. Ich hatte keine Kraft mehr, mir Gedanken über das Warum zu machen. Und ob es in meiner Situation angebracht war. Alles, was ich

wollte, war, dass das Gefühl, an meinem Kummer ersticken zu müssen, endlich aufhörte. Als ich schon fast die Hoffnung aufgeben wollte und glaubte, dass er mich mit Absicht ignorieren musste, hörte ich seine Schritte.
»May?«, fragte er verschlafen. »Was ist passiert?« Obwohl seine Stimme durch die Tür nur leise zu mir durchdrang, hörte ich die Sorge darin.
Erleichtert legte ich beide Hände an die Tür. »Kannst du aufschließen?«
Ich musste hier raus. Wenn nicht, würde ich den Verstand verlieren.
»May, das ist keine gute Idee«, hörte ich ihn auf der anderen Seite leise sagen und die Verzweiflung in mir wuchs. Wurde so groß, bis ich sie nicht mehr verstecken konnte.
»Bitte«, schluchzte ich laut und hämmerte gegen das Holz. »Ich kann nicht mehr.«
Im nächsten Moment wurde die Tür geöffnet und ich sah mich Rivers besorgtem Gesicht gegenüber. Wie in der letzten Nacht trug er nur eine Jogginghose und war obenrum nackt.
»Danke«, brachte ich leise hervor. In diesem Moment empfand ich nichts als Dankbarkeit dafür, dass ich nicht mehr allein sein musste. Es war mir egal, dass seine Gesellschaft vermutlich das Letzte war, was ich suchen sollte.
»Komm mit«, sagte er und bedeutete mir, ihm in die Küche zu folgen. Zum ersten Mal sah ich einen anderen Teil der Wohnung. Es handelte sich um einen offenen Raum mit einer Kochinsel in der Mitte und ein schlichtes, elegantes Wohnzimmer. Nur wenige Möbel standen in dem großen Raum verteilt und ließen ihn leer, nahezu verlassen, aussehen. Die Farben waren trist. Das Design funktional.

Aber es war besser, als ständig dasselbe Bücherregal anzustarren.
River schob mich auf einen der Barhocker an der Küchentheke zu und bedeutete mir, mich zu setzen.
»Möchtest du einen Tee trinken?«
Erinnerungen an meine Mutter schossen in mein Bewusstsein. Frische Tränen rannen unkontrolliert meine Wangen hinab. River zögerte kurz, bevor er mich unbeholfen in den Arm nahm. Ich wusste, dass es falsch war. Er war mein Entführer. Aber in diesem Augenblick war eine Berührung alles, was ich brauchte. An seine Schulter gelehnt, weinte ich so lange, bis keine Tränen mehr nachkamen und ich mich völlig ausgetrocknet fühlte.
»Willst du darüber reden?«, bot er mir an. Wollte ich? Ich hatte nie zuvor mit jemandem darüber gesprochen. War der Schmerz deswegen aus mir herausgebrochen? Weil ich ihn all die Jahre verdrängt hatte? Als ich nicht antwortete, hob River mein Kinn mit einem Finger an und zwang mich, ihn anzusehen. Er ließ den Blick über mein Gesicht gleiten, so intensiv, dass es mir kurz die Luft zum Atmen nahm. Seine Augen fanden meine und bohrten sich tief in sie.
»Ich ertrage es nicht, dich so zu sehen«, flüsterte er ein Geständnis, das mein Herz zwei Schläge aussetzen ließ. »Es sollte nicht so sein, aber es ist die Wahrheit.«
Ich sah in seine blauen Augen, verlor mich in dem Ausdruck der Aufrichtigkeit darin und fragte mich, wie es sein konnte, dass ich ihm glaubte. Was auch immer es war, es war vermutlich auch der Grund dafür, dass ich mich ihm ein Stück weit öffnete.

»Ich habe von meiner Mom geträumt«, erwiderte ich leise und lehnte mich mit der Stirn kraftlos an seine Brust. Seine Finger fuhren behutsam über meine Wangen, strichen mir die Haare aus dem Gesicht und hielten mich fest, während ich den Duft einatmete, der von seiner Haut ausging.

Da bemerkte ich zum ersten Mal die Narben, die seinen Oberkörper überall zeichneten. Ich wählte absichtlich nicht das Wort *verunstalten,* weil River trotzdem vollkommen aussah. Harte Muskeln zierten seine Arme, seine Brust und seinen Bauch. Jeder Zentimeter an ihm wirkte stark, kraftvoll. Ein Körper, der durch jahrelanges Training gestählt worden war. Die Narben erzählten die Geschichte eines Überlebenskampfes.

»Lass uns auf den Balkon gehen«, schlug er vor. »Wir nehmen eine Decke mit, öffnen eine Flasche Wein und du erzählst mir von deinem Traum.«

Ich hätte Nein sagen, mich umdrehen und in mein Zimmer gehen sollen. Warum tat ich es nicht? Warum fühlte sich Falsches auf einmal so richtig an?

Ich wusste es nicht. Doch als ich nickte, stahl sich ein kleines Lächeln auf meine Lippen.

Kapitel -26-

River

Ich hätte nie zu ihr gehen dürfen. May war meine Gefangene. Unser Druckmittel gegen Parker. Ich hätte an den Plan denken sollen. Aber die Art, wie sie meinen Namen rief, hatte mich spüren lassen, dass etwas nicht stimmte. Und das ließ alles andere scheißegal werden. Ihre Tränen zu sehen, hatte mich innerlich zerrissen. All der Schmerz in ihren Augen. Ich wollte nichts mehr, als ihr einen Teil ihres Kummers zu nehmen. Für sie da zu sein.

Und sie ließ mich, stieß mich nicht von sich. Stattdessen hatte sie sich an mir festgehalten, sich an mich gelehnt und mir vertraut. Es war das beste und wahrscheinlich gefährlichste Gefühl von allen.

Ich sah durch die geöffnete Balkontür. May stand am Geländer und blickte über das nächtliche New York. Ihre Haare fielen ihr in unordentlichen Strähnen über den Rücken. Ab und zu strich der Wind hindurch. Während ich sie verstohlen beobachtete, zog ich eine Flasche Weißwein aus dem Kühlschrank, entkorkte sie und nahm zwei Gläser aus einem der oberen Küchenschränke. Dann gesellte ich mich zu May. Auf dem Balkon stand eine kleine Sitzgruppe aus Korbgeflecht, die aus einem Sessel, einem Zweisitzer und einem kleinen Tisch bestand. Nachdem ich die Gläser und den Wein darauf abgestellt hatte, ging ich zurück ins Schlafzimmer, nahm eine Decke aus dem Kleiderschrank und schlich damit raus. Ich hatte mir selbst schnell ein Shirt übergezogen. Trotzdem war es eine kühle Nacht. Als ich von hinten an May herantrat, sah ich, dass sie zitterte. Sanft legte ich ihr die Decke über die Schultern und kam ihr dabei so nah, dass der Duft ihres Limettenshampoos mir in die Nase stieg. Am liebsten hätte ich meine Arme von hinten um sie geschlungen, sie zu mir gezogen und die ganze Nacht festgehalten. Stattdessen wickelte ich sie in die Decke ein und gestattete mir nur, meine Hände ein paar Sekunden auf ihren Schultern liegen zu lassen, bevor ich sie losließ.

»Danke«, murmelte sie und folgte mir mit dem Blick, als ich zum Tisch zurückging und uns zwei Gläser einschenkte.

»Ich hoffe, du magst Weißwein«, sagte ich und hielt ihr ein Glas hin. Lächelnd nahm sie es an.

»Mehr als roten«, antwortete sie und wandte ihre Aufmerksamkeit dem Lichtermeer zu, das sich vor uns erstreckte. »New York ist wunderschön, findest du nicht auch?«, fragte sie schließlich. Ich dachte daran, wie sehr ich diese Stadt gehasst hatte. Doch jetzt stand ich auf einem Balkon, weit über den Dächern, mit einem Glas Wein und May an meiner Seite. Der Moment war … perfekt.

»Ja, das ist es«, antwortete ich und räusperte mich, weil meine Stimme so belegt war. Ohne es wirklich zu merken, rückte ich ein Stück näher an May heran. Bald berührten unsere Schultern sich, während wir schweigend dastanden und die Stadt beobachteten. Ab und zu ertönte ein Hupen, eine Sirene - oder ein Flugzeug flog über unsere Köpfe hinweg. Ansonsten gab es nur Mays Worte.

»Mein Vater ist ein herrischer Mensch«, begann sie zögerlich zu erzählen. »Sein Wort ist Gesetz und wenn er etwas entscheidet, ist an diesem Entschluss nicht mehr zu rütteln. Er sieht sich selbst stets im Recht. Das war schon früher so.

Deswegen begriff er nicht, dass die Menschen, mit denen er Umgang pflegte, ein schlechter Einfluss für unsere Familie waren. Er verstand nicht, dass er Leute in unser Leben holte, die es irgendwann zerstören würden.«

Ich hatte geahnt, dass May nicht das beste Verhältnis zu ihrem Vater hatte. Auch, wenn ich mir am Anfang das Gegenteil hatte einreden wollen. Die Tatsache, dass sie vor ihm geflüchtet war, sprach für sich.

»Meine Mutter wollte, dass ich weit weg von diesen Einflüssen aufwachse«, fuhr sie mit trauriger Stimme fort. »Aber Vater wollte nicht auf sie hören. Irgendwann begriff meine Mutter, dass er sich nie ändern würde. Eines Mittags ließ sie uns vom Chauffeur in die Mall fahren, für eine Shoppingtour, von der wir niemals zurückkehren sollten. Heimlich hatte sie über mehrere Wochen hinweg alles organisiert. Einen Job, bei dem sie das Gehalt bar auf die Hand erhielt, und eine Wohnung, in der wir niemals offiziell im Mietvertrag standen.«

»Das Diner?«, fragte ich und May nickte.

»Sie konnte sich nie lange fortschleichen oder große Summen an Geld zur Seite legen, weil mein Vater jeden ihrer Schritte überwachen ließ. Deswegen dauerte es Wochen. Die ganze Zeit über erzählte sie mir nicht, was sie plante. Damit mein Vater keine Informationen aus mir herausbekam, falls er misstrauisch werden sollte. Während ich dachte, dass wir eine gewöhnliche Shoppingtour machen würden, hatte Mom nur unsere Flucht im Kopf. Kaum betraten wir die Mall, zerrte sie mich in das Untergeschoss, wo es eine S-Bahn-Station gab. Als wir in der Wohnung in Chinatown ankamen, trugen wir nichts bei uns außer den Sachen, die sich in unserer Handtasche befanden. Wir fingen bei Null an.«

Ich sah May an und wünschte mir, dass ich ihr den Kummer nehmen könnte. Aber niemand vermochte die Schmerzen der Vergangenheit zu lindern außer man selbst. Das wusste ich aus Erfahrung.

»Es klingt, als wäre deine Mutter eine sehr mutige Frau gewesen«, sagte ich stattdessen und empfand echten Respekt für sie, denn sie hatte sich allein gegen William Parker gestellt.

»Das war sie«, sagte May und ihr Tonfall strotzte vor Stolz. »Sie war stark und hat aus jeder Situation das Beste gemacht. Wir wollten das Land verlassen, sobald wir genug Geld gespart hatten. Mom hatte schon immer mal nach England gewollt. Sie liebte Blumen und man sagt, dass sie dort die prachtvollsten Gärten haben. Dafür arbeitete sie monatelang unermüdlich. In dieser Zeit sah ich sie kaum. Trotzdem waren es die schönsten Monate meines Lebens.«

Ich konnte nicht länger widerstehen. Obwohl mein Verstand mir davon abriet, trat ich hinter May und legte die Arme um sie. Mit klopfendem Herzen wartete ich auf ihre Reaktion, war mir sicher, dass sie mich von sich stoßen würde und hoffte dennoch wie ein Idiot auf das Gegenteil. Aber sie tat es nicht. Zuerst erstarrte sie unter meiner Berührung. Nur langsam verließ die Anspannung ihren Körper und sie sank mit dem Hinterkopf an meine Brust. Schmiegte ihren Körper in meine Umarmung, als hätten wir beide beschlossen, zu ignorieren, dass unsere Welten nicht zusammenpassten.

»Wie ist sie gestorben?«, fragte ich leise, nachdem wir mehrere Minuten schweigend so dagestanden hatten. Kalter

Wind strich über meine Arme, doch ich spürte nur die Wärme, die von May ausging.
»Ihr Herz«, antwortete sie traurig. »Die Ärzte sagten, es war zu schwach. Der ganze Kummer, die Ängste und Sorgen … es war zu viel. Sie hat es nicht geschafft.«
Ich räusperte mich. In ihren Worten schwang so viel Schmerz mit, dass es selbst mich an die Grenzen meiner Selbstbeherrschung brachte.
»Das tut mir leid«, hauchte ich gegen ihren Scheitel.
»Dafür hasse ich ihn«, sagte sie plötzlich kühl. »Wenn er nicht gewesen wäre, würde sie heute vielleicht noch leben. An jedem einzelnen Tag, der seit ihrem Tod vergangen ist, wünsche ich mir, dass es ihn an ihrer Stelle getroffen hätte.«
Ich stellte mein leeres Glas auf dem Balkongeländer ab, nahm May bei den Schultern und drehte sie zu mir um. In ihren Augen loderte ein Feuer, so stark, wie nur Hass es entfachen konnte.
»Eines Tages wird er seine gerechte Strafe bekommen«, sagte ich und glaubte auch daran. Denn im Großen und Ganzen hielt ich das Leben für gerecht. Denn wer nur Schlechtes in der Welt verbreitete, würde irgendwann selbst etwas davon abbekommen. Auch, wenn es manchmal Jahre dauerte. Parker wäre nicht der Erste, der sich für unantastbar hielt und tiefer stürzte, als er es für möglich gehalten hätte.
May schüttelte den Kopf. »Nein«, sagte sie und klang dabei weder traurig noch wütend, sondern so, als würde sie von einer Tatsache sprechen. »Mein Vater bekommt immer das, was er will. Und er wird niemals für die Dinge bezahlen, die er getan hat.«

»May …«, setzte ich an, um ihr zu widersprechen, doch sie unterbrach mich.
»Gute Nacht, River«, sagte sie und strich mit der freien Hand über meine Wange. Eine Berührung, die ein Kribbeln auf meiner Haut hinterließ. »Und … danke.«
Dann stellte sie ihr leeres Glas neben meinem ab, löste sich aus meinem Griff und ging. Kurz darauf hörte ich die Tür zu ihrem Zimmer zufallen. Obwohl es vernünftiger gewesen wäre, folgte ich ihr nicht, um ihren Raum abzuschließen. Etwas Besonderes lag in dieser Nacht. Ich wollte es nicht zerstören. *Konnte* es nicht zerstören.
Nachdem May mich alleingelassen hatte, fand ich lange keine Ruhe. Ihre letzten Worte, das, was sie über ihren Vater erzählt hatte, wirbelten in meinem Kopf umher und weckten Wünsche, die mir bisher fremd gewesen waren. Ihr Leben lang war sie ihm schutzlos ausgeliefert gewesen. Und nach all den Jahren sollte ich derjenige sein, der das änderte? Der Gedanke war lächerlich. Trotzdem ließ er mich nicht los. Selbst als die Sonne langsam über der Stadt aufging, dachte ich darüber nach, was sie mir an diesem Abend offenbart hatte. Dass Parker immer bekam, was er wollte und niemals für seine Taten bezahlen musste. Der Mann hatte das Leben seiner eigenen Tochter zerstört. Und das seiner Frau. Er hatte die beiden Menschen geopfert, zu deren Schutz er verpflichtet gewesen wäre. Wenn ich ihm May zurückgab, besiegelte ich ihr Schicksal. Ohne mein Eingreifen wäre sie längst über alle Berge. In Sicherheit vor ihrem tyrannischen Vater, der sie mit seinem brutalen Handlanger verheiraten wollte, damit er einen Erben bekam. Wenn unser Plan funktionierte, bekam er May zurück. Und hätte damit das erreicht, was er wollte.

Plötzlich reichte es mir nicht mehr, dass Parker sich aus dem New Yorker Geschäft zurückzog. Denn selbst das würde bedeuten, dass er es sich mit seinen Milliarden in der Karibik oder sonst irgendwo auf der Welt gutgehen ließ. Er hätte noch Macht und weiterhin die Option, sich etwas Neues aufzubauen. Während May nur das Leben führen konnte, das er für sie bestimmte. Was für einen Mann würde es aus mir machen, wenn ich das zuließ?

Kapitel -27-

May

Am nächsten Morgen wachte ich auf und fühlte mich, als stünde ich zwischen zwei Welten. Zwischen Gut und Schlecht. Richtig und Falsch.
Ich konnte mir nicht länger etwas vormachen, denn ich fühlte mich zu River hingezogen. Hatte mich von ihm festhalten lassen und das sichere Gefühl genossen, das seine starken Arme mir vermittelten. Ich wollte ihm nah sein und gleichzeitig von mir stoßen. Wusste nicht mehr, was real war und was nur in meinem Kopf existierte.
Wie konnte ich so für den Mann empfinden, der mein Schicksal mit seinen Taten besiegelt hatte? Der genauso kriminell war wie mein Vater?
Ich fühlte mich, als würde ich mich selbst verlieren. Was würde geschehen, wenn er mich an meinen Vater übergab? Mein Herz würde in tausend Teile zerspringen, weil ich entgegen aller Vernunft Hoffnung in ihn setzte. Ich musste mich vor ihm schützen. Durfte ihn nicht zu nah an mich heranlassen. Trotzdem ertrug ich den Abstand zu ihm nicht. Etwas in mir fühlte sich von ihm angezogen. So stark, dass keine Vernunft der Welt dagegen ankam.
Als ich an diesem Morgen die Tür öffnete und entdeckte, dass er sie am Abend nicht hinter mir abgeschlossen hatte, vollführte mein Herz vor Freude einen Hüpfer in meiner Brust.
Er hat mich nicht eingesperrt.

Also war es keine Einbildung gewesen, dass sich gestern Nacht etwas zwischen uns geändert hatte. Er spürte es auch.
Die Arme um die Brust geschlungen, ging ich in die Küche. Ich trug noch immer das Shirt und die Yogahose. Zwar duschte ich täglich, aber mittlerweile wünschte ich mir frische Kleidung. Denn alles Waschen der Welt nützte nichts, wenn ich danach in dieselben schmutzigen Klamotten stieg. Vielleicht konnte ich ihn später darum bitten, mir ein paar neue Sachen zu besorgen. Kaum hatte ich meine Zimmertür geöffnet, hörte ich das Brutzeln von Öl aus der Küche. Als ich um die Ecke lugte, entdeckte ich River vor dem Herd. Obwohl es erst früher Morgen war, war er vollständig angekleidet. Statt der gestrigen Jogginghose trug er eine enge, schwarze Jeans und ein weißes Shirt, das seine kräftigen Arme noch besser zur Geltung brachte.
Nachdem ich einmal auf seine Narben geachtet hatte, fielen sie mir jetzt viel deutlicher auf. Ich entdeckte sie ebenfalls auf seinen Armen und fragte mich, welche Teile seines Körpers noch Opfer von Gewalt geworden waren.
»Guten Morgen«, grüßte ich und schenkte ihm ein schüchternes Lächeln, als er sich zu mir umdrehte.
»Guten Morgen«, erwiderte er knapp und hob eine Schüssel mit Teig hoch. »Ich mache Pancakes.«
Ich versuchte, mich nicht von seinem abweisenden Tonfall irritieren zu lassen. Während er unser Frühstück zubereitete, ließ ich zwei Tassen Kaffee durch die Maschine laufen und deckte den Tisch. Im Vorratsschrank fand ich Ahornsirup und im Kühlschrank frisches Obst, das ich anschnitt. Nach getaner Arbeit setzte ich mich an die Theke, nahm einen Schluck von meinem Kaffee und beobachtete River, wie er am Herd stand

und die Pancakes wendete. Er redete nicht mit mir. Man könnte fast sagen, dass er meine Anwesenheit ignorierte. Aber wieso das Frühstück, wenn er mich nicht hierhaben wollte? Doch es war das erste Mal, dass ich nicht den ganzen Tag in dem kleinen Zimmer eingesperrt war und ich wollte die neugewonnene Freiheit genießen. Trotz all der widersprüchlichen Gefühle, zwischen denen ich stand.

Fünf Minuten später waren die Pancakes fertig. River setzte sich auf den Platz gegenüber von mir und in diesem Moment fühlte es sich fast wie ein normales Frühstück zwischen zwei Menschen an. Aber nur fast, denn er sah mich noch immer nicht an.

»Die Pancakes sind toll geworden«, sagte ich, nachdem ich schweigend ein Stück abgeschnitten und gegessen hatte.

»Danke«, nahm er das Kompliment zur Kenntnis, hob seinen Blick aber nicht von seinem Teller. Das bedrückende Gefühl in mir, einen großen Fehler begangen zu haben, verstärkte sich zunehmend. Ich hatte mir geschworen, River niemals zu vertrauen. Gestern Nacht hatte ich gegen meine eigene Regel verstoßen und war heute Morgen mit der irrwitzigen Hoffnung aufgewacht, dass es etwas zwischen uns verändert hatte.

»Wieso bist du so ruhig?«, fragte ich und fühlte mich, als würde ich dabei zusehen, wie meine Hoffnung Stück für Stück zertrümmert wurde.

River seufzte, lehnte sich in seinem Stuhl zurück und strich mit den Händen über sein Gesicht. Was ich danach in seinen Augen las, sorgte dafür, dass mein Magen sich schmerzhaft zusammenzog.

»May«, sagte er leise. »Gestern Nacht hätte nicht passieren dürfen. Und dieses Frühstück … ich weiß nicht, was ich mir dabei gedacht habe. Es ist, als würden zwei Persönlichkeiten in mir um die Oberhand kämpfen. Die eine sucht deine Nähe, die andere will dich möglichst weit weg haben. Sie wechseln sich im Minutentakt ab. Es ist anstrengend.«

Ich hätte damit rechnen müssen. Wieso warfen seine Worte mich dann so aus der Bahn? Sprach er nicht das aus, was ich selbst die ganze Zeit gewusst hatte? Dass er und ich falsch waren? Wieso hielt ich dann immer noch daran fest, dass zwischen uns alles anders sein könnte, besser?

»Ist dir klar, dass ich nicht einmal deinen richtigen Namen kenne? Ich weiß fast nichts über dich. Aber du so gut wie alles über mich«, erwiderte ich traurig.

»Wie kommst du darauf, dass River nicht mein richtiger Name ist?«, fragte er, stritt meine Behauptung jedoch nicht ab.

»Nenn es meinetwegen Intuition«, sagte ich. »Du wärst nicht der Erste, der unter einem Decknamen handelt. Also hast du entweder etwas zu verbergen - oder dein echter Name ist so schrecklich, dass du einen neuen wolltest.«

»Je weniger du über mich weißt, desto besser«, antwortete er bestimmt, ohne auf meinen Versuch, die Situation aufzulockern, einzugehen. Er erhob sich und trug seine Pancakes weg, die er kaum angerührt hatte. Ein klares Zeichen, dass unser Frühstück beendet war. Wieso ging ich dann nicht?

»Das denke ich nicht«, widersprach ich. »Verrätst du mir deinen richtigen Namen?«

Er schüttelte entschieden den Kopf. »Man nennt mich River. Mehr musst du nicht wissen.«

»Und deine Familie? Wie haben sie dich genannt?« Ich wusste nicht, weshalb ich ihn plötzlich so viele persönliche Dinge fragte. Vielleicht, weil es mir helfen würde, meine Gefühle für ihn zu verstehen. Denn wenn er sich mir gegenüber öffnete, wäre das ein Zeichen, dass ich nicht durchdrehte. Dass ich mir meine Gefühle für meinen Entführer nicht eingebildet hatte. Dass mehr in ihm steckte als ein Monster.

»Ich habe keine Familie«, stieß er hervor, zog mir meinen Teller vor der Nase weg und stellte ihn ebenfalls fort. »Das Frühstück ist beendet«, verkündete er. »Du solltest jetzt wieder in dein Zimmer gehen.«

»Was ist mit Freunden?«, weigerte ich mich noch immer, aufzustehen und es auf sich beruhen zu lassen. River funkelte mich wütend an. Ein Ausdruck an ihm, den ich nicht vermisst hatte. Doch er antwortete.

»Ich habe Freunde, die mehr Familie sind, als Blutsverwandte es jemals sein könnten. Menschen, die ich liebe und für die ich alles tun würde. Und umgekehrt.«

Bei seinen Worten senkte ich traurig die Lider. Gleichzeitig breitete sich eine Verzweiflung in mir aus, so stark, dass ich glaubte, daran zu ersticken. Also hatte ich recht gehabt. River war in der Lage, zu lieben und sich lieben zu lassen. Er konnte anders sein, wenn er es wollte. Nur nicht für mich. Für mich würde er mein Entführer bleiben. Ich begriff, dass ich dasselbe getan hatte wie zuvor jahrelang bei meinem Vater. Meine ganze Kindheit über hatte ich gehofft, dass mein Vater mich irgendwann genug lieben würde, um mich anders zu behandeln. Um zu erkennen, was er mir antat und einzulenken. Ewig wartete ich darauf, dass er mich als seiner Liebe würdig erachtete und mich endlich aus der Hölle erlöste, in die er mich gesteckt hatte. Was nie geschah. Statt aus meinem Fehler zu lernen, wiederholte ich ihn bei River. Hoffte wie eine Idiotin darauf, dass er mehr in mir erkannte, so wie ich geglaubt hatte, dass mehr in ihm steckte. Vergeblich.

Wie dumm ich doch war.

»Ich verrate dir was«, sagte ich leise, stieg von meinem Stuhl und trat dicht vor ihn. »Im Gegensatz zu dir habe ich keine Freunde. Keinen einzigen. Denn niemand, der alle Sinne beisammenhat, will mit jemandem befreundet sein, dessen Vater William Parker ist. Und die, die sich nah genug an mich herantrauten, taten es aus den falschen Gründen, um an mein Geld heranzukommen, meinen Einfluss oder ein Meeting mit William Parker selbst. Weil sie glaubten, dass er seiner ach so geliebten Tochter keinen Wunsch abschlagen kann. Aber da irrten sie sich. Denn mein Vater tut nichts lieber, als sich über meinen Willen hinwegzusetzen.«

Während ich sprach, wurde meine Stimme lauter. Rivers Gesichtszüge verdunkelten sich zunehmend.

»Und wenn es keiner dieser Gründe war«, fuhr ich unbeirrt fort und schmiss die Arme in die Luft, » wird die Sache richtig lustig! Oh ja, denn dann kommen Dinge wie Erpressung ins Spiel oder Entführung. Und wenn du solchen Menschen über den Weg läufst, ist dein erster Gedanke nicht Freundschaft, sondern dass du deine verfickten Beine in die Hand nimmst und rennst - und zwar so schnell du kannst. Vorausgesetzt, du erkennst ihre hinterlistigen Absichten früh genug. Denn wenn nicht, mischt man dir K.o.-Tropfen in deinen Kaffee und verschleppt dich, um dich wie ein Tier gefangen zu halten. Weißt du überhaupt, was du getan hast? Was du mit deiner

Entführung angerichtet hast? Du sprichst von Freundschaft und Liebe. All das werde ich niemals haben. Jede Chance, die ich darauf hatte, wurde zerstört. Von dir.«

Die letzten Worte hatte ich ihm unter Tränen entgegengeschleudert. Die Tage, die ich eingesperrt gewesen war, der Hunger, die Ungewissheit, der Traum von meiner Mutter und nicht zuletzt meine widersprüchlichen Gefühle für River, all das hatte an meinen Nerven gezerrt und machte aus mir ein emotionales Wrack.

Ich ließ ihn in der Küche stehen und ging zurück in mein Zimmer. Als ich hörte, dass er mir folgte, drehte ich mich zu ihm um, weil ich glaubte, dass er etwas Tröstliches sagen würde.

Gott, ich hoffte so sehr darauf.

Aber alles, was er tat, war mir die Tür vor dem Gesicht zuzuschlagen. So fest, dass die Wände bebten. Ich hörte, wie er den Schlüssel in das Schloss schob und das Geräusch ließ mich vollends austicken. Er wollte mich einfach wieder einsperren.

»Du herzloser Bastard!«, schrie ich und warf das Wasserglas von meinem Nachttisch an die Tür. Klirrend zerbarst es, Scherben verteilten sich auf dem Boden, während ich schreiend zum Regal rannte, ein Buch nach dem anderen daraus hervorzog und es hysterisch durch den Raum schleuderte. Ich verwüstete alles, was mir unter die Finger kam, riss Vorhänge aus ihrer Verankerung und trat wiederholt gegen den Kleiderschrank. Mit jedem Mal schien meine Wut nur mehr angestachelt zu werden, bis ich letztendlich entkräftet auf dem Boden zusammensank.

Während die letzten Tränen über meine Wangen flossen, versuchte ich, die Augen offenzuhalten, scheiterte jedoch kläglich. Die Anstrengung übermannte mich. Da ich mich nicht länger dagegen wehren konnte, ließ ich zu, dass Dunkelheit mich einhüllte.
Vergessen, ich wollte bloß noch vergessen.

Kapitel -28-
River

So wie es sich anhörte, zerlegte sie alles in seine Einzelteile. Ich hörte es scheppern, reißen und krachen. Vernahm ihre Wutschreie, ihre Verzweiflung und das Schluchzen und tat nichts weiter, als reglos im Flur zu stehen und zuzuhören. Wie der herzlose Bastard, als den sie mich bezeichnet hatte. Bis es plötzlich ganz leise wurde. Da setzte mein Herz zwei Schläge aus. Um Beherrschung bemüht, suchte ich den Schlüssel in meiner Hosentasche. Als ich ihn fand und ins Schloss stecken wollte, sah ich, wie meine Hände zitterten.

Beruhige dich.

Meine kühle Fassade war das Ergebnis jahrelangen Trainings. Ich konnte nicht zulassen, dass ... Als ich den Raum betrat, stockte mir der Atem. Ich entdeckte May mitten im Chaos, zusammengesunken auf dem Boden liegend. Alle Selbstbeherrschung war vergessen. Ich fiel vor ihr auf die Knie, drehte sie auf den Rücken und strich panisch das Haar aus ihrem Gesicht.

»May«, keuchte ich, weil ich zuerst keinen Puls erfühlen konnte. Ich wollte sie schütteln und anschreien, damit sie sich bewegte, aber ich kämpfte gegen diesen Wunsch an. Stattdessen zwang ich mich, nochmal ruhig nach ihrem Puls zu suchen. Und fand ihn. Schwach, aber er war da. Erleichtert atmete ich aus und lehnte kurz die Stirn an ihre. Sie war glühend heiß.

Vorsichtig schob ich meine Arme unter ihre Beine und ihren Rücken, um sie hochzuheben und an meine Brust zu drücken.

Fast rechnete ich damit, dass sie aufwachen und hysterisch um sich schlagen würde, doch May war weg. Ich konnte nicht sagen, ob sie ohnmächtig oder in einen tiefen Schlaf der Erschöpfung gefallen war, aber sie war vollkommen außer Gefecht gesetzt.

Behutsam legte ich sie auf das Bett, deckte sie sorgfältig zu und ging in die Küche, um mein Handy zu holen. Ich wählte Kents Nummer und wartete ungeduldig, dass er abhob.

»River, ich dachte, wir wollten nicht mehr telefonieren«, begrüßte er mich. Im Hintergrund hörte ich das Geräusch vorbeifahrender Autos.

»Ich brauche einen Arzt, der vertrauenswürdig ist«, überfiel ich ihn.

»Was ist passiert? Geht es dir gut?«, fragte Kent besorgt. Ich strich mir mit der freien Hand das Haar aus dem Gesicht. Ging es mir gut? Ich wusste es nicht. Vorhin war ich fest entschlossen gewesen, dass ich May auf Distanz halten und meinen Fehler von letzter Nacht nicht wiederholen würde. Nur ein paar Minuten später war ich dabei, einen Arzt für sie zu rufen und unseren Plan einem weiteren Risiko auszusetzen.

»Es geht mir gut. Aber May nicht. Sie ist ohnmächtig geworden.«

»Ist das dein Ernst?«, rief Kent wütend und ich ballte gereizt die Hand zur Faust. Als ich zurück zu May ging und sah, dass sie noch immer reglos im Bett lag, wuchs die Furcht in meinem Inneren.

»Sie wird wieder zu sich kommen. Was interessiert es dich, wie es der Kleinen geht? Parker kann sie aufpäppeln, wenn er sie wieder hat.«

»Kent, hör mir gut zu«, knurrte ich wütend. »Du organisierst einen Arzt und schickst ihn her, verstanden? Wenn er in zwanzig Minuten nicht hier ist, fahre ich May ins nächste Krankenhaus. Scheiß egal, was dann mit unserem Plan passiert. Aber ich lasse sie nicht krepieren.«

Ohne auf seine Antwort zu warten, legte ich auf. Dann warf ich einen Blick auf mein Display. Halb elf am Morgen. Ich hoffte für Kent, dass in zwanzig Minuten ein Arzt auf der Matte stand. Denn was ich gesagt hatte, war mein voller Ernst. Ich würde nicht zulassen, dass May dauerhaften Schaden nahm. Selbst wenn es das Ende für unseren Plan bedeutete.

Während ich wartete, widmete ich meine Aufmerksamkeit dem zerstörten Zimmer. Es war ein Spiegelbild der Verachtung, die May mir gegenüber empfand.

Ich begann mit dem Regal und sortierte nach und nach alle Bücher ein. Viele davon waren eingeknickt oder wiesen Dellen auf, aber ich konnte nicht wütend auf May sein. Stattdessen geisterten ihre Worte durch meinen Kopf. Meine eigene Geschichte brachte nicht unbedingt viele glückliche Momente mit sich. Aber Mays … sie war traurig. So schlimm das Leben mir auch mitgespielt hatte, es gab mir Freunde mit auf den Weg. Eine Familie, in deren Schoß ich mich flüchten konnte, wenn ich mich allein fühlte oder meine Wunden lecken musste.

May hatte nichts dergleichen. Und dank mir würde sie es niemals haben. Ich hatte ihr jegliche Chance auf Freundschaft und wahre Liebe gestohlen.

Der Gedanke, dass es niemanden gab, dem sie sich anvertrauen konnte, niemanden, der sie tröstete, wenn sie traurig war, niemanden, der sie gerade vermisste … wie hielt sie das aus? Zwar hatte sie mich als herzlos bezeichnet, was teilweise der Wahrheit entsprach, aber es gab nicht nur diese Seite. Ja, den größten Teil der Zeit hatte ich ein beschissenes Leben geführt, aber das ließ mich nicht zu dem typischen gefühlskalten Kerl werden, der keine Nähe zulassen konnte, sich in Einsamkeit hüllte und nicht an die Liebe glaubte.

Ich glaubte an Liebe. Daran, dass man wie ein Besessener verliebt sein konnte.

Dass man morgens aufwachte und als Erstes an sie dachte. Nachts mit der Erinnerung an ihren Duft einschlief. Nicht essen, nicht atmen, nicht *leben* konnte, wenn sie nicht da war. Ich glaubte an all das! Nur nicht daran, dass ich es finden könnte. Oder es wert war. Denn wie sollte ich die wahre Liebe erleben, wenn die Frauen nur River kannten? Nur kennen konnten, weil mein wahres Ich vor langer Zeit gestorben war. Es waren Gedanken, die ich längst aus meinem Leben verbannt geglaubt hatte. Verbucht unter der Kategorie: *Erfahrungen, die ich niemals machen würde.*

Aber ein Blick auf Mays Gesicht und sie kehrten schlagartig zurück.

Verrätst du mir deinen richtigen Namen?

Wann hatte das zuletzt jemand wissen wollen? Für alle war ich River. Einfach River und niemand hinterfragte das je. Nicht einmal ich selbst.

Der Grund, weswegen ich dermaßen heftig darauf reagierte, war so lächerlich, dass ich ihn mir kaum eingestehen konnte. Bis zu dem Moment, an dem sie mich daran erinnerte, hatte ich selbst längst vergessen, dass ich einmal Chase Cohen gewesen war.

Nach fünfzehn Minuten klingelte es an der Tür. Kent hatte meine Drohung also ernst genommen und einen Arzt geschickt. Durch die Kamera an der Haustür erkannte ich einen alten Mann mit schütterem Haar, einem weißen Kittel und einer Arzttasche in der Hand. Ich betätigte den Türöffner und wartete ungeduldig, bis er mit dem Aufzug oben ankam.

»Lassen Sie mich Ihnen die Regeln erklären«, begrüßte ich ihn barsch, sobald er in mein Sichtfeld getreten war. »Das hier ist kein normaler Hausbesuch. Wenn jemand Sie fragt, waren Sie niemals hier. Sie haben nichts gehört oder gesehen und stellen mir auch keine neugierigen Fragen. Ich bestehe auf Ihre absolute Verschwiegenheit. Sollte ich den Verdacht bekommen, dass Sie meine Erwartungen nicht erfüllen, kann das schwerwiegende Konsequenzen für Sie haben.«

Ich hatte mich drohend vor ihm aufgebaut und wartete auf seine Reaktion. Die anders ausfiel, als ich es erwartet hatte. Statt sich eingeschüchtert zu zeigen, legte sich ein kühles Lächeln auf sein Gesicht.

»Mr. Price hat mich bereits informiert. Sie können demnach beruhigt sein«, erklärte er abweisend. »Ich bin bloß hier, weil ich als Arzt einen Eid geschworen habe, Kranken zu helfen und Mr. Price sagte, es handle sich um einen Notfall. Wenn Sie also so gut wären, mich zu der Patientin zu lassen.«

Ich führte ihn den Flur entlang zu Mays Zimmer. Der Mann folgte mir schweigend, sah sich weder nach links oder rechts um, sondern hielt den Kopf gesenkt, bis wir im Gästezimmer ankamen. Als er May im Bett liegend sah, trat er neben sie, legte seine Tasche auf der Matratze ab und klappte sie auf. Während er May untersuchte, stand ich verloren im Türrahmen und beobachtete ihn. Gelegentlich gab sie ein leises Stöhnen von sich, ansonsten ließ sie die Prozedur reglos über sich ergehen. Mein Herz schlug zu schnell und ich schwitzte vor Nervosität, was ich lange nicht mehr getan hatte. Für gewöhnlich war ich die Gelassenheit in Person. Gerade wusste ich weder, was ich war, noch, was ich sein wollte. Ich wusste nur, dass May gesund werden musste. Weil ich sonst durchdrehen würde.

»Geht es ihr gut?«, fragte ich ungeduldig, nachdem der Arzt sie fünf Minuten untersucht und kein Wort mit mir geredet hatte. Als er mich ansah, lag ein klarer Vorwurf in seinem Blick.

»Gehe ich richtig in der Annahme, dass die Patientin in den letzten Tagen sehr viel Stress ausgesetzt war?«, fragte er ernst und ich nickte.

»Hat sie regelmäßig gegessen?«

Ich verneinte. Schuldgefühle breiteten sich in mir aus. »Sie hat wenig gegessen oder geschlafen«, erklärte ich dem Arzt. »Die Situation ist … schwierig.«

»Und dann wundern Sie sich, dass sie einen Schwächeanfall hat?«, fragte er abfällig.

Ich konnte seinem Blick kaum standhalten. Dieser Mann hatte sein Urteil über mich bereits gefällt, was mir am Arsch vorbeiging. Nicht egal waren mir allerdings die Selbstvorwürfe, die ich mir machte.

»Ich lasse ein Rezept für Medikamente da - zusammen mit einer Anleitung, wann und in welchen Mengen sie eingenommen werden müssen. Außerdem braucht sie viel Ruhe. Ihr Immunsystem ist sehr geschwächt. Jede weitere Aufregung könnte schwere Folgen für sie haben. Stress, ob äußerlicher oder innerlicher, wird früher oder später in Form

einer Krankheit ausbrechen. Körperliche und emotionale Belastungen sollten demnach vermieden werden.«
»Von welchen Krankheiten sprechen Sie?«, fragte ich alarmiert, denn wie zum Teufel sollte ich es in dieser Situation schaffen, Stress von May fernzuhalten?
Der Arzt atmete tief ein und seufzte. »Sie glauben gar nicht, mit welchen Symptomen Patienten seit über dreißig Jahren in meine Praxis kommen, die auf Stress zurückzuführen sind. Burnout, Übergewicht und chronische Magenprobleme sind da noch die Glückstreffer. Tragisch wird es, wenn es ans Herz geht. Wenn Angststörungen entstehen. Selbst ein Hörsturz kann durch Stress herbeigeführt werden. Also nehmen Sie meine Worte ernst. Wenn die junge Dame durch die Belastung bereits ohnmächtig geworden ist, ist sie nicht weit von schwerwiegenderen Gesundheitsproblemen entfernt. Auch wenn sie wieder fit aussehen sollte, die Optik täuscht. Denn diese Krankheit ist etwas, das sich unbemerkt durch das Innere eines Menschen frisst und sich erst dann zeigt, wenn es schon zu spät ist.«
Ich schluckte hart und beobachtete, wie er einen Rezeptblock aus seinem Koffer zog, den Stift aus seiner Brusttasche nahm und hastig ein paar Worte aufschrieb.
»Gibt es sonst etwas, das ich für Sie tun kann?«, fragte ich und nahm die Rezepte dankbar entgegen. Ich würde sofort jemanden beauftragen, mir die Medikamente aus der Apotheke zu bringen. Gut, dass man sich in einer Stadt wie New York alles zu jeder Zeit liefern lassen konnte.
»Sie hat leichtes Fieber«, erklärte der Arzt. »Versuchen Sie, die Temperatur unten zu halten. Wenn sie über neununddreißig Grad steigt, rufen Sie mich sofort an.«

»Wie soll ich das machen?«, erkundigte ich mich und fühlte mich hilflos. »Ihre Temperatur senken?«
»Sie können ihr eine kalte Kompresse auf die Stirn legen und Wickel um ihre Waden machen. Außerdem muss sie viel trinken«, erklärte der Arzt.
Nachdem er gegangen war, befeuchtete ich ein kleines Handtuch und legte es May auf die Stirn. Ihre Lider flackerten und sie murmelte etwas Unverständliches, wachte jedoch nicht auf. Als meine Finger ihre erhitzte Haut streiften, nahm mein schlechtes Gewissen unerträgliche Dimensionen an.
Ich erinnerte mich an Mays Worte bei ihrer Ankunft. Sie hatte mich angefleht, ihr nicht wehzutun. Wie wütend ich geworden war, weil sie mich mit Männern wie ihrem Vater und Tanner in eine Schublade steckte. Wenige Stunden später hatte ich ihr versprochen, dass von mir keine Gefahr ausging. Eines begriff ich jetzt: Ich hatte mein Versprechen gebrochen. Zwar hatte ich sie körperlich nicht verletzt, doch die emotionalen Wunden, die ich ihr zugefügt hatte, zogen weitreichendere Folgen nach sich. Ich konnte nicht länger in den Spiegel sehen und aufrichtig behaupten, dass ich besser war als Parker und Tanner. May tat das Richtige, indem sie uns alle in eine Schublade steckte.

Kapitel -29-

River

»Du hast was?«, rief ich fassungslos und folgte Kent ins Wohnzimmer. »Dazu hattest du nicht das Recht.«

Mir hätte klar sein müssen, dass er die Sache mit dem Arzt nicht auf sich beruhen lassen würde. Nach Feierabend war er auf direktem Weg hergekommen, um mir mitzuteilen, dass er Sal eingeweiht hatte.

»Sal musste erfahren, was hier los ist. Weißt du überhaupt noch, was du tust? Erst erwische ich dich halbnackt mit Parkers Tochter im Bett und jetzt riskierst du alles, nur weil sie ohnmächtig geworden ist?«, sagte Kent aufbrausend. Seine Wangen waren vor Ärger leicht gerötet.

Wütend mahlte ich mit den Zähnen. Mein Zorn auf Kent kannte keine Grenzen. Am liebsten hätte ich mich auf ihn gestürzt.

»*Ich* bin *dein* Boss, Kent. Vergiss das nicht. Es ist nicht deine Aufgabe, mich zu kontrollieren.«

Er schnaubte abfällig und ließ sich von meinen Worten nicht beeindrucken. Wann waren wir zuletzt so aneinandergeraten?

»Das ist mir scheißegal, River. Bevor du mein Boss wurdest, warst du mein bester Freund. Ich kenne dich seit zwanzig Jahren. So habe ich dich noch nie erlebt.« Sein Gesichtsausdruck wirkte unentschlossen. Die Lippen fest aufeinandergepresst, die Stirn gerunzelt, öffnete er den Mund und setzte mehrmals an, um etwas zu sagen, schien jedoch nicht die richtigen Worte zu finden.

»Machst du dir Sorgen um Cassie? Ist es das? Dann sei beruhigt. Deiner Frau wird nichts zustoßen«, versuchte ich, eine Erklärung für Kents Verhalten zu finden. Immerhin war er der Geschäftsführer meines Unternehmens. Alles, was ich tat, konnte im schlimmsten Fall auf ihn zurückfallen. Doch so weit würde ich es nicht kommen lassen.

»Das ist es nicht. Nicht nur. Natürlich mache ich mir Sorgen um Cassie und das Baby. Parker und seine Männer sind grausame Bastarde und wenn wir einmal auf ihren Radar geraten … Aber was mir wirklich Sorgen macht, bist du.«

»Danke, aber du verschwendest deine Zeit«, zog ich seine Worte ins Lächerliche. »Ich habe alles unter Kontrolle.«

»Hast du nicht«, widersprach er und sah mir fest in die Augen. Andere Männer wären vor meiner Wut zurückgeschreckt, allerdings nicht Kent. Er fürchtete mich nicht und kuschte auch nicht vor mir. Das war schon damals so gewesen und hatte uns überhaupt erst zu Freunden gemacht. Ich verachtete Arschkriecher, auch wenn ich mir wünschte, Kent wäre gerade weniger stur.

»Du warst immer ein Mann, der getan hat, was getan werden musste. Aber jetzt … du verlierst deinen Fokus, River. Und ich kann nicht tatenlos dabei zusehen, wenn so viel davon abhängt.«

Ich schnaubte verächtlich, musste mich jedoch von ihm abwenden. Kent hatte recht. Wir kannten uns seit zwanzig Jahren und mit jemandem zu streiten, der einen so lange begleitete, war manchmal, als würde einem ein Spiegel vorgehalten werden. Nur dass ich die Wahrheit augenblicklich nicht ertrug. Das Klingeln meines Handys bewahrte mich davor, ihm zu antworten.

»Das wird Sal sein. Er wollte dich anrufen«, informierte Kent mich.

»Du gehst jetzt besser«, wies ich ihn an und ging zur Küche, wo ich mein Handy auf der Kochinsel abgelegt hatte. Kent nickte und nahm seinen Mantel von der Stuhllehne.

»Ich hoffe, dass Sal dich zur Vernunft bringen kann«, sagte er enttäuscht, wandte sich ab und verließ die Wohnung.

Dann wollte ich es mal hinter mich bringen. Ich musste wissen, was Kent Sal erzählt hatte. Vielleicht konnte ich noch was retten.

»Hallo, Sal«, beantwortete ich den Anruf und machte mich auf das Gewitter gefasst, das gleich über mich einbrechen würde.

»River, mein Junge«, grüßte er mich wie gewohnt. »Kent hat mich angerufen.«

»Ich weiß«, seufzte ich und stützte mich mit den Ellbogen auf der Anrichte ab. Mit der freien Hand fuhr ich mir erschöpft durchs Haar.

»Dann erzähl mal«, forderte Sal und ich horchte überrascht auf.

»Kent hat dir doch schon alles erklärt, oder nicht?«

»Natürlich«, antwortete Sal und seine Stimme klang amüsiert. »Aber ich will deine Version hören.«

Erleichterung durchflutete mich. Sal war für mich wie ein Vater. Er hatte mich zu dem gemacht, was ich heute war. Ich verdankte ihm alles und ihn zu enttäuschen, gehörte zu den Dingen, die ich am meisten fürchtete.

»Du bist nicht sauer?«, fragte ich ungläubig.

»Sauer nicht. Nur besorgt.«

»Das musst du nicht sein«, beschwichtigte ich ihn. »Ich kümmere mich gut um deine Geschäfte.«

Sal lachte traurig. »Ich mache mir Sorgen um dich, River«, sagte er in einem Tonfall, als würde er mir etwas ganz Offensichtliches erklären und ich wäre zu dumm, um es zu begreifen.

»Um mich?«, fragte ich irritiert und wusste nicht so recht, was ich mit der Information anfangen sollte. »Weil ich meinen Fokus verliere?«

»Hat Kent das gesagt?«, fragte Sal und ich bejahte. »Passt zu ihm.«

»Also«, fuhr er fort, nachdem ich eine Weile geschwiegen hatte. »Erzähl mir von der Frau, die dich so aus der Bahn wirft.«

»Sie ist …«, begann ich stotternd und wusste nicht, wie ich May beschreiben sollte. »Sie ist anders, Sal. Überhaupt nicht das, was ich erwartet hatte.«

»Du willst mir also sagen, dass Parkers Teufelssamen etwas Gutes in die Welt gesetzt hat?«

»Verdammt«, fluchte ich und verzog das Gesicht. Sal schaffte es wirklich, in jeder Situation etwas Unangebrachtes zu sagen.

»Mein ja nur«, murmelte er. »Also ist May keine Ausgeburt des Bösen?«

»Nein, Sal«, antwortete ich leise und schlich zu ihrem Zimmer, um die Tür einen Spaltbreit zu öffnen. Sie lag noch immer auf dem Bett, die Augen geschlossen, und schlief. Wenn man sie so ansah, könnte man denken, dass sie ganz friedlich war. Aber ich wusste, welche Ängste sie quälten.

»Sie ist klug, schlagfertig und lässt sich nichts gefallen. Im Gegensatz zu Parker ist sie gütig. Vertrauenswürdig. Sogar einem Kerl wie mir gegenüber. Und im Endeffekt hat das ihren Untergang bedeutet. Es … es macht mich fertig, Sal.«

Sal seufzte tief, dann räusperte er sich. »Mein Junge, wenn mich nicht alles täuscht, hast du dich verliebt.«

Ich suchte nicht einmal nach einer Ausrede. Weder vor Sal noch vor mir selbst. Weil ich tief in meinem Inneren spürte, dass er richtiglag. Ich hatte mich in May verliebt.

Leise schloss ich ihre Zimmertür wieder, ging zurück in die Küche und suchte nach dem Scotch. Dieses Mal verschwendete ich keine Zeit mit einem Glas, sondern genehmigte mir einen langen Schluck direkt aus der Flasche.

»Was zum Teufel soll ich jetzt tun?«, fragte ich mit rauer Stimme.

»Weiß sie schon von ihrem Glück?«

»Wie bitte?«, fragte ich und blieb wie angewurzelt mitten im Raum stehen.

»Die Kleine, weiß sie schon, was du für sie empfindest?«

»Sal?«, fragte ich vorsichtig. »Welche Medikamente geben sie dir in der Schweiz?«

Sein lautes Lachen hallte durch das Telefon. Dann wurde er ernst. »Hör zu, mein Junge. Als du mir deinen Plan mit der Entführung erläutert hast, habe ich dich gewarnt, aber du wolltest nicht auf mich hören. Der Weg, für den du dich entschieden hast, ist kein einfacher. Und du bist nicht der richtige Mann, um ihn zu gehen. Du redest über dich selbst, als wärst du ein Monster. Aber ich weiß es besser. Hätte das Leben dich nicht gezwungen, die schiefe Bahn einzuschlagen, wäre aus dir ein anderer Mann geworden. Einer, der nicht daran gezweifelt hätte, dass er eine Frau wie May verdient.«

Ich schluckte hart. Sals Worte trafen mich unvorbereitet.

»Wenn du Skrupel hast, ist das in Ordnung. Um ehrlich zu sein, erleichtert es mich. Weil ich kurz gefürchtet hatte, dass die Jahre bei mir dich kalt haben werden lassen. Das hätte ich mir nicht verziehen. Aber jetzt merke ich, dass der alte Chase noch irgendwo da drinnen ist.«

»Du meinst, dass ich die Entführung abbrechen soll?«, fragte ich und war mir sicher, dass ich ihn falsch verstanden haben musste.

»Ich meine, dass viele Wege nach Rom führen. Sie ist Parkers Tochter und nach allem, was ich gehört habe, verabscheut sie ihren Vater. Vielleicht sind wir nicht die Einzigen, die ihn aus dem Weg schaffen wollen. Aber bevor du eine Entscheidung triffst, musst du offen mit ihr reden. Sie muss den Mann kennenlernen, der sich hinter der Fassade von River verbirgt.«

Kapitel -30-

May

Langsam kehrten die Erinnerungen zurück. Als ich die Augen aufschlug, erwartete ich, das Chaos vorzufinden, das ich hinterlassen hatte. Vergeblich.

Irritiert richtete ich mich auf und stellte fest, dass ich im Bett lag. Und dass meine Umgebung nicht mehr verwüstet war.

»River …«, murmelte ich während der Erkenntnis, dass er hinter mir aufgeräumt haben musste. Er musste es auch gewesen sein, der mich ins Bett getragen und zugedeckt hatte. Auf dem Beistelltisch entdeckte ich sogar einen Teller mit Essen und eine volle Flasche Wasser. Nur von ihm fehlte jede Spur. Ich erhob mich langsam vom Bett und war froh, festzustellen, dass der Schwindel sich gelegt hatte. Als ich die Füße auf dem Boden aufsetzte, rutschten zwei kleine Handtücher an meinen Waden hinab. Irritiert stellte ich fest, dass sie noch klamm waren. Hatte River mir Wadenwickel gemacht? Wann hatte ich Fieber bekommen und wie lange war ich weg gewesen?

Langsam ging ich zur Tür und drückte die Klinke herunter, in der Hoffnung, dass nicht abgeschlossen war. Aber das war es. Natürlich war es das.

Seufzend ließ ich mich gegen das Holz sinken. Warum sollte er mich auch herauslassen, nachdem ich ihn einen herzlosen Bastard genannt und all unsere Fortschritte zerstört hatte?

Dann ließ ich meinen Blick weiter durch das saubere Zimmer gleiten - hin zum Essen - und fragte mich, ob er das wirklich war … herzlos.

Da entdeckte ich einen fein zusammengelegten Stapel Kleidung auf dem Beistelltisch am Fenster. Darauf lag eine kleine Plastiktüte. Ich zog die Sachen auseinander und hielt sie hoch. Ein einfacher schwarzer Hoodie und eine graue Jogginghose. Beide einige Nummern zu groß, dafür sauber. Ich hielt den Stoff an meine Nase und atmete den frischen Duft von Weichspüler ein. In der Tüte befanden sich drei verschiedene Medikamente. Auf die Packungen war mit unordentlicher Schrift etwas notiert worden. Es sah fast so aus, als hätte River einen Arzt gerufen. Unmöglich. Das würde seinen ganzen Plan gefährden. Aber welche Erklärung gab es sonst für die Medikamente? Ich versuchte, mich an irgendetwas zu erinnern, doch alles, was ich noch wusste, war, wie ich das Zimmer verwüstet hatte, bevor Dunkelheit mich einhüllte.

Wirklich hungrig fühlte ich mich nicht, bloß entkräftet. Daher entschied ich mich zuerst für eine Dusche. Ich wollte mich sauber fühlen. Als das Wasser auf meine Haut traf, nahm ich mehrere tiefe Atemzüge und genoss die Wärme, die sich langsam über meinen Körper ergoss und die Steifheit aus meinen Gliedern bannte. Meine Schultern lockerten sich unter den hart herabprasselnden Tropfen. Auch meine durcheinanderwirbelnden Gedanken kamen langsam zur Ruhe. Für ein paar Sekunden war es, als hätte die Welt auf Pause gedrückt und mir einen Moment der Klarheit geschenkt.

Die Dinge waren nicht immer so, wie sie auf den ersten Blick erschienen. River hatte mich gegen meinen Willen hergebracht und doch konnte ich einfach nicht mehr an dem Glauben festhalten, dass er ein schlechter Mensch war.

Wenn ich aufhörte, ihn so zu behandeln, als wäre er böse …
Wenn ich meine Situation nicht mehr als lebensbedrohlich empfand …
Wenn ich mich an den Gedanken gewöhnte, dass River und ich hier gemeinsam feststeckten …
Was wäre, wenn ich aufhörte, gegen ihn anzukämpfen?
Nach der erholsamen Dusche zog ich mir die frische Kleidung über, machte es mir in dem Sessel am Fenster bequem und zwang mich, etwas von dem Hähnchen und dem Reis zu essen, das River für mich dagelassen hatte. Mein Appetit war noch immer nicht zurückgekehrt, doch mein gesunder Menschenverstand sagte mir, dass mein Körper etwas brauchte, woraus er Energie ziehen konnte. Das Essen war noch lauwarm, was bedeutete, dass River nicht lange fort sein konnte. Vielleicht war er sogar noch in der Wohnung. Aber ich traute mich nicht, nach ihm zu rufen.
Ich beendete meine Mahlzeit, lehnte mich im Sessel zurück und schob den Vorhang beiseite, den River wieder angebracht haben musste, damit ich New York betrachten konnte. Die Sonne stand hoch am Himmel und strahlte warm auf mein Gesicht. Vermutlich war es gerade Mittag. Ich öffnete ein Fenster und lächelte, als der Wind über mein Gesicht strich.
Ich atmete den Duft der Stadt tief ein und nahm die Alltagsgeräusche in mich auf, die herbeiströmten. New York war niemals leise. Ständig hörte man Blaulicht, Hupen oder laute Musik. Egal, wo man war, irgendwo sah man immer eine riesige Werbetafel, die hell leuchtete.
Fliehen war keine Option, denn ein Blick aus dem Fenster genügte, um zu wissen, dass ich zu weit oben war. Jenseits von Feuerleitern oder Simsen, über die ich mich hätte

davonschleichen können. Wir befanden uns mindestens im fünfundzwanzigsten Stockwerk. Flucht war in diesem Moment allerdings mein letzter Gedanke. Ich wollte die Stadt genießen, denn meine Liebe für New York war unendlich. Mit ihr verband ich die einzigen schönen Erinnerungen meines Lebens. Wie Mom mit mir durch den Central Park spaziert war, um Enten zu füttern. Wie wir uns im Winter einen heißen Kräutertee geholt und am Hafen gesessen hatten, vor uns das tosende Meer. Wie wir die Schauplätze unserer Lieblingsserie abgeklappert hatten, um Fotos zu schießen und sie hinterher in bunte Alben zu kleben. Ich stand auf und stellte mich direkt vors Fenster, damit ich einen besseren Blick hatte. Die Hände auf den Fensterrahmen gestützt, nahm ich New York mit all seinen Details in mich auf.

Die Stadt hatte tausend Facetten und ich liebte jede davon. Ob gut oder schlecht.

So wie auch River unterschiedliche Facetten hatte.

Als könnte er ahnen, dass ich an ihn dachte, ertönte in eben diesem Moment das Geräusch des Türschlosses und obwohl ich mit dem Rücken zu ihm stand, spürte ich, wie er den Raum betrat. Seine Anwesenheit war allgegenwärtig.

»Es tut mir leid«, flüsterte ich und wusste nicht, ob der Lärm der Stadt meine Worte davontrug oder ob er sie hören konnte, denn er antwortete nicht darauf. Doch ich spürte, dass er näherkam, hörte seine Schritte auf dem Teppich. Mit jedem davon stellten sich die Haare in meinem Nacken ein Stück weiter auf. Bis er ganz nah war, sodass sein Atem über mein Haar strich. Ich spürte die sanfte Berührung seiner Finger - zuerst an meinen Händen - dann strich er langsam an meinen Armen hinauf. Gänsehaut breitete sich dort aus, wo er mich

berührt hatte und mein Herzschlag beschleunigte sich. Seine Berührung war sanft - zu sanft - und das versetzte meinen Körper in Aufruhr.
»Mir tut es auch leid«, hauchte er gegen meinen Haaransatz und ich riss überrascht die Augen auf. River entschuldigte sich. Ich konnte es nicht glauben. Und nicht nur das, er ging nicht. Er blieb. So dicht hinter mir, dass die Wärme seines Körpers auf mich abstrahlte. Die Hände an meinen Armen, zogen seine Daumen kleine Kreise, die sich durch den Stoff meines Hoodies direkt in mich hinein brannten. So standen wir da, Sekunden, Minuten und blickten gemeinsam aus dem Fenster. Ich konnte nicht mehr sehen, mich nicht mehr bewegen, nicht mehr atmen. Nur River spüren.
Langsam drehte er mich zu sich herum und nahm mein Gesicht in seine Hände. Ich versank im Blau seiner Augen, die selbst den Lärm der Stadt ausblendeten. Als forderte alles an ihm, sein gesamtes Sein, meine volle Aufmerksamkeit.
Dann legte er seine Lippen auf meine und nichts anderes existierte mehr. Nur die Wärme, die von seinem Kuss ausging und sich wie ein Lauffeuer in meinem gesamten Körper ausbreitete. River küsste mich nicht sanft, sondern wie ein Ertrinkender. Als wären meine Lippen das Letzte, was er auf dieser Welt kosten durfte.
Seufzend schmiegte ich mich in seine Berührung, ließ mich in seine Hände fallen und öffnete den Mund, um seiner Zunge Einlass zu gewähren. In diesem Moment brauchte ich ihn wie die Luft zum Atmen. Und das ließ ich ihn spüren - mit meinem ganzen Körper, der sich verzweifelt gegen seinen presste. River küsste mich, bis mein Mund geschwollen war. Als er sich von mir löste, wollte ich mehr. Gleichzeitig wurde

mir bewusst, dass ich meinen Entführer geküsst hatte. Siedend heiße Schuldgefühle ergriffen Besitz von mir.

Minuten vergingen, in denen wir uns schweigend gegenüberstanden und anstarrten. Uns beiden stand ins Gesicht geschrieben, dass wir versuchten, herauszufinden, was gerade passiert war.

»Unsere Welten passen nicht zusammen«, raunte er und sah mich voller Bedauern an. »Warum will ich dann trotzdem gegen jede Barriere ankämpfen, die mich von dir trennt?«

Seine Worte verschlugen mir den Atem. Plötzlich waren alle Schuldgefühle vergessen. Alle Zweifel. Es gab nur River und die Aufrichtigkeit in seinem Blick.

»Erzähl mir von deiner Welt«, bat ich. »Und lass mich selbst entscheiden, ob ich reinpasse oder nicht.«

Kapitel -31-

May

Zehn Minuten später saß ich auf einem der Barhocker in der Küche und sah River dabei zu, wie er einen bunten Gemüsemix für das Abendessen kleinschnitt. Er wollte, dass ich zusätzlich zu den Medikamenten viele Vitamine zu mir nahm. Zu sehen, wie er sich so um mich bemühte, sorgte dafür, dass ein wohlig warmes Gefühl mich einhüllte.

Obwohl ich mich noch immer etwas wacklig auf den Beinen fühlte, war ich längst nicht mehr so schwach wie vor ein paar Stunden. Trotzdem hatte River mir jegliche Anstrengung verboten. Ich wusste nicht, was genau der Arzt ihm alles gesagt hatte, aber es sorgte dafür, dass er mich wie ein rohes Ei behandelte. Allein dass ich aus dem Bett aufgestanden und in die Küche gegangen war, hatte eine Diskussion ausgelöst. Eine, die ich am Ende gewonnen hatte mit dem Versprechen, dass ich mich sofort hinlegte, wenn es mir wieder schlechter ging.

Während River Tomaten in kleine Würfel schnitt, beobachtete ich seine geschickten Bewegungen. Zum ersten Mal hatte ich das Gefühl, ihn alles fragen zu können und tatsächlich eine Antwort darauf zu erhalten. Ich wusste nicht, was diesen Wandel herbeigeführt hatte, doch solange es währte, wollte ich es nicht hinterfragen.

»Wieso nennt man dich River? Hat der Name eine Bedeutung?«, durchbrach ich das monotone Geräusch des Messers auf dem Holzbrett.

River pausierte seine Arbeit und drehte sich zu mir um. Auf seinem Gesicht lag ein merkwürdiger Ausdruck. Eine Mischung aus Stolz und Bedauern.

»Den Namen habe ich mir nicht selbst ausgesucht. Er wurde mir im Laufe der Jahre gegeben. Anfangs, weil ich hartnäckig war und nie aufgegeben habe. Wie ein Fluss habe ich meinen Weg gefunden, egal, welche Hindernisse ich überwinden musste. Später, weil die Leute anfingen, sich vor mir zu fürchten. Weil ich sie, wenn sie mir zu nahekamen, bedingungslos in meinen Abgrund riss.«

Er sah mich durchdringend an, wartete auf meine Reaktion und ich spürte, dass er mich mit seinen Worten hatte abschrecken wollen. Aber es war wie mit allem. Es gab mehrere Facetten. Nichts war ausschließlich gut oder böse. Ich war entschlossen, seine Geschichte zu hören und mir ein eigenes Bild von ihm zu machen.

»Ein Fluss hat auch viele gute Eigenschaften«, erklärte ich und hielt ihm stur stand. »Er bietet vielen ein Zuhause, Nahrung, lebensnotwendiges Wasser und manchmal, wenn man sich verirrt hat, kann er einem den rechten Weg weisen.«

River schnaubte, aber bevor er sich umdrehte und der Zubereitung des Essens widmete, sah ich, wie seine Mundwinkel sich für ein kurzes Lächeln hoben.

Ich ging zu ihm, wusch mir die Hände im Waschbecken und half ihm dann dabei, das Gemüse in die Auflaufform zu geben. Danach stand ich neben ihm und beobachtete, wie er verschiedene Gewürze hinzugab.

»Wer hat dir das Kochen beigebracht?«, sprach ich meine Gedanken laut aus. »Und rieche ich da Kurkuma?«

»Du hast eine gute Nase«, lobte River mich und zwängte sich an mir vorbei, um den Auflauf in den vorgeheizten Ofen zu schieben. »Kochen hat in meiner Familie eine wichtige Rolle gespielt. Meine Mutter und ich bereiteten jeden Abend gemeinsam das Essen vor. Mein Vater arbeitete den ganzen Tag und kam erst spät heim. Meine Schwester sperrte sich zum Lernen zu Hause ein, denn ihre Noten waren sehr gut und meine Eltern hatten die Hoffnung, dass sie es aus unserem Viertel schaffen würde. Du musst wissen, dass wir in einem sehr armen Randgebiet von Seattle wohnten. Die meisten Jugendlichen wurden kriminell, noch bevor sie ihren Schulabschluss schafften. Breah war anders. Sie lernte wie eine Besessene und hielt sich von allem fern, was Ärger bedeutete. Daher blieb es an meiner Mom und mir hängen, uns um das Abendessen zu kümmern. Es war die eine Zeit am Tag, wo wir alle beisammensaßen.«

Die Rädchen in meinem Kopf ratterten. River hatte gesagt, dass er keine Familie hatte. Was war mit ihnen passiert? Waren sie verstorben? Gott, ich wollte mir so etwas Grausames gar nicht vorstellen. Ich wusste, wie es war, sich allein auf der Welt zu fühlen und wünschte es niemandem.

Das Leben, das River schilderte, klang genauso behütet wie entbehrungsreich. Was musste geschehen, damit ein Junge, der aus einer so liebevollen Familie kam, zu dem Mann wurde, der heute vor mir stand?

Kapitel -32-
May

Ich konnte nicht glauben, dass das hier tatsächlich passierte. River und ich saßen auf der Couch - mit etwas Abstand zwischen uns - aber wie zwei normale Menschen. Während wir am Anfang noch angespannt gewesen waren, spürte ich, wie wir langsam lockerer wurden. So als wäre es in Ordnung, dass wir uns nicht länger anfeindeten. Wir entschieden uns, zum Essen einen Film anzusehen und River überließ mir die Wahl.

Nachdem ich mir eine Weile die verschiedenen Neuerscheinungen auf Netflix angesehen hatte, beschloss ich, ihn richtig zu quälen und entschied mich für *Falling Inn Love.* Eine Liebeskomödie, die in Neuseeland spielte. In der eine junge Frau eine renovierungsbedürftige Pension gewann und sich in den attraktiven Handwerker verliebte.

»Klingt interessant«, gab River wenig überzeugend von sich, nachdem wir uns den Trailer angesehen hatten. Ich hoffte, dass der Film für ihn die Hölle war. Grinsend drückte ich auf Play, wobei mir Rivers finsterer Blick nicht entging.

»Bei allem, was ich bisher über dich erfahren habe, hätte ich nicht gedacht, dass du auf solche Filme stehst«, sagte er, nachdem wir die ersten fünfzehn Minuten schweigend ferngesehen hatten.

»Was sollte ich mir denn deiner Meinung nach sonst ansehen? Actionfilme mit viel Gewalt, Waffen und Kämpfen? Weil ich davon im richtigen Leben noch nicht genug hatte?«, erwiderte ich neckisch. »Meine Mom stand total auf Liebeskomödien«, berichtete ich schließlich, während ich dem Film nur meine halbe Aufmerksamkeit schenkte. »Wir haben uns an ihren freien Abenden gern welche angesehen. Auch wenn es nur einmal pro Woche war. Das war unsere Tradition. Am Wochenende waren wir oft auf dem Flohmarkt unterwegs und haben uns mit Filmen für die kommenden Wochen eingedeckt. Streamen konnten wir nicht, weil Mom darauf bestand, alles bar zu zahlen. Wie sich herausstellte, war das umsonst, denn Dad fand uns trotzdem.«

Ich schluckte hart, bevor ich weitersprach. »Für die Zeit des Films konnten wir alle Probleme vergessen. Sie sorgten dafür, dass wir uns gut fühlten. Die Musik, die Schauplätze, sogar die Namen der Protagonistinnen … alles ist darauf ausgelegt, der Zuschauerin ein ultimatives Wohlfühlerlebnis zu bieten. Und genau das war es, was wir in dieser Zeit gebraucht haben. Keine Spannung, kein Drama. Nur Humor, Liebe und den Beweis, dass Träume wahr werden können. Auch wenn es nur Filme waren. Mom sagte immer, dass unser wahres Leben wie ein schlechter Gangsterfilm sei und bei denen glaubte auch niemand, dass sie ein Fünkchen Wahrheit enthielten. Wieso sollten die romantischen Schnulzen nicht Wirklichkeit werden können?«

Ich erwartete, dass River mich bemitleidete. Mir sagen würde, wie traurig das alles war und wie sehr er sich wünschte, dass ich so etwas nicht hätte erleben müssen. All das hätte mich von ihm distanziert. Ich brauchte niemanden, der mein Los bedauerte. Ich tat es selbst nicht, denn es war Zeitverschwendung. Meine Erlebnisse hatten mich zu dem Menschen geformt, der ich war. Und ich mochte diese Person. Punkt.

Kein Grund, ewig am Negativen festzuhängen und sich von der Vergangenheit runterziehen zu lassen. Ich hatte River die Geschichte aus dem Bedürfnis heraus erzählt, dass wir uns besser kennenlernten. Jetzt fühlte ich mich dumm deswegen. Aber River überraschte mich, indem er ganz anders reagierte, als ich es erwartete.

»Lass uns die ganze Nacht lang Liebesfilme schauen. Zeig mir deine liebsten Schnulzen«, schlug er vor und ich sah ihn ungläubig an.

»Du willst die ganze Nacht eine romantische Komödie nach der anderen mit mir gucken? Sicher, dass du das überlebst?«

Er zuckte mit den Schultern und machte eine Geste mit der Hand, die vermutlich so etwas bedeutete wie: *Lass es uns herausfinden*. »Was habt ihr noch gemacht, deine Mom und du? Ihr hattet bestimmt kleine Traditionen für eure Abende.«

»Die hatten wir«, bestätigte ich und schwelgte verträumt in Erinnerungen. »Mom hat uns was zu essen aus dem Diner mitgebracht, am liebsten mochte ich den Käsekuchen. Dazu hat sie uns eine Kanne Tee aufgesetzt, jede Woche eine andere Sorte. Unser Plan war es, uns durch das gesamte Teesortiment im Supermarkt zu probieren. Am leckersten waren die Wintersorten mit Zimt oder Bratapfelgeschmack. Und in unserer Wohnung gab es immer Blumen. Das war die eine Sache, bei der Mom nie gespart hat. Sie war davon überzeugt, dass Blumen Leben in ein Zuhause bringen und dem Raum Fröhlichkeit verleihen. Dasselbe galt für Kerzen. Egal ob Sommer oder Winter, sobald es draußen dunkel wurde, zündete Mom eine Kerze an. Sie konnte selbst aus dem schäbigen Apartment in Chinatown eine richtige

Wohlfühloase zaubern«, beendete ich meine Erzählung mit trauriger Stimme.
Über die Jahre hatte ich erwartet, dass ich sie irgendwann weniger vermissen würde. Nicht, weil ich sie nicht liebte, sondern weil man sagte, dass die Zeit alle Wunden heilte. Aber nicht diese. Diese Wunde blieb. Ich hatte gelernt, damit zu leben. Dabei vergaß ich allerdings nie, dass es sie gab.
»Das klingt, als wäre sie ein ganz besonderer Mensch gewesen«, bemerkte River. »Ganz anders als dein Vater.«
Ich schnaubte verächtlich. »Meine Mutter war eine Heilige. Ein Engel. Mein Vater hingegen ist eine Ausgeburt der Hölle. Er hatte sie nicht verdient. Und das Schlimmste ist, dass er einen so verdorbenen Charakter hat, dass er damit sogar meine Mutter in den Abgrund riss.«
Noch nie hatte ich vor jemandem so frei über die Verachtung gesprochen, die ich meinem Vater gegenüber empfand. Es fühlte sich richtig an, das vor River zu tun. Natürlich. Denn er sah nicht schockiert aus oder peinlich berührt. Ganz im Gegenteil. Er gab mir das Gefühl, als könnte ich bei ihm alles aussprechen, was mir auf der Zunge lag. Ohne Einschränkungen. Ohne Tabus.
»Erzählst du mir von dem Tag, an dem sie verstorben ist?«, erkundigte er sich behutsam und rutschte ein Stück näher. Ich sah auf unsere Hände. Wir hatten sie beide nebeneinander auf die Couch gelegt. So nah, dass nicht viel für eine Berührung fehlte.
Eine Narbe zog sich über seinen Handrücken. Hinterließ eine helle Spur auf seiner gebräunten Haut. River steckte voller Geheimnisse und ich wünschte mir, jedes einzelne davon zu ergründen. Auch wenn ich wusste, dass einige meiner Fragen

unbeantwortet bleiben würden, wollte ich in alle seine Abgründe eintauchen.

»Ich erinnere mich noch, dass sie wochenlang über Müdigkeit geklagt hat«, sagte ich leise und dachte an die Tage vor Moms Tod zurück. »Die Ringe unter ihren Augen wurden dunkler und sie schien Schmerzen zu haben. Aber ihr Job war hart und ich schob es darauf. Ich ahnte nicht, dass sie ernsthaft krank war. Sonst hätte ich sie viel früher zum Arzt geschleift.«

Seit jenem Tag zerfraßen mich die Vorwürfe. Hätte ich sie retten können, wenn ich aufmerksamer gewesen wäre?

»Wie alt warst du damals?«, wollte River wissen und sah mich mitfühlend an.

»Zwölf«, antwortete ich. Die Zahl auszusprechen, machte mir auf merkwürdige Weise bewusst, wie viel Zeit seitdem vergangen war. Zehn Jahre waren vergangen und es fühlte sich dennoch wie gestern an.

»Du warst noch ein Kind, May«, probierte River, mich zu trösten und ich lächelte ihn zaghaft an. Vermutlich würde mir nichts auf der Welt die Schuldgefühle nehmen können, aber dass er es versuchte, bedeutete mir viel.

»An jenem Tag erlitt sie bei der Arbeit einen Herzinfarkt. Ihre Kolleginnen riefen den Notruf, aber es war zu spät. Im Krankenhaus erfuhren wir, dass sie in den Wochen zuvor mehrere kleine Infarkte gehabt hatte. Sie litt unter einer Herzschwäche. Schon seit Jahren. Das Herz hatte einfach zu wenig Leistungsfähigkeit und schaffte es nicht, genug Blut in ihren Kreislauf zu pumpen. Daher die ständige Müdigkeit. Sie musste es gewusst haben - oder zumindest geahnt. Und ich frage mich seitdem jeden Tag, ob man es spüren kann,

wenn man todkrank ist. Ob sich irgendwas in einem verändert. Weißt du, was ich meine?«
River nickte. »Ich denke, dass einige Menschen ein gutes Gefühl dafür haben, wann ihre Zeit gekommen ist. Vielleicht traf das auf deine Mutter zu.«
»Ja, vielleicht«, murmelte ich. »Womöglich wusste sie schon länger, dass ihr Herz nicht richtig arbeitete und wollte meinen Vater deswegen unbedingt verlassen. Weil sie gehofft hat, dass sie es noch schafft, mich weit fortzubringen.«
Aber das hatte sie nicht. Sechs Monate, nachdem wir William Parkers Villa fluchtartig verlassen hatten, starb Mom.
»War ihr Nachname Fields?«, fragte River und ich lächelte darüber, wie weich das Wort über seine Lippen kam.
»Ja, ich habe ihn angenommen, als ich vor zwei Jahren volljährig wurde und den Antrag unterzeichnen durfte. Mein Vater hat getobt und gewütet. Für ihn war es die größte Respektlosigkeit, die ich ihm antun konnte. Seinen guten Namen eintauschen gegen den der Frau, die ihn verlassen hat. Aber als er davon erfuhr, war es bereits zu spät.«
River lächelte und strich mit dem Daumen kurz über meine Hand. »Mir gefällt er. May Louise Fields.«
»Am liebsten mag ich es, wenn man mich einfach nur May nennt«, flüsterte ich atemlos, weil seine Berührung mich aus dem Takt brachte.
»Okay, einfach nur May«, erwiderte er. Dann beugte er sich zu mir, legte eine Hand auf meine Wange und küsste mich. Sanft und behutsam, sodass ich mich sicher fühlte. Seine Lippen wanderten zu meinem Mundwinkel - nur der Hauch einer Berührung - und von dort weiter zu meinem Ohrläppchen. Als sein Atemzug mich streifte, erzitterte ich

und stöhnte, als er die weiche Haut an meinem Hals liebkoste. Es war viel zu wenig und doch so intensiv, dass es mich ganz schwindlig machte.
»River«, seufzte ich und sank in seine Umarmung, zu schwach, um mich noch länger gegen seine Anziehungskraft zu wehren. Seine starken Hände fingen mich auf und betteten mich auf das Sofa, bevor er sich über mir positionierte. Sein markantes Gesicht schwebte direkt über meinem. Er wirkte friedlich. Sein Griff lag fest an meiner Taille, als er den Blick über mich gleiten ließ. Dabei flammte ein Ausdruck des Begehrens in seinen Augen auf - mit einer solchen Intensität, wie ich nie zuvor angesehen worden war.
Er richtete sich auf die Knie auf und zog sich mit einer fließenden Bewegung das Shirt über den Kopf. Mir stockte der Atem, wie jedes Mal, wenn ich die Folgen der brutalen Gewalt sah, der sein Körper ausgesetzt gewesen war. Irgendwann, das schwor ich mir, würde ich jede einzelne Narbe mit Küssen bedecken, denn sie waren ein Teil von River.
Für einen Augenblick genoss ich die Pracht, die sein Körper darbot. Bewunderte die Muskeln, die ihn zierten, als wären sie sein Panzer. Alles an ihm sprach von Stärke und Unerbittlichkeit. Doch seine Augen versprachen mir Sicherheit.
Und ungezügelte Lust.
Ohne meinen Blick loszulassen, streifte River mir die Hose ab. Seine rauen Finger fuhren über meine Oberschenkel und hinterließen eine Gänsehaut überall dort, wo er mich berührte. Achtlos warf er die Hose hinter sich, hob mein Bein an und führte es zu seinem Mund. Er hauchte einen zarten

Kuss auf mein Fußgelenk und ließ seine Lippen quälend langsam weiter hinaufwandern. Bei jeder Berührung erzitterte ich, ein Beben ging durch meinen Körper und die Hitze in meinem Bauch nahm mir die Luft zum Atmen. Seine Zunge liebkoste die empfindsame Haut auf der Innenseite meiner Oberschenkel. Als er durch den Stoff meines Höschens leicht an mir saugte, verlor ich fast die Kontrolle über meinen Körper. Ein lustvolles Stöhnen teilte meine Lippen. Ich wollte mehr, so viel mehr, doch River fuhr fort, mich mit seinen sanften Berührungen zu quälen. Er schob meinen Slip leicht zur Seite und leckte mich ohne jede Eile. Trieb mich mit langsamen Zungenstößen schier in den Wahnsinn, als hätte er alle Zeit der Welt, um mich den Verstand verlieren zu lassen.

»River«, flehte ich und wälzte mich unruhig auf der Couch hin und her. Meine Hände wanderten zu seinen Haaren und wieder zum Sofa, suchten vermeintlichen Halt. »Bitte.«

Das Verlangen in mir baute sich weiter auf, ich sehnte mich danach, mich endlich fallen zu lassen. Es lag in Rivers Händen, mir diese Erlösung zu verschaffen.

Ich spürte, wie sein heißer Atem über die feuchte Haut zwischen meinen Beinen strich. Er murmelte etwas mit erregter Stimme. Ich vernahm die Worte kaum, mein eigenes Blut pulsierte zu laut in meinen Ohren.

River erhörte mein Flehen. Seine Lippen schlossen sich fest um meine empfindlichste Stelle, saugten und leckten abwechselnd immer schneller, bis ich gleichermaßen vor Lust und Qualen schrie.

Ich krallte meine Finger in sein volles Haar, bäumte mich unter ihm auf und stöhnte seinen Namen, während ich mich ihm entgegendrückte und gleichzeitig vor den zu starken Empfindungen fliehen wollte. Mein ganzer Körper verkrampfte, als der Höhepunkt in heftigen Wellen über mich hinwegrollte. River ließ nicht von mir ab, verwöhnte mich weiter, bis das letzte Beben verblasst war und mein Körper entspannter als jemals zuvor in die Sitzpolster sank. Mein Atem ging schwer, meine Lider flatterten, ich stöhnte in Anbetracht der Schönheit, die der Mann vor mir abgab.

»Zieh dich aus«, befahl er streng und richtete sich vor mir auf. Seine Erektion drückte hart gegen den Stoff seiner dunklen Jeans. Ich gehorchte, ohne zu zögern. Mit zitternden Händen befreite ich mich von meinem Shirt, bis ich nur noch in Unterwäsche vor ihm lag.

Als ich mich dieser ebenfalls entledigen wollte, stoppte River mich.

»Komm her«, knurrte er. Als ich vor ihm kniete, wanderten seine Finger sanft über meine Arme, hin zu meinen Schultern. Sein Blick brannte sich in meinen, stark und bestimmend. Ich konnte ihn nur voller Bewunderung ansehen und nicht glauben, dass er heute Nacht mir gehörte.

»Das mache ich«, sagte er und deutete mit einem Kopfnicken auf meine Unterwäsche.

Sanft streiften seine Finger die Träger des BHs von meinen Schultern und öffneten den Verschluss im Rücken, sodass er von allein herunterrutschte. Stöhnend ließ River seinen Blick auf meine Brüste fallen. Nie zuvor hatte ich mich so begehrenswert gefühlt. Der Ausdruck in seinen Augen bewirkte, dass ich mich ihm vollends hingeben wollte. Ich wollte ihm gehören, ohne jeglichen Kompromiss.

Mit einem Finger bedeutete er mir, zu warten. »Rühr dich nicht von der Stelle.«
Dann ging er aus dem Wohnzimmer und kehrte kurz darauf mit etwas zurück, das ich erst erkennen konnte, als er es auf den Couchtisch warf. Eine rote Kondompackung. Das Wissen, dass River sich das Gummi gleich überstreifen würde, um mit mir zu schlafen, hatte etwas unheimlich Erotisches und sorgte dafür, dass mein Atem sich vor Nervosität beschleunigte.
River kam näher und ließ seinen Blick über meinen nackten Körper gleiten. Er kniete sich vor mich, schlang einen Arm um meinen Rücken und zog mich mit einem Ruck näher. Während seine Hand über meinen Po strich, küsste er mich und umspielte seine Zunge mit meiner, bis ich völlig atemlos zurückblieb.
Er ließ von meinem Mund ab, nur um sich dem Rest meines Körpers zu widmen. Als seine Lippen sich um meine Brustwarzen schlossen, keuchte ich und bog mich ihm entgegen. Er saugte mal sanft, mal stärker und schenkte ihnen so lange seine Aufmerksamkeit, bis die Hitze in meinem Schoß erneut zu explodieren drohte.
Als hätte er meine Gedanken gelesen, glitt seine Hand zwischen meine Beine. Mit zwei Fingern schob er den Stoff des Höschens beiseite, dann ließ er sie langsam, aber tief in mich eindringen.
Mit einem lauten Stöhnen sank ich an seine Schulter und hielt mich fest, während River seine Finger immer wieder in mich schob. Die Sehnsucht, ihn zu spüren, wuchs ins Unermessliche. Mit fahrigen Bewegungen machte ich mir am Reißverschluss seiner Jeans zu schaffen und befreite sein

hartes Glied. Ich umfasste ihn und begann, langsam daran auf und ab zu gleiten. River schloss stöhnend die Augen und stemmte sich meiner Bewegung entgegen.

»Du bist perfekt«, murmelte er leise und ich verstärkte den Druck meiner Hand. Gleichzeitig näherte ich mich seinem Gesicht für einen Kuss und ließ meine Zunge hungrig in seinen Mund gleiten. Ich spürte, wie auch er die Kontrolle zu verlieren drohte. Unser Kuss wurde fordernder, seine Finger stießen fester in mich, während sein Glied in meiner Hand weiter anschwoll.

»Leg dich auf den Bauch«, befahl er kurz darauf ungeduldig und zog seine Finger aus mir heraus. Als ich nicht schnell genug reagierte, wirbelte er mich herum. Seine rauen Hände streiften den Slip ab, den ich noch immer trug. Als ich das Reißen der Kondompackung hörte, wandte ich den Kopf ihm zu und sah gerade noch, wie er sich das Kondom über sein steifes Glied streifte.

Dann drückte er mich mit seinem Gewicht in das Sofa. Mit seinen Knien spreizte er meine Beine weit auseinander, sodass ich keinerlei Bewegungsspielraum mehr hatte und drang mit einem tiefen Stoß in mich ein. Mein Mund öffnete sich zu einem lauten Schrei, doch schon sein nächster harter Stoß trieb alle Luft aus meinem Körper. Seine kraftvolle Brust drückte gegen meinen Rücken, als er sich ein Stück weit vorbeugte, um unsere Hände miteinander zu verschränken. Dann spürte ich seine Lippen an der empfindlichen Stelle hinter meinem Ohrläppchen. Erschauderte unter den sanften Bissen, mit denen er meinen Hals verwöhnte. Mit einem Keuchen krampfte ich meine Finger um seine, als mein Innerstes sich vor Verlangen zusammenzog.

Er ließ mir keine Zeit, mich an seine Härte in mir zu gewöhnen. Er nahm mich, als wäre ich dazu bestimmt gewesen, ihm zu gehören. Sein Mund glitt zu meinem Ohr, meinem Hals, kostete jeden Zentimeter Haut, den er erreichen konnte.
»Du fühlst dich unglaublich an«, raunte er. Seine ungezügelte Leidenschaft verwandelte mich in ein wimmerndes, flehendes Etwas und ich genoss jede Sekunde, die ich ihm so ausgeliefert war. Denn River verstand sich perfekt darin, die Sprache meines Körpers zu lesen, als wäre sie eigens für ihn gemacht.
Ohne dabei langsamer zu werden, schob er seine Hand unter meinen Bauch, ließ seine Finger auf die pochende Stelle zwischen meinen Beinen gleiten und begann, feste Kreise darauf zu ziehen. Ich schrie und vergrub die Fingernägel in einem der Couchkissen, als er mich geschickt stimulierte und weiterhin tief in mich stieß. Schließlich gab mein Körper nach und ich explodierte unter River. Mit einigen letzten unkontrollierten Bewegungen stieß er immer schneller in mich, bis auch er mit einem lauten Knurren kam und kraftlos über mir zusammensank.
Die Wärme seiner nackten Haut hüllte mich ein und seine starken Arme umschlossen mich.
»Davon werde ich niemals genug kriegen«, wisperte er in mein Ohr und zog mich dichter an sich. Ich schloss die Augen und gab mich all den Empfindungen hin, die dieser Mann in mir auslöste. Genoss die wenigen Sekunden, in denen ich mir erlaubte, zu glauben, dass wir beide genau richtig sein könnten.

Kapitel -33-

River

Am nächsten Morgen spürte ich noch ihre Zunge an meinem Mund, ihren Geschmack auf meinen Lippen. Hörte das süße Seufzen, das sie von sich gab und konnte nicht vergessen, wie bereitwillig sie ihren Körper gegen meinen geschmiegt hatte. In ihrer Gegenwart konnte ich weder mein Denken noch mein Handeln beeinflussen. In ihrer Nähe schien ich überhaupt nichts kontrollieren zu können. May riss mir den Boden unter den Füßen weg.

Sie murmelte etwas Unverständliches im Schlaf und kuschelte ihren nackten Körper dichter an mich. Seit einer Stunde beobachtete ich sie und seit einer Stunde machte mein Schwanz mir das Leben zur Hölle, weil er wollte, dass ich tief in sie eindrang, um erneut zu hören, wie sie heiser meinen Namen rief.

Das Gesicht gänzlich entspannt, lag May auf meinem Arm und atmete ruhig gegen meine Brust. Sanft strich ich die schwarzen Haarsträhnen von ihren Wangen und fühlte ihre weiche Haut. Ihre Lippen waren von unseren heftigen Küssen gerötet und geschwollen. May war mein. Ich wusste nicht, wie ich sie jemals gehenlassen sollte. Bei dem Gedanken, dass etwas oder jemand sie mir wegnehmen könnte, war es um meine Selbstbeherrschung geschehen.

Ich nahm ihr Gesicht in meine Hände, drückte meine Lippen fest auf ihre und inhalierte das verschlafene Seufzen, das sie kurz darauf ausstieß. Als sie die Augen öffnete und mich ansah, suchte ich darin nach einem Zeichen von Zweifel oder Bedauern über das, was letzte Nacht geschehen war. Als ich nichts davon fand, richtete ich mich über ihr auf und teilte mit meinem Körper ihre Schenkel, ohne unseren Kuss zu unterbrechen. May schlang die Beine um mich, zog meinen Körper dicht an ihren und erlaubte mir, tief in sie einzudringen. Als wollte sie damit jeden Zweifel beiseiteschieben, dass sie nicht genau hierhergehörte - zu mir.

Die Abenddämmerung zog bereits ihre Schatten über die Stadt. Wir lagen noch immer im Bett, die dünne Seidendecke umhüllte Mays schlanken Körper, schmiegte sich verführerisch an jede ihrer Rundungen. Nachdem wir Stunden in unserer eigenen Welt verbracht hatten, spürte ich, wie die Realität uns wieder einholte. Obwohl ich wusste, dass wir uns nicht ewig etwas vormachen konnten, wünschte ich mir, dass ich noch eine Weile vor der Wahrheit hätte fliehen können.

»Wie soll es weitergehen?«, flüsterte May und Unsicherheit zeichnete ihre Gesichtszüge. Egal, was wir fühlten, egal, was zwischen uns war, es hatte in der echten Welt keinen Bestand. Ihre Worte erinnerten mich daran, doch ich konnte es nicht akzeptieren. Ich war nicht länger bereit, May aufzugeben. Sie zu ihrem Vater zurückzubringen und mein Leben ohne sie zu führen. Sie gehörte zu mir und der Gedanke, dass sie unglücklich war oder ein anderer sie an meiner statt berührte, machte mich wahnsinnig.

»Ich will, dass du bei mir bleibst«, sagte ich mit fester Stimme und sah ihr dabei tief in die Augen. »Ich will, dass du Teil

meiner Welt wirst. Wenn ich aufwache, soll dein Gesicht das Erste sein, was ich sehe und das Letzte, bevor ich einschlafe.«
Ihre Lippen teilten sich vor Erstaunen. »Wirklich?«, fragte sie ungläubig und ich hasste mich, weil ich derjenige gewesen war, der all die Zweifel in ihrem Blick gesät hatte.
»Ich war mir noch nie so sicher«, antwortete ich mit Nachdruck und zog sie für einen flüchtigen Kuss an mich. »Vorausgesetzt, du willst es auch.«
Wollte May bei mir bleiben? Nach allem, was ich ihr angetan hatte? Und was, wenn sie Nein sagte? Könnte ich sie gehen lassen?
»Ich … ich kann gar nicht glauben, dass das gerade passiert«, stotterte May und sah mich noch immer zweifelnd an.
»May«, raunte ich und ließ meine Hand an ihrem nackten Rücken hinab zu ihrem Po gleiten.
Ich spürte ihren schneller werdenden Atem an meiner Brust, fühlte, wie sie unter meinen Fingern erzitterte. »Du und ich, wir sind genau richtig. Was ich für dich empfinde, habe ich nie zuvor gefühlt und ich bin bereit, dafür zu kämpfen.«
»Was ist mit meinem Vater?«, fragte sie kurzatmig, weil meine Finger mittlerweile die empfindliche Stelle an der Innenseite ihrer Oberschenkel gefunden hatten.
»Ich werde ihm sagen, dass der Deal geplatzt ist.« Mit den Lippen fuhr ich sanft an ihrem Hals entlang und saugte an der weichen Haut, bis sie stöhnend ihre Finger in meiner Brust vergrub.
»Das wird er nicht akzeptieren«, wandte sie ein und ich wusste, dass sie recht hatte.

Aber ich konnte nicht vernünftig sein. Nicht jetzt, wo für mich feststand, dass ich sie nicht mehr hergeben würde. Das Gefühl war berauschend.
May war das kostbarste Geschenk, das mir das Leben gemacht hatte. Ich würde alles tun, um sie zu beschützen und nicht zulassen, dass jemand sie mir wegnahm.

Kapitel -34-

May

Als River längst eingeschlafen war, lag ich noch lange wach. Er hatte den Arm besitzergreifend um mich geschlungen und mich dicht an seinen Körper gezogen.

In den letzten Stunden hatte ich so viel gefühlt, dass es mich völlig überwältigt zurückgelassen hatte. Angst, Verzweiflung, Leidenschaft, Liebe, Sicherheit. All diese widersprüchlichen Empfindungen hatten es mir unmöglich gemacht, zu begreifen, was geschah. Erst jetzt, nachdem die Dunkelheit bereits seit Stunden eingebrochen war, konnte ich meine eigenen Gedanken wahrnehmen.

Ich hatte mit River geschlafen. Dem Mann, der mich entführt hatte und gegen meinen Willen festhielt. Nur, dass ich jetzt freiwillig blieb, oder?

Und dass River jetzt nicht mehr nur mein Entführer war, sondern der Mann, in den ich mich verliebt hatte. Denn das, was ich fühlte, war Liebe … oder nicht?

Trotz allem, was sich zwischen uns geändert hatte, hielten die widersprüchlichen Gefühle an. Was war echt, was Einbildung? Machte ich mir selbst etwas vor? Liebte oder fürchtete ich ihn? Ich wusste nicht, wo die Wahrheit lag. Wusste nicht mehr, wer ich war, was ich fühlte und wie ich mich verhalten sollte.

So vorsichtig wie möglich schob ich Rivers Arm von mir. Stück für Stück, damit er nicht aufwachte. Dann stieg ich langsam aus dem Bett, zog mir sein weites Shirt und ein paar Boxershorts von ihm über und schlich den Flur entlang. Die

Lampen ließ ich ausgeschaltet, sodass mein Weg nur vom hereinfallenden Mondlicht erhellt wurde. Ich kam am Gästezimmer vorbei, das noch vor wenigen Stunden mein Gefängnis gewesen war, ging um die Ecke, die der Flur beschrieb und stand vor der Haustür. Jene, auf die ich vor ein paar Tagen verzweifelt eingeschlagen hatte. Mein Herz überschlug sich, als ich die letzten Meter hinter mich brachte. Der metallene Türgriff fühlte sich eiskalt unter meiner schwitzigen Handfläche an. Geräuschlos drückte ich ihn nach unten und erstarrte.
Sekunden vergingen, in denen ich bloß dastand, die Augen weit aufgerissen, der Atem unregelmäßig.
Dann öffnete ich die Tür.
Vergrößerte den Spalt, bis gegenüber von mir, nur etwa zwei Meter entfernt, ein Aufzug auftauchte. Die Anzeige darüber verkündete mit leuchtenden Zahlen, dass wir uns im achtundzwanzigsten Stockwerk befanden. Noch weiter oben, als ich gedacht hatte. Wie erstarrt stand ich da und konnte mich nicht rühren.
Du könntest fliehen, rief eine Stimme in meinem Kopf.
Bleib, forderte eine andere.
Als ich den Fuß hob, um ihn über die Türschwelle zu setzen, zögerte ich. Dann machte ich meinen ersten Schritt raus aus Rivers Wohnung - hin zum Aufzug. Blut rauschte laut in meinen Ohren. Vor Aufregung ging mein Atem unregelmäßig. Als ich den Knopf für den Aufzug drückte, sah ich, dass meine Finger stark zitterten. Ich verschränkte die Hände vor meinem Bauch, knetete sie nervös, während ich über die Digitalanzeige beobachtete, wie der Aufzug höher und höher fuhr. Immer näher zu mir kam, bis sich die Türen

mit einem *Pling* und einem lauten Poltern öffneten, das mich vor Schreck zusammenzucken ließ. Der Lärm würde River aufwecken.

Ich nahm einen tiefen Atemzug und machte einen Schritt vorwärts, nur um sofort wieder zurückzuzucken. Unentschlossen stand ich vor dem Aufzug. Als die Türen sich schließen wollten, hielt ich eine Hand dazwischen. Was war nur los mit mir? Das war meine Chance zur Flucht.

Ich drehte mich um und blickte in Rivers Flur. Das Licht des Aufzugs warf einen breiten Schein hinein. Dann wandte ich mich wieder ab. Blickte in die leere Kabine vor mir. Warum ging ich nicht?

Aber was würde passieren, wenn ich floh? Ich spielte das Szenario in meinem Kopf durch. Ich besaß noch immer keine Papiere, kein Geld und trug nichts als ein Shirt und Shorts, die nicht einmal mir gehörten. Mein Vater suchte die ganze Stadt nach mir ab und wenige Meter weiter schlief ein Mann, der ebenfalls keine Mühen scheuen würde, um mich wiederzubekommen.

Wo sollte ich hingehen? Und wie weit würde ich kommen? Und wenn ich es entgegen meiner Erwartungen tatsächlich schaffte, zu fliehen, was wäre mit River? Würde ich ihn nie wiedersehen? Waren meine Gefühle für ihn doch echt?

Langsam, Zentimeter für Zentimeter, zog ich meine Hand zurück und ließ zu, dass der Aufzug sich vor mir schloss. Ich lauschte, als ein Ruck durch ihn hindurchging und er sich all die Stockwerke hinabarbeitete. Als er längst unten angekommen sein musste, stand ich noch immer wie angewurzelt da. Und obwohl die Freiheit zum Greifen nah gewesen war, hatte ich mich nie so gefangen gefühlt wie in diesem Moment.

Untätig ließ ich meine einzige Chance zur Flucht verstreichen. Aber etwas hielt mich zurück und ich wusste nicht, woraus diese unsichtbaren Fesseln bestanden.

Ich konnte nicht sagen, wie lange ich so im Flur stand. Irgendwann kehrte Leben in meinen Körper zurück und ich ging in die Wohnung. Leise drückte ich die Tür zu, schlich durch den Flur und blieb vor dem offenen Schlafzimmer stehen. River lag noch immer so da, wie ich ihn zurückgelassen hatte. Wenn er schlief, sah er friedlich aus. Entspannt. Nicht als läge eine tonnenschwere Last auf seinen Schultern.

Warum war ich geblieben? Seinetwegen?

Nicht in der Lage, mich wieder zu ihm zu legen, ging ich ins Wohnzimmer und blieb vor der geschlossenen Balkontür stehen. Es war kurz vor fünf Uhr am Morgen. Die ersten hellen Streifen erhellten den Himmel über New York. Bald würde ein neuer Tag heranbrechen.

Warum war ich geblieben?

Während die Sonne nach und nach ihren Platz einforderte und die Dunkelheit vertrieb, stellte ich mir diese Frage immer wieder. Aber ich konnte sie nicht beantworten. Zu viele Gefühle, zu viele Wahrheiten, zu viele Lügen wirbelten durch meinen Kopf und machten es unmöglich. Ich wusste nicht, ob ich wegen meiner Gefühle für River blieb oder weil ich trotz der offenen Tür eine Gefangene war. Weil ich hilflos und aufgeschmissen war, solange mein Vater nach mir suchte und keine andere Option hatte, als hierzubleiben. Oder weil ich

bleiben wollte. Weil ich mich auch unter normalen Umständen in River verliebt hätte.
Aber hätte ich das? Wenn ich River auf der Straße über den Weg gelaufen wäre, gar ein richtiges Date mit ihm gehabt hätte, wären daraus dieselben Gefühle entstanden?
Oder wäre ich zurückgeschreckt vor dem Mann, der so viele Geheimnisse verbarg, dass ein einzelnes Leben nicht ausreichte, um alle davon aufzudecken?

Kapitel -35-

River

Als ich aufwachte, lag May nicht mehr neben mir. Sofort schoss ich in die Höhe, zog mir frische Boxershorts über und eilte durch die Wohnung. Ich fand sie vor dem Balkon. Mein T-Shirt, das ihr mehrere Nummern zu groß war, verschluckte ihren zierlichen Körper und reichte ihr knapp bis unter den Po. Eine Tasse Kaffee mit beiden Händen umfasst, stand sie dort und starrte aus dem Fenster. So als könnte sie die Antwort auf eine dringende Frage am Himmel ablesen.

»Guten Morgen«, sagte ich und hauchte ihr einen sanften Kuss auf die Schläfe. »Was machst du so früh hier?«

Es war erst sieben Uhr morgens.

»Ich konnte einfach nicht mehr schlafen«, sagte sie leise und drehte sich zu mir um. »Wir müssen reden. Über das, was du gestern Abend gesagt hast. Mein Vater …«

»Mach dir um deinen Vater keine Sorgen«, unterbrach ich sie, zog sie zu mir und strich ihr das Haar aus dem Gesicht. »Er wird toben und wüten, aber wir lassen ihm keine andere Wahl, als es zu akzeptieren. May, dir wird nichts geschehen. Ich passe auf dich auf, versprochen.«

Kurz glaubte ich, dass sie noch etwas sagen wollte, doch dann nickte sie und ihre Lippen hoben sich zu einem Lächeln. »Na gut, wenn du das sagst.«

»Wieso lässt du dir nicht ein entspanntes Bad ein, während ich alles andere regle«, schlug ich vor und schob sie sanft in Richtung Badezimmer. Ich wollte nicht, dass sie das Gespräch mit Kent mithörte, das ich gleich führen würde. Denn bevor ich Parker sagte, dass der Deal geplatzt war, musste ich Kent informieren. Mit meiner Entscheidung brachte ich ihn ebenso in Gefahr wie May und mich. Außerdem mussten Vorkehrungen für unser Team getroffen werden. Jeder einzelne Mitarbeiter musste über die neue Ausnahmesituation informiert werden und ab sofort mit doppelter Vorsicht handeln.

»Ich frische deinen Kaffee auf und in ein paar Minuten bringe ich dir ein Tablett mit Frühstück. Was hältst du davon?« Ich nahm ihr die Tasse ab und platzierte sie auf dem Schränkchen im Flur. May bejahte nicht, ließ sich aber protestlos von mir ins Badezimmer bugsieren, wo ich ihr heißes Wasser in die Wanne laufen ließ und dabei zusah, wie sie mein Shirt über den Kopf zog und zögerlich einen Fuß hineinsetzte. Am liebsten hätte ich ihr Gesellschaft geleistet. Aber ich hatte wichtige Dinge zu erledigen, die ich nicht länger aufschieben konnte. Statt meinem Verlangen nachzugeben, hielt ich mich zurück und drückte ihr bloß einen liebevollen Kuss auf den Scheitel.

»Bin gleich mit deinem Kaffee zurück«, sagte ich und ging in die Küche, um ihn durch die Maschine laufen zu lassen. Auf dem Weg dahin sah ich im Schlafzimmer vorbei und nahm mein Handy vom Nachttisch. Während die Maschine hochfuhr und sich reinigte, suchte ich Kents Büronummer raus. Als er nach mehrmaligem Klingeln nicht abhob, probierte ich es auf seinem Handy.

»Hey, River«, beantwortete er meinen Anruft nach wenigen Sekunden. Er klang kurzatmig und aufgeregt.

»Ist alles okay?«, fragte ich mit gerunzelter Stirn, nahm eine Tasse aus dem Schrank und wählte an der Maschine den Knopf für Latte Macchiato.
»Cassie hat das Baby bekommen. Es ist ein Mädchen«, erzählte Kent euphorisch und ich grinste breit. Er und seine Ehefrau hatten sich bei dem Geschlecht des Babys überraschen lassen wollen. Doch ich wusste, dass Kent sich insgeheim eine Tochter gewünscht hatte. »Herzlichen Glückwunsch, Mann. Ich freue mich für dich.«
»Danke«, sagte er und die Geräuschkulisse um ihn herum wurde lauter.
»Bist du noch im Krankenhaus?«
»Davor«, antwortete er und das Hupen eines Autos drang an mein Ohr. »Cassies Familie ist gerade gekommen, um die kleine Hannah kennenzulernen. Die Gelegenheit habe ich genutzt, um frische Luft zu schnappen. Es war eine lange Nacht.«
»Das kann ich verstehen«, sagte ich und holte Erdbeeren aus dem Kühlschrank. Ich würde sie May zusammen mit dem Latte Macchiato auf einem Tablett bringen, damit sie es sich gutgehen lassen konnte. Wenn ich alles geklärt hatte, konnte ich mich endlich zu ihr gesellen.
»Warum rufst du an?«, erkundigte Kent sich. Wäre mein Anliegen nicht so dringend gewesen, hätte ich ihn morgen nochmal kontaktiert und ihm die Zeit mit seiner Familie gegönnt. Doch diese Angelegenheit konnte nicht aufgeschoben werden.
»Ich werde den Deal mit Parker platzen lassen«, eröffnete ich ihm meine Planänderung. »May bleibt bei mir.«

»Was?«, rief er völlig außer sich. »Bist du von allen guten Geistern verlassen? Hat das Gespräch mit Sal dich kein bisschen zur Vernunft gebracht?«
»Gut, dass du mich daran erinnerst, dass du mich an ihn verpfiffen hast. Und zu deiner Information, es war sein Vorschlag.«
Kent schwieg, dann schnaubte er. »Das glaube ich dir nicht. Sal würde so etwas Absurdem nie zustimmen.«
Mir fehlte die Geduld, um mit Kent über die Nachteile meiner Entscheidung zu diskutieren oder darüber, ob Sal wirklich hinter mir stand. Ich war mir der Konsequenzen meines Entschlusses durchaus bewusst.
»Ich rufe nicht an, um dich um Erlaubnis zu bitten, Kent«, sagte ich scharf. »Auch nicht, um nach deiner Meinung zu fragen. Ich wollte lediglich so nett sein, dir mitzuteilen, dass Parker uns bald die Hölle heißmachen wird.«
»Die Hölle heißmachen?«, fragte er ungläubig. »Mann, er wird uns in unsere Einzelteile zerlegen, wenn er uns in die Finger kriegt. Und niemand wird erfahren, was er mit unseren Leichen gemacht hat. Das meine ich ernst, River. Die Opfer dieses Mannes verschwinden spurlos. Die Polizei versucht seit Jahren verzweifelt, ihm seine Morde anhängen zu können, aber der Typ ist zu gerissen. Und mit dem willst du dich anlegen? Wegen einer Frau?«
»Kent, ganz ruhig«, versuchte ich, ihn zu beschwichtigen, weil seine Stimme lauter geworden war. Er hatte eine nervenaufreibende Nacht hinter sich. »Ich mache das nicht für irgendeine Frau. Ich mache es für die Eine. Hörst du, Kent. Die Eine.«

Er stieß einen Laut zwischen Lachen und Schnauben aus. »Die Eine? River, du kennst sie kaum.«
Er hatte recht. May und ich kannten uns erst wenige Tage. Eine Zeit, in der ich sie wie eine Gefangene behandelt und mich wie der letzte Abschaum benommen hatte.
Dennoch spürte ich, dass sie es war. Die eine Frau, die Chase Cohen hinter Rivers Fassade sah. Die Eine, die mich verstehen könnte. Und mich akzeptierte, wie ich war. Ich würde *alles* geben, um das nicht zu verlieren. Aber ich brauchte meinen besten Freund auf meiner Seite. Er war meine rechte Hand.
»Wie war es bei dir, als du Cassie kennengelernt hast?«, fragte ich und erinnerte mich selbst noch an diese Zeit, als wäre sie erst ein paar Wochen her. Kent war damals nicht wiederzuerkennen gewesen. Cassie hatte einen anderen Mann aus ihm gemacht. Einen, der ihr zuliebe die beste Version seiner selbst sein wollte.
»Ich habe mich in sie verliebt, als ich sie das erste Mal gesehen habe«, wisperte er bedächtig. »Und geschworen, dass ich sie immer beschützen und alles tun würde, um sie glücklich zu machen.«
Ich lächelte. Genau das hatte ich von ihm hören wollen. »So geht es mir mit May. Verstehst du mich jetzt?«
»Klar, Kumpel. Tut mir leid, ich war nur …«, sagte er, beendete den Satz jedoch nicht. Zwischen Kent und mir gab es keine langen Entschuldigungen. Wir waren nicht nachtragend und schon gar nicht hielten wir uns länger mit einer Meinungsverschiedenheit auf als unbedingt nötig.
»Was brauchst du von mir? Wie kann ich helfen?«
»Danke, Mann«, sagte ich und war dankbar, dass ich meinen besten Freund mit an Bord hatte. Ihn hinter mir zu wissen, tat

gut. »Ich brauche alle Informationen über Parker, die du mir beschaffen kannst. Mit wem er telefoniert, mit wem er sich trifft, wann und wo er zu Mittag isst. Einfach alles. Setz unsere Leute auf ihn und seine Frau an und auf diesen Tanner. Und beauftrage das IT-Team, sich in seine Systeme zu hacken. Irgendwo muss er eine Spur hinterlassen haben, die der Polizei entgangen ist. Du weißt, wie dieses Geschäft läuft. Man kann seine Taten nie ganz verschleiern. Ein Rest bleibt immer zurück. Wir müssen diesen Rest finden.«

Ich war entschlossen, Parker loszuwerden.

»Und dann?«, fragte Kent. »Was machst du, wenn du etwas findest?«

»Dann schicke ich ihn für den Rest seines Lebens hinter Gitter und hoffe, dass er dort ein paar alte Freunde trifft.«

Solange William Parker sich auf freiem Fuß befand, würde er May und mir keine Ruhe lassen. Sie könnte sich niemals sicher fühlen und unbeschwert das Haus verlassen, solange sie damit rechnen musste, dass er oder einer seiner Leute ihr auflauerten. Doch ich würde alle Hebel in Bewegung setzten, um Parker zu Fall zu bringen und nicht ruhen, bevor ich meine Aufgabe erledigt hatte.

Ich gratulierte Kent nochmals zur Geburt seiner Tochter, verabschiedete mich knapp und beendete das Telefonat. Sobald ich May mit Kaffee und Frühstück versorgt hatte, würde ich Parker anrufen. Dann gab es kein Zurück mehr.

Kapitel -36-

River

Ich konnte es kaum erwarten, das Gespräch mit Parker hinter mich zu bringen. Nach meinem Telefonat mit Kent hatte ich kurz bei May im Bad vorbeigesehen. Sie saß in der Wanne und starrte die Decke genauso an, wie sie vorhin aus dem Fenster gestarrt hatte. Als könnte sie dort die Antwort auf eine lebenswichtige Frage lesen. Etwas beschäftigte sie und was auch immer das war, es stand zwischen uns. Ich musste den Kopf freibekommen, damit ich mich auf sie und ihre Bedürfnisse konzentrieren konnte. Ich wusste, dass wir keinen guten Start hatten. Umso entschlossener war ich, ab jetzt alles richtig zu machen.

Ich ging zum Telefonieren auf den Balkon. Zwar störte der Lärm der Straße, doch ich konnte sicher sein, dass May nichts von dem Gespräch mitbekam. Den Laptop auf dem Beistelltisch abgestellt, verband ich mein Handy mit der Software. Zwar hätte ich Parker nicht länger vorgaukeln müssen, in Brasilien zu sein, aber meinen derzeitigen Standort wollte ich ihm auch nicht verraten. Erst wenn ich das Penthouse mit allen Sicherheitsvorkehrungen und ein paar Bodyguards hatte ausstatten lassen. Noch ein Punkt, der auf meiner heutigen To-do-Liste stand.

Ich wählte Parkers Nummer und wartete. Es klingelte und klingelte, ohne dass jemand abhob. Irritiert legte ich auf. Hatte ich mich verwählt? Ein ungutes Gefühl breitete sich in mir aus. Ich probierte es nochmal und achtete darauf, hundertprozentig die richtige Nummer einzutippen.

Wieder klingelte es. Und klingelte. Und klingelte.
»Verdammt«, rief ich und schlug mit der Hand auf den Tisch, der bedrohlich knackte.
Etwas ging schief. Und zwar gewaltig. Die Gedanken überschlugen sich in meinem Kopf, während mein Puls raste. Parker wusste, dass ich seine Tochter hatte und dass sie mit mir in Brasilien war. Müsste er da nicht direkt vorm Telefon sitzen und wie besessen darauf warten, dass ich mich meldete? Mit neuen Anweisungen oder Forderungen, wie er seine geliebte Tochter zurückbekommen konnte? Stattdessen ging er aus uns ließ sein Telefon unbewacht? Nein, das konnte nicht sein … es sei denn …
Ich fluchte laut, trennte mein Handy vom PC und rannte in die Wohnung. Den Laptop ließ ich draußen stehen. Nur zehn Minuten nach unserem ersten Telefonat wählte ich erneut Kents Nummer und betete, dass er sein Handy hörte.
»Komm schon, Kent«, schrie ich unnötigerweise in den Hörer. Gott sei Dank ging er schnell ran, gerade, als May in der Tür erschien. Sorge stand auf ihrem Gesicht geschrieben. Sie hatte sich nur schnell einen Bademantel übergeworfen; von ihrer Haut tropfte Wasser auf den Boden.
»Was ist los?«, fragte sie verunsichert. Ich antwortete ihr nicht, denn genau in dem Moment ging Kent endlich an sein Handy.
»Wie schnell kannst du hier sein?«, fuhr ich ihn an. Ich ging ins Schlafzimmer, wohin May mir folgte.
»Sieben Minuten«, erwiderte Kent ernst. »Was ist passiert?«
»Ich brauche dich. Komm zum Hinterausgang.«
Kent hinterfragte meine Anweisung nicht. Er hatte ein feines Gespür für Ausnahmesituationen. Mit diesen Worten

beendete ich das Telefonat und warf einen letzten Blick auf die Uhr. Halb eins.

Ich schleuderte das Handy auf das Bett und ging zum Kleiderschrank.

»Zieh das an«, befahl ich May und warf ihr ein Shirt und eine Jogginghose zu, die ich herausgezogen hatte. »Sofort«, bellte ich, als sie nur dastand und mich verwirrt ansah.

Angesichts meines Tonfalls zuckte sie zusammen, reagierte aber und streifte die Klamotten über ihre nasse Haut.

»Was ist passiert?«, wollte sie wissen, aber wir durften keine Zeit verlieren. Bestimmend zog ich sie hinter mir den Flur entlang, öffnete die Wohnungstür und schlug draußen wie ein Irrer auf den Fahrstuhlknopf ein. Als der Aufzug endlich kam, schubste ich May hinein, folgte ihr und wählte das Erdgeschoss aus.

»River, rede mit mir«, flehte sie und versuchte, mein Gesicht in ihre Hände zu nehmen.

Statt ihr zu antworten, zog ich sie an mich und küsste sie ein letztes Mal stürmisch, sodass ihr die Luft wegblieb, während der Aufzug sich mit einem Ruck in Bewegung setzte. Gott, ich würde das bis ans Ende meines Lebens vermissen. Was schneller kommen könnte, als mir lieb war.

»Ich habe dich belogen«, erklärte ich schließlich, nachdem ich mich zwang, mich von ihr loszulösen. »Dein Vater wusste, dass du bei mir bist und jetzt hat er vermutlich die Adresse herausgefunden. Du musst fliehen. Kent wird am Hinterausgang auf dich warten. Ich versuche, euch so viel Zeit wie möglich zu verschaffen.«

May schüttelte heftig den Kopf. »Nein, nein, nein«, protestierte sie. »Das kannst du nicht von mir verlangen. Ich lasse dich nicht allein.«

Die Aufzugtüren öffneten sich und ich zog May weiter mit mir. Wenn nötig, würde ich sie k. o. schlagen, damit Kent sie in Sicherheit bringen konnte. Aber ich würde nicht zulassen, dass Tanner oder ihr Vater sie in die Finger bekamen. Es war meine Schuld, dass sie New York nicht längst verlassen hatte. Und es war verdammt nochmal meine Aufgabe, dafür zu sorgen, dass sie ein gutes Leben führen konnte.

Notfalls auch ohne mich.

»Komm mit und hör zu«, wies ich sie an und achtete nicht auf ihre Proteste oder die Tränen, die aus ihren Augen strömten. Auch wenn es mich umbrachte. Nach allem, was ich ihr angetan hatte, fand May dennoch einen Platz in ihrem Herzen für einen Bastard wie mich. Sie war zu gut. War es von Anfang an gewesen.

Vor uns tauchte die Lobby auf. Ich atmete erleichtert auf, als ich nur den Concierge Dennis sah, der hinter dem Empfangsbereich stand und in einer Tageszeitung blätterte. Kein Anzeichen von Parkers Leuten. Trotzdem war ich mir sicher, dass mein Gefühl mich nicht trog. Er hatte unser Versteck ausfindig gemacht.

Die Frage war nur, wie? Woher wusste er, dass May sich in Manhattan befand? Die Zeit rannte mir davon und ich wurde das Gefühl nicht los, etwas Wichtiges zu übersehen.

»Dennis«, rief ich dem Concierge entgegen, der durch den Lärm hinter seinem Tresen hervorgelockt worden war. »Vor ein paar Tagen wurde ein Rucksack für mich abgegeben. Ich brauche ihn. Sofort!«

Nach dem Überfall auf May hatte ich Kent damit beauftragt, den Rucksack hier zu deponieren. Auf die Diskretion die Concierges konnte man sich immer verlassen. Angesichts meines Tonfalls setzte Dennis sich umgehend in Bewegung. Er war noch jung, höchstens zweiundzwanzig, was kein Alter für einen Concierge war. Er konnte noch nicht lange in dem Job sein. Die schwarze Uniform verschluckte seine magere Gestalt fast. Es sah aus, als hätte er einfach die seines Vorgängers bekommen und würde nun darin ertrinken. Seine roten Locken flogen ihm wirr um den Kopf, als er zu den Schließfächern hetzte, die gegenüber der Empfangstheke lagen und wo Lieferungen oder Wertgegenstände der Bewohner verwahrt wurden. Hastig zog er Mays Rucksack aus dem Fach mit der Nummer zweihundertdreizehn.
Ich riss ihn ihm aus der Hand und drückte ihn May an die Brust. Mir dauerte das alles zu lange und ich wusste nicht, wie viel Zeit uns noch blieb.
»All deine Sachen sind hier drin. Lass dich von Kent aus der Stadt fahren. Haltet erst an, wenn ihr New York mehrere hundert Meilen hinter euch gelassen habt. Dann steuert ihr den nächsten Flughafen an und du verlässt das Land.«
»River, ich werde dich nicht zurücklassen. Ich kann nicht …«, stieß May unter Tränen hervor.
»Hör zu«, schrie ich sie an, zog sie jedoch sanft an mich. Gott, ihr Duft. Ich würde ihn für immer in der Nase behalten. »Kent soll dir Geld geben. Alles, was er auf die Schnelle auftreiben kann. In London kostet eine falsche Identität ein Vermögen, aber so kannst du sie einfach bekommen. Sobald du sie hast, verlässt du England und gehst irgendwohin, wo niemand dein Gesicht kennt.«

»Du kannst nachkommen«, sagte sie hoffnungsvoll und es tötete mich fast, ihre Illusion zu zerstören. »Wir vereinbaren einen Treffpunkt und ich warte dort auf dich.«
»Das geht nicht«, machte ich ihre und all meine Aussichten auf ein Wiedersehen zunichte. »Ich darf nicht wissen, wo du dich aufhältst. Dein Vater wird keine Methode scheuen, um Informationen aus mir herauszubekommen.«
Ich warf einen Blick auf die Wanduhr über dem Empfangstresen. Fünfunddreißig Minuten nach eins. Kent würde jeden Moment auftauchen.
»Du musst gehen«, wies ich May an und schob sie gleichzeitig zum Hinterausgang. Gerade, als ich die Tür öffnete, fuhr Kent vor. Zum Glück früher als geplant. Ich wollte nicht wissen, wie stark er das Gaspedal durchgedrückt hatte.
»Du musst May aus der Stadt schaffen«, rief ich ihm entgegen, als er aus dem Wagen ausstieg.
»Was ist passiert?«, fragte er alarmiert.
»Ich denke, dass Parker uns gefunden hat. Er geht nicht ans Telefon.«
Kent und ich sahen uns eindringlich an. Er wusste genauso gut wie ich, was das bedeutete.
»Woher könnte er die Information haben?«, sprach Kent die Frage aus, die ich mir seit Minuten stellte. Woher?
»Ich weiß es nicht«, antwortete ich. Doch wenn ich diesen Tag überlebte, würde ich Rache fordern. »Wir dürfen keine Zeit mehr verlieren. Nimm May mit und bring sie in Sicherheit. Setz sie an einem Flughafen weit weg von New York ab.«
Ohne zu zögern schlang er die Arme um May, die sich an mich klammerte. »Nein, River«, flehte sie und Tränen

erstickten ihre Stimme. »Bitte, ich kann dich nicht zurücklassen. Mein Vater ist gefährlich.«

In dem Moment hörte ich, wie die Eingangstür des Gebäudes aufgetreten wurde. Dennis schrie etwas, dann ertönte ein dumpfer Schlag.

»Bring sie weg. Und lass nicht zu, dass ihr etwas geschieht«, wies ich Kent an. Unter Aufbringung all meiner Kräfte löste ich Mays Finger, die sich in mein Shirt gekrallt hatten. Ohne einen letzten Blick in ihre grünen Augen zu werfen, drehte ich mich um. Denn dann hätte ich die Kraft nicht aufbringen können, sie aufzugeben.

Kapitel -37-

May

All meine Sinne spielten verrückt. Ich wusste nicht mehr, was ich sah, hörte, fühlte. Ich konnte nicht sagen, ob mein Herz schlug, meine Lungen arbeiteten, ob Blut durch meinen Körper strömte. Ich wusste nur, dass ich schrie und mich wehrte und doch keine Chance hatte gegen den Griff, mit dem Kent mich hielt.

»Wir müssen ihm helfen«, hörte ich mich mit fremder Stimme rufen. Wann hatte jemals so viel Angst darin gelegen?

»Er wollte, dass du in Sicherheit bist«, versuchte Kent, mich zur Vernunft zu bringen. Dann ertönte ein Schuss und meine ganze Welt zerbarst in tausend Scherben. Ich schrie aus Leibeskräften, weil der Schmerz in meinem Herzen mich sonst umgebracht hätte. Rief Rivers Namen, flehte um eine Antwort, die ich niemals bekam.

Bitte, lass ihn nicht tot sein, schickte ich ein stummes Stoßgebet gen Himmel. Ich konnte ihn nicht verlieren.

Kent reagierte blitzschnell. Als wäre es ein Kinderspiel für ihn, warf er mich über seine Schulter und trug mich zum Wagen, bugsierte mich auf den Rücksitz, schloss die Tür, stieg auf der Fahrerseite ein und fuhr mit quietschenden Reifen davon.

»Wir müssen zurück«, rief ich hysterisch und rüttelte an der verschlossenen Autotür. Ohne Erfolg. Kent blickte stur geradeaus und bretterte die Straße entlang, vorbei an hupenden Autos und wütenden Passanten. Seine Gesichtszüge waren verhärtet. Egal wie viel ich flehte, er sah mich nicht an. Die Gebäude der Stadt zogen in rasendem Tempo an mir vorbei. Mit jeder Sekunde wuchs meine Angst, dass er mich zu weit von River wegbringen würde.

»Dreh um«, schrie ich nochmal. Wieder reagierte er nicht. »Sie werden ihn umbringen. Mein Vater ist ein Monster, bitte! Wir dürfen ihn nicht allein lassen.«

Meine Stimme versagte, ich brach auf dem Rücksitz zusammen, überfordert von all den Ängsten, die brutal auf meinen Körper niederprasselten.

»Wieso musste er dir begegnen?«, sagte Kent plötzlich so leise, dass ich zuerst nicht sicher war, ob ich ihn richtig verstanden hatte.

»Was sagst du da?«, fragte ich verwirrt.

»Wenn du nicht aufgetaucht wärst, wäre das alles nicht passiert.« Seine Hände umklammerten das Lenkrad so fest, dass das Weiß seiner Knöchel hervortrat. Kent nahm einem Wagen die Vorfahrt und geriet dadurch fast in einen Unfall. Doch nicht einmal das konnte ihn dazu bringen, die Geschwindigkeit zu drosseln. »Deinetwegen musste ich mich entscheiden.«

»Wovon redest du?«, fragte ich besorgt. Unsere Augen fanden sich im Rückspiegel und ein eisiger Schauer zog über mich hinweg. Sein Blick war kalt, berechnend. Plötzlich wusste ich mit aller Gewissheit, dass Kent mich nicht in Sicherheit bringen würde.

»Was hast du getan?«, stieß ich schockiert hervor.

»Ich habe getan, was getan werden musste.« Er richtete den Blick wieder auf die Straße. »Heute kam meine Tochter zur Welt, Hannah. Doch statt den Tag ihrer Geburt genießen zu können, muss ich um ihr Leben fürchten. Weil River beschlossen hat, deinetwegen alles aufs Spiel zu setzen.«

»Du hast ihn verraten!«, keuchte ich voller Entsetzen. »Du hast meinem Vater gesagt, wo er mich findet?«

»Ich hatte keine andere Wahl«, zischte Kent. Im Spiegel sah ich, dass sein Gesicht sich verzog, als würde er Schmerzen leiden. »Die Entscheidung ist mir nicht leichtgefallen. Aber ich bin jetzt Vater. Und ich habe geschworen, dass ich meine Familie beschützen werde. River ist selbst für das verantwortlich, was geschieht«, rechtfertigte er sich.

»Was hast du vor?«, fragte ich leise, aber laut genug, damit er mich über den Fahrtlärm hinweg hören konnte. Ich wusste nicht, ob ich die Antwort verkraften würde.

»Dein Vater wartet bereits auf uns. Als ich ihm sagte, wo du dich befindest, war er sehr dankbar. Er hat mir versprochen, dass ich das Unternehmen weiterhin leiten kann, wenn der Ruiz Tower in seinen Besitz übergeht. Ich muss nur dafür sorgen, dass du heil bei ihm ankommst.«

Panik vernebelte mir die Sinne, meine Atmung geriet außer Kontrolle. Gleich würde ich das Bewusstsein verlieren.

Du musst dich zusammenreißen, May.

Ich ermahnte mich, ruhig zu werden. Nachzudenken.

»Er lügt«, versuchte ich, Kent zur Vernunft zu bringen. »Mein Vater lügt. Er hat seinen Feinden gegenüber niemals Erbarmen gezeigt. Wenn er weiß, dass du an der Entführung beteiligt warst, wird er dich umbringen.«

»Ich weiß, was du vorhast. Es wird nicht funktionieren, May. Meine Entscheidung ist gefallen.«

»Kent, bitte. Du musst mir glauben. Mein Vater ist …«

»Seit still«, unterbrach er mich harsch. »Dein Vater wird sein Wort halten.«

Ich erkannte, dass er so sehr daran glauben wollte, dass nichts ihn noch umstimmen konnte. Er war blind für die Wahrheit.

»Wer ist jetzt bei River?«, fragte ich ängstlich. Denn wenn mein Vater auf mich wartete, wer hatte dann auf River geschossen?

»Tanner«, antwortete Kent knapp und ich keuchte entsetzt.

»Du hast ihn verraten«, schrie ich. »Du hast ihn verraten und jetzt ist er Tanner ausgeliefert.«

Tränen rannen meine Wangen hinab. Immer wieder hörte ich das Geräusch des Schusses.

»River weiß, wie man sich verteidigt«, wimmelte Kent mich ab. Vermutlich versuchte er, damit sein schlechtes Gewissen zu beruhigen. Er hatte seinen besten Freund verkauft.

»Er war unbewaffnet, Kent.« Die Bedeutung meiner Worte schlug auf mich ein. River war Tanner wehrlos ausgeliefert. Im Rückspiegel sah ich, wie Kents kalte Maske Risse bekam, bevor er sich wieder fing.

»Ich hatte keine andere Wahl«, wiederholte er. Mein Blick glitt aus dem Fenster. Wenn ich noch mehr Zeit verlor, wäre alles zu spät. Ich suchte Kents Blick im Spiegel.

»Es tut mir leid«, murmelte ich leise.

Sein Gesicht verzog sich fragend. »Was tut dir leid?«

Ohne weiter über meine Tat oder deren Konsequenzen nachzudenken, stürzte ich mich zwischen den Sitzen nach vorn und riss das Lenkrad nach rechts. Kent schrie, als das Fahrzeug ausschlug und kämpfte gegen meinen Griff an, doch ich zerrte mit aller Kraft am Lenkrad. Einige Meter schlitterten wir von links nach rechts. Die Fahrzeuge auf der anderen Fahrbahn wichen uns aus, bevor Kent endgültig die Kontrolle über den Wagen verlor. Ich ließ das Lenkrad los und klammerte mich von hinten am Beifahrersitz fest. Presste meinen Kopf an die Stütze und versuchte, irgendwie Schutz zu finden vor dem, was unweigerlich kommen wurde. Wir drehten uns. Meine Sicht verschwamm. Lautes Hupen ertönte und Schreie. Meine. Kents. Dann der Aufprall. Mein Körper wurde gegen den Sitz geschleudert und mit einem Ruck herumgerissen, als gäbe es keine Schwerkraft mehr. Dafür dutzend andere Kräfte, die dafür sorgten, dass ich auf die Rückbank geschleudert wurde.

Für ein paar Sekunden war alles still. Beinahe friedlich. Ich spürte keinen Schmerz. Keine Angst. Als wäre die Zeit stehengeblieben. Bis die Zeiger sich weiterdrehten und ohrenbetäubender Lärm auf mich niederprasselte. Metall, das auf Beton schlug. Das Quietschen von Bremsen. Ein hohes Piepen in meinen Ohren und dann die Schmerzen. So schlimm, wie ich sie nie zuvor gespürt hatte.

Meine Hände zitterten, als ich sie an meine Schläfe führte. Blut, ich ertastete Blut. Warm quoll es aus einer Wunde an meinem Kopf, lief über meine Stirn. Schwärze umfing mich. Ich musste wach bleiben.

River braucht mich.

Der Gedanke feuerte mich an. Das Adrenalin, das der Unfall durch meinen Körper pumpte, gab mir die Energie, die ich brauchte, um mich zu bewegen. Von außerhalb des Wagens hörte ich aufgeregte Stimmen. Dann wurde die Tür geöffnet.

»Ruft einen Krankenwagen«, hörte ich eine fremde Männerstimme.

»Miss, können Sie mich hören?«, fragte eine Frau. »Sie ist bei Bewusstsein«, rief sie jemandem hinter sich zu. Mühsam richtete ich mich auf und versuchte mich aus dem Wagen zu hieven.

»Miss, Sie müssen sitzen bleiben«, sagte die Frau und stellte sich vor mich, die Hände erhoben. Traute sich jedoch nicht, mich anzufassen. »Der Krankenwagen wird gleich hier sein.«

»Rufen Sie die Polizei«, krächzte ich mit schmerzerfüllter Stimme und griff mit meinen blutigen Händen nach dem Arm der Frau. Sie zuckte erschrocken zurück, doch ich hielt sie mit aller Kraft, die ich aufbringen konnte, fest. »Bitte«, sagte ich eindringlich.

Sie nickte knapp, suchte hektisch in ihrer Handtasche und zog schließlich ein Handy daraus hervor. Währenddessen schaffte ich es, aus dem Wagen auszusteigen. Ich hielt mich am Dach fest und richtete mich langsam auf. Ein beißender Schmerz schoss durch meine linke Seite. Mit zitternden Händen fuhr ich über die Stelle. Schon die leichteste Berührung ließ mich zusammenzucken. Ich tippte auf eine Rippenprellung. Aber davon durfte ich mich nicht aufhalten lassen. River brauchte mich.

Mit zitternden Beinen umrundete ich das Auto. Bei jedem Schritt drohten meine Knie unter mir nachzugeben, doch ich hielt stand. Als ich an der Fahrerseite ankam, hätte ich Kents blutüberströmtes Gesicht beinahe nicht erkannt. Wie es aussah, hatte er sich beim Aufprall die Nase gebrochen. Auf jeden Fall hatte er das Bewusstsein verloren. Das hoffte ich zumindest. Denn ansonsten würde das bedeuten, dass ich ihn … nein. Ich konnte den Gedanken nicht einmal zu Ende denken. Ein Schluchzen löste sich von meinen Lippen. Sofort kam einer der Passanten zu mir und legte mir seine Jacke um die Schultern.

»Ihr Freund wird wieder gesund«, redete er beruhigend auf mich ein, während ich die Schluchzer nicht zurückhalten konnte. Ich betete dafür, dass Kent den Unfall unbeschadet überstehen würde. Ich hatte ihn nicht verletzen wollen, aber mir war keine andere Wahl geblieben. Rivers Leben stand auf dem Spiel.

Es kam mir vor, als wäre eine Ewigkeit vergangen, bis endlich die ersten Sirenen ertönten. Mehrere Streifenwagen und ein Krankenwagen kamen um den Unfallort herum zum Stehen. Ich sah die Frau von vorhin, wie sie einen der Beamten ansprach und in meine Richtung deutete.

Als er auf mich zukam, ging ich ihm so gut ich konnte entgegen, obwohl meine Verletzungen bei jedem Schritt dafür sorgten, dass die Schwärze mehr Macht über mich gewann.

»Miss, diese Frau sagt, dass Sie nach der Polizei verlangt haben. Geht es Ihnen gut? Können Sie uns schildern, was passiert ist?«, fragte er besorgt und stützte mich.

»Mein Name ist May Louise Fields. Ich bin die Tochter von William Parker.« Erkenntnis breitete sich auf dem Gesicht des Mannes aus. Jeder Polizist in der Stadt kannte den Namen meines Vaters. Mit der ausgestreckten Hand zeigte ich zurück zum Auto. »Und dieser Mann hat mich entführt.«

Kapitel -38-

River

Blut quoll aus der Wunde an meiner Schulter und tropfte auf den matschigen Boden. Während ich das Innere der kleinen Waldhütte inspizierte, verschwamm die Sicht vor meinen Augen. Tanner hatte uns gefunden. Und nicht eine Sekunde gezögert, mich niederzuschießen, um an mir vorbei zu May zu kommen. Zum Glück war Kent rechtzeitig aufgetaucht. Ohne ihn wäre May Tanner in die Hände geraten. Das war der einzige Gedanke, der mich von den Schmerzen ablenkte. Dafür hatten sie mich gefangen genommen.

Noch bevor die ersten Polizeisirenen ertönt waren, hatte Tanner mir seine Pistole fest an den Schädel gepresst, mich in seinen Wagen gezwungen, gefesselt und in diesen gottverdammten Wald gekarrt. Ich hatte versucht, während der Fahrt wachsam zu bleiben, irgendetwas zu erkennen, was ich mir einprägen konnte. Aber nachdem wir aus der Stadt herausgefahren waren, sah ich überall nur noch beschissene Bäume. Ich konnte nicht sagen, wie lange wir gefahren waren. Gefesselt auf dem Rücksitz mit einer schweren Wunde, fühlte es sich wie Stunden an. Er war mit mir auf eine heruntergekommene Hütte zugesteuert, die kaum mehr als eine Scheune darstellte und mir zwischen den vielen Bäumen nicht einmal aufgefallen wäre. Um dann festzustellen, dass Parker dort bereits auf mich wartete.

Jetzt lehnte er selbstgefällig an einem Tisch in der Ecke des quadratischen Raums, die Beine voreinander verschränkt, eine Zigarette im Mund, und beobachtete gelassen, wie das

Blut in großen Tropfen aus meiner Schulter quoll. Tanner stand direkt vor mir. Groß und wütend hatte er sich vor mir aufgebaut. Nicht zum ersten Mal an diesem Abend bereute ich es, ohne meine Waffe aus dem Haus gegangen zu sein.
Plötzlich holte Tanner aus und schlug mir mit aller Kraft in den Magen. Ich stöhnte schmerzerfüllt, als alle Luft aus meinem Körper gepresst wurde. Ein paar Sekunden konnte ich nicht mehr atmen, glaubte zu ersticken. Hätte man mich nicht an den Stuhl gefesselt, wäre ich einfach umgefallen.
»War das schon alles?«, presste ich zwischen zusammengebissenen Zähnen hervor und sah Tanner an. Ein Fehler, denn sein nächster Fausthieb traf mein Gesicht.
»Keine Sorge, wir haben die ganze Nacht Zeit«, säuselte er und rieb sich bedächtig die Faust, als wäre sie sein größter Schatz. Die Gerüchte über Tanner entsprachen also der Wahrheit. Er war ein brutaler Bastard, der es genoss, anderen Schmerzen hinzuzufügen. Schade nur, dass ich das am eigenen Leib erfahren musste.
Sein Fausthieb traf hart auf meinen Wangenknochen. Schmerz explodierte in meinem Kopf. Ich verdrängte ihn. Er war irrelevant. Ebenso wie die Tatsache, dass ich sterben würde. In diesem verfickten Wald. Alles, was zählte, war, dass ich May genug Zeit zur Flucht verschafft hatte. Mittlerweile sollte Kent sie sicher aus der Stadt gebracht haben. Wenn ich meinen letzten Atemzug tat, würde ich daran denken, dass sie unverletzt in einem Flieger saß - in Sicherheit.
»Heb dir noch was für später auf, Tanner. May soll ihn doch wiedererkennen, wenn sie hier ankommt«, hielt Parker ihn von seinem nächsten Schlag ab. Ich erstarrte und hob

ruckartig den Kopf, um ihn durch einen blutverschmierten Schleier anzusehen. Parker gab ein schallendes Lachen von sich. »Du solltest deinen Gesichtsausdruck sehen. Einfach köstlich.«

»Was soll das bedeuten?«, forderte ich zu wissen. Langsam nahm er die Zigarette aus dem Mund, drückte sie an der Tischplatte aus und schnippte sie auf den dreckigen Boden.

»Sag mir, River, hast du deinen kurzen Moment der Macht genossen?«, antwortete er mir mit einer Gegenfrage. »Ich hoffe sehr, denn das ist jetzt vorbei.«

Er stieß sich vom Tisch ab und kam auf mich zu. Der Absatz seiner Lederschuhe klackerte auf dem spröden Holzboden. Mit seinem beigefarbenen Designeranzug wirkte es, als käme er aus einer anderen Welt. Während ich von oben bis unten blutbeschmiert war und Tanners Shirt zahlreiche Matschflecken aufwies, sah Parker makellos aus. Was ihn in dieser Situation noch bedrohlicher erscheinen ließ.

Dicht vor mir blieb er stehen und ging leicht in die Hocke, damit er mir in die Augen sehen konnte. Es fiel mir zunehmend schwerer, meinen Kopf oben zu halten. Meine Kräfte schwanden und ich konnte nichts dagegen tun.

»Willst du wissen, wer dich zu Fall gebracht hat?«

Ich brannte darauf. Seitdem Parker meinen Anruf vor Stunden nicht beantwortet hatte, suchte ich nach der Antwort auf diese Frage. Woher hatte er gewusst, dass ich mich noch in New York befand? Wie war er an meine verdammte Adresse gekommen? Ich kam nur auf eine Lösung. Unser Spitzel, José. Er musste uns verraten haben. Vielleicht hatte Parker gemerkt, dass wir einen unserer Männer bei ihm eingeschleust hatten. Möglicherweise …

»Es war Kent«, teilte er mir triumphierend mit.
Schockiert starrte ich Parker an. »Er würde mich nie verraten«, widersprach ich, wusste aber gleichzeitig, dass Parker keinen Grund hatte, in diesem Punkt zu lügen. Ich ließ meine letzten Gespräche mit Kent Revue passieren. Erinnerte mich daran, wie schnell er bei unserem letzten Streit nachgegeben hatte. Zu schnell, weil er da bereits einen Entschluss gefasst hatte.
Eine grausame Erkenntnis breitete sich in mir aus.
Mein bester Freund hatte mich verraten.
Parker musste mir meine Gedanken am Gesicht abgelesen haben. Er lachte laut und warf den Kopf in den Nacken. Wütend zerrte ich an meinen Fesseln. Wenn ich es nur schaffen könnte, mich zu lösen, wäre er ein toter Mann.
»Ist das nicht wunderbar, wie sich alles fügt?«, säuselte Parker und ging zurück zu seinem Platz am Tisch, um sich eine weitere Zigarette anzuzünden. »Du wolltest mich mit dem Leben meiner Tochter erpressen und gleich darf sie dabei zusehen, wie du deinen letzten Atemzug tust.«
Ich wollte nicht glauben, dass May in Gefahr war. Ertrug den Gedanken nicht, dass sie hilflos war und ich nicht imstande, ihr zu helfen. Wenn Parker die Wahrheit sagte, wenn er May herbringen ließ, damit sie mich sterben sah … Das durfte nicht passieren. Sie würde niemals darüber hinwegkommen …
Da erkannte ich, dass Parker zwei Fliegen mit einer Klappe schlagen wollte. Mich umbringen und seine Tochter brechen, für alle Zeit. Alles, was ich jetzt noch für sie tun konnte, war es, zu sterben, bevor sie hier ankam. Nur so könnte ich ihr ersparen, dass sie zusehen musste, wie Parker mir in den Kopf

schoss. Wenn ich einen der beiden dazu brachte, die Kontrolle zu verlieren … Auch wenn das bedeutete, dass ich sie nie wiedersehen würde.

»Hey, Tanner«, sagte ich und versuchte, ein verschmitztes Lächeln aufzusetzen. »Es gibt da etwas, das du wissen solltest.«

Wie zu erwarten, biss Tanner an. Lauernd kam er näher, das Gesicht bereits eine wutverzerrte Maske.

»Ich habe mit deiner Zukünftigen geschlafen«, verkündete ich zwinkernd. Der Moment, in dem die Worte in Tanners Bewusstsein sickerten, war der, in dem ich mich dem Lauf einer Pistole gegenübersah.

»Du elender Bastard«, spie Tanner und Speichel traf auf mein Gesicht, während er mir seine Waffe direkt zwischen die Augen presste.

»Tanner«, donnerte Parker. »Die Zeit ist noch nicht gekommen. Reiß dich zusammen!«

»Ja, Tanner«, provozierte ich ihn weiter. »Reiß dich zusammen. So schlimm war es gar nicht. May hatte sogar ihren Spaß. Sie konnte gar nicht genug davon kriegen.«

Der Lauf der Pistole zitterte immer kräftiger. Ich sah, wie Tanners Finger am Abzug zuckte.

»Dafür bringe ich dich um«, knurrte er und ich schloss die Augen. Beschwor ein letztes Mal Mays Gesicht herauf. Wenn das hier mein Ende war, wollte ich mit der Erinnerung an sie sterben.

»Tanner, nicht!«, hörte ich Parker im Hintergrund schreien. Das Rauschen in meinen Ohren war so laut, ich konnte ihn kaum verstehen. Das hier war mein Ende. Es war wirklich mein Ende und ich verließ diese Welt ohne die Chance, einen meiner Fehler wiedergutzumachen. Ohne ein besserer Mensch zu werden. Der Mann, den May in mir gesehen hatte. Ich hatte gedacht, dass Chase Cohen vor Jahren gestorben war. Wie falsch ich doch gelegen hatte. Er starb hier und jetzt. In dieser Waldhütte mitten im Nirgendwo, gefesselt an einen alten Stuhl, wo die letzte Hoffnung, dass er irgendwann wieder Chase Cohen hätte sein können, ein Ende fand.

Kapitel -39-

May

»Wir müssen uns beeilen«, drängte ich die Polizistin, die für meinen Geschmack viel zu gelassen wirkte. »Uns rennt die Zeit davon.«

Als man mich auf das Revier gebracht hatte, erwachte in mir neue Hoffnung, dass ich River retten könnte. Die Beamten schickten sofort eine Streife zu seinem Penthouse, nur um die Nachricht zu übermitteln, dass er nicht mehr dort war. Dafür Blut und verschreckte Nachbarn, die von einem Schuss berichteten. River war irgendwo da draußen, verwundet und unbewaffnet, während ich nutzlos hier herumsaß und wartete, dass mich endlich jemand ernst nahm.

»Ist die Spezialeinheit schon unterwegs?«, fragte ich erneut. Etwas, das ich in der vergangenen Stunde im Fünfminutentakt getan hatte. Es war mein einziger Gedanke. Ich *wusste,* dass man schon vor Jahren eine Task Force auf meinen Vater angesetzt hatte. Nur nicht, wer sie leitete oder wo ich sie hätte finden können. Und die Polizistin, ihr Name war Jada, war bereits vor zwanzig Minuten dazu übergegangen, mir meine wiederholten Fragen nicht mehr zu beantworten. Stattdessen saß sie an ihrem Schreibtisch, starrte auf ihren PC und strich sich gelegentlich die kurzen blonden Haare aus der Stirn.

Ich würde noch den Verstand verlieren.

Das Blut an meiner Schläfe war längst getrocknet. Zuerst hatten die Polizisten mich ins Krankenhaus bringen wollen, aber ich hatte mich geweigert und ihnen panisch erklärt, dass wir sofort handeln mussten. Irgendwie schaffte ich es, sie davon zu überzeugen, dass der Unfall schlimmer ausgesehen hatte, als er gewesen war. Was selbstverständlich eine Lüge war. Meine linke Seite tat selbst dann weh, wenn ich ganz still saß. Aber ich versuchte, mir nicht das Geringste anmerken zu lassen. Es ging mir gut. Besser, als es River gehen würde, wenn wir noch mehr Zeit verloren.

»Jada, können Sie nicht nochmal anrufen?«, bat ich flehentlich und sie seufzte ergeben. Sie war höchstens ein paar Jahre älter als ich. Vermutlich noch am Anfang ihrer Laufbahn.

»Sie sind ganz schön hartnäckig«, beschwerte sie sich, griff aber zum Hörer, um ihren Vorgesetzten nach dem aktuellen Bearbeitungsstand zu fragen.

Während Jada telefonierte, ließ ich meinen Blick durch das Revier gleiten. Die Schreibtische standen dicht beisammen und waren mit veralteten Computern ausgestattet. Elf Mitarbeiter befanden sich im Raum. Sie alle redeten durcheinander, telefonierten, tippten auf ihren lauten Tastaturen herum oder hefteten Papiere ab. So entstand eine Geräuschkulisse, die meinen Schädel vor Schmerzen pochen ließ. Das grelle Neonlicht tat sein Übriges.

Ich wollte irgendwohin, wo es ruhig, warm und gemütlich war. Wo ich die Augen schließen und die Schmerzen vergessen konnte. Aber noch mehr wollte ich, dass River mit mir dort sein konnte.

»Kommen Sie mit«, riss Jadas Stimme mich plötzlich aus meinen Gedanken. Sie saß nicht länger, sondern stand vor mir und wartete ungeduldig.

»Was ist passiert?«, wollte ich wissen. Statt mir eine Antwort zu geben, ging sie einfach vor und ich war gezwungen, ihr zu folgen. So schnell meine Verletzungen es zuließen, ging ich hinter ihr einen Flur entlang, bis wir vor einem Verhörzimmer ankamen.

»Gehen Sie da rein«, wies Jada mich an, öffnete die Tür und schob mich in den Raum. »Ein Kollege wird gleich bei Ihnen sein.«

Ich drehte mich um, doch sie schloss die Tür vor meiner Nase und ich blieb allein und verwirrt zurück.

Was war gerade passiert? Unruhig tigerte ich in dem kleinen Verhörzimmer auf und ab. Außer einem alten Holztisch und zwei Stühlen stand nichts darin. Somit hatte ich keine Möglichkeit, mich von meinen sich überschlagenden Gedanken abzulenken.

Irgendwann hörte ich Schritte auf dem Flur. Kurz darauf wurde die Tür geöffnet und ein großgewachsener Mann in schwarzer Uniform betrat den Raum.

»Sind Sie Miss Fields?«, erkundigte er sich mit tiefer Stimme und sah mich mit seinen dunklen Augen durchdringend an.

Ich nickte, unfähig, etwas zu sagen. Das ernste Aussehen des Mannes, das er trotz seines jungen Alters an den Tag legte, hatte mir die Worte auf der Zunge gefrieren lassen. Er konnte höchstens Ende zwanzig sein. Sein kantiger Kiefer, gepaart mit seinem intensiven Blick und der Tatsache, dass er mich um eineinhalb Köpfe überragte, hatten etwas durch und durch Einschüchterndes.

Der Mann schloss die Tür hinter sich, durchquerte den kleinen Raum mit zwei Schritten und streckte mir seine Hand entgegen. »Ich bin Detective Penn, Leiter der Task Force, die im Falle Ihres Vaters ermittelt. Es freut mich, Sie kennenzulernen.«

Als ich seinen Händedruck erwiderte, wurden seine Gesichtszüge weicher und er bedeutete mir, auf einem der Stühle Platz zu nehmen. Unsicher ließ ich mich darauf sinken und wusste nicht, was ich von diesem Mann zu erwarten hatte.

»Entschuldigen Sie bitte, dass wir uns hier unterhalten müssen«, fuhr er fort. »Ihr Vater hat seine Männer überall und wir müssen davon ausgehen, dass nicht jeder in diesem Revier vertrauenswürdig ist.«

Diese Neuigkeit überraschte mich kaum. Es passte zu meinem Vater.

»Er hat früh angefangen, sich für alle Eventualitäten zu rüsten«, antwortete ich.

Detective Penn nickte wissend. Er saß mir gegenüber, kerzengerade, das dunkelblonde Haar zurückgegelt und ließ sich keine meiner Reaktionen entgehen. Er traute mir nicht.

»Den Kollegen am Unfallort berichteten Sie, man habe Sie entführt«, sagte er und formulierte es nicht als Frage, vielmehr als Aufforderung, ihm zu erzählen, was es damit auf sich hatte. Am liebsten hätte ich diesen Teil übersprungen. Die Zeit rannte. River war in Gefahr, doch dieser Mann würde mir nicht helfen, wenn ich ihn nicht davon überzeugte, dass wir beide dasselbe wollten. Meinen Vater schnappen.

Also erzählte ich ihm die ganze Geschichte, angefangen bei meiner Flucht aus dem *Grand Life.*

Als ich endete, strich Penn sich nachdenklich über das Kinn.

»Verstehe«, murmelte er. Sonst sagte er lange nichts, während ich immer unruhiger wurde.

»Was ist mit Kent passiert?«, fragte ich, um seine Aufmerksamkeit auf mich zurückzulenken. »Er wird wissen, wo mein Vater River hingebracht hat. Schließlich war er mit mir auf dem Weg dorthin.«

Penn sah mich ernst an. »Kent Price ist noch nicht aufgewacht. Er liegt mit einer schweren Kopfverletzung im Krankenhaus.«

Ich starrte auf meine zitternden Hände, die ich in meinem Schoß miteinander verschränkt hatte. »Wird er wieder gesund?«, fragte ich leise, ohne aufzusehen und betete, dass ich kein Menschenleben auf dem Gewissen hatte.

»Ja«, antwortete Detective Penn nach kurzem Zögern. »Die Ärzte sagen, dass er nicht in akuter Lebensgefahr schwebt. Er wird vermutlich innerhalb der nächsten achtundvierzig Stunden aufwachen und steht dann für eine Befragung zur Verfügung.«

»So lange können wir nicht warten«, rief ich aufgebracht. »Mein Vater wird River umbringen.« Ich schob den Gedanken beiseite, dass er es längst getan haben könnte, denn dann würde ich den Verstand verlieren. Penn seufzte, setzte sich mir gegenüber und stützte sich mit einem Arm auf dem wackligen Tisch ab.

»Miss Fields, meine Aufgabe ist es, Ihren Vater festzunehmen. Nicht River Cohen zu befreien. Ich werde meine Leute nicht in einer Nacht-und-Nebel-Aktion losschicken und damit ihr Leben riskieren, wenn ein potentieller Zeuge bald befragungsfähig ist.«

Ich hatte geahnt, dass es nicht einfach werden würde, die Polizei zu überzeugen, mir zu helfen. Trotzdem konnte ich nicht zulassen, dass sie mich einfach so abwimmelten. River brauchte mich.

»Kent Price wird Ihnen nichts verraten können«, versuchte ich, ihn umzustimmen. »Er hat nie für meinen Vater gearbeitet.«

»Das mag sein, aber es ist die naheliegendste Spur, die wir haben.«

Fieberhaft dachte ich nach, womit ich Penn zum Anbeißen bringen könnte. Mein Vater war ein Meister darin, seine Spuren zu verwischen. Es würde Jahre dauern, bis die Task Force einen Hinweis fand. Falls es überhaupt jemals so weit sein würde. Wenn es mal Zeugen für seine Straftaten gegeben hatte, hatte mein Vater sich ihrer immer schnell entledigt. Außer … Meine Gedanken stockten und rasten dann weiter. Mit einer Ausnahme.

Plötzlich wusste ich, wo er River hingebracht hatte. Eiskalte Schauer zogen mir über den Körper. Wenn ich recht hatte … Entsetzen breitete sich in mir aus.

»Was ist, wenn ich weiß, wo er sich aufhält?«, flüsterte ich.

»Miss Fields«, begann Detective Penn und ich hasste den belehrenden Tonfall, den seine Stimme angenommen hatte. »Ich verstehe, dass Sie sich um Ihren Freund sorgen. Aber in solch einer Situation ist Ruhe gefordert, kein überstürztes Handeln.«

Wut machte sich in mir breit. Auf Jada, auf Detective Penn, auf alle, die mich nicht ernst nehmen wollten und die Zeit verschwendeten, während River in Gefahr schwebte. Ich vergaß all meine Zurückhaltung.

»Ihre Task Force sucht schon eine ganze Weile nach meinem Vater, nicht wahr?«, fragte ich auf eine Art, die klarmachte, dass ich die Antwort bereits kannte. »Erfolglos.«

Penn zuckte leicht zusammen. Es wurde eine Menge Geld ausgegeben, damit mein Vater geschnappt wurde. Auch wenn der Detective mich vom Gegenteil überzeugen wollte, wusste ich, dass er unter Druck stand. Irgendwann musste er Ergebnisse vorzeigen, ansonsten würde das fatale Folgen für seine Karriere haben.

»Wenn Ihre Vorgesetzten nun erfahren, dass Sie sich die Chance, William Parker lebenslang einzubuchten, haben entgehen lassen, was würden sie wohl sagen?«

Ich wusste, was sie sagen würden. Sie würden Penn ohne Wenn und Aber entlassen.

Mit angespanntem Kiefer saß er vor mir.

»Ich liefere Ihnen den Beweis, nach dem sie seit Jahren suchen. Sie können meinen Vater einbuchten und die Stadt ein bisschen sicherer machen«, redete ich auf ihn ein. »Aber dafür müssen Sie mir helfen. Denn mein Angebot steht nur jetzt.«

Ich hoffte, dass meine Worte Wirkung zeigten.

Das taten sie. Ich sah Detective Penn an, seine Augen leuchteten plötzlich vor Tatendrang. »Dann haben wir einen Deal.«

Kapitel -40-
River

Ich wartete auf den Abschuss - in der Gewissheit, dass er das Letzte sein würde, das ich hörte. Aber er kam nicht. Stattdessen zerriss das Klingeln eines Handys die Stille. Für einen kurzen Moment glaubte ich, mir das Geräusch eingebildet zu haben. Der Lauf der Pistole wurde nicht länger gegen meine Stirn gedrückt und ich öffnete die Augen. Tanner stand noch immer vor mir, sah mich jedoch nicht länger an. Die Hand, in der er die Pistole hielt, hing an seiner Seite. Ich folgte seinem Blick hin zu Parker, der sein klingelndes Handy hochhielt.
»Eine Nachricht von meinen Männern«, sagte er zu Tanner. »Price Wagen war in einen Unfall verwickelt.«
»Was kann das bedeuten?«, fragte Tanner verunsichert.
»Nichts Gutes. Er hätte längst hier sein müssen«, antwortete Parker und las die Nachricht. Sein Blick verdunkelte sich zunehmend, sein Gesicht verzerrte sich vor Wut. »May ist geflohen. Sie war nicht am Unfallort«, keuchte er ungläubig.
Neue Hoffnung keimte in mir auf. Hatte May sich in Sicherheit bringen können?
»Wie konnte das passieren?«, wollte Tanner wissen und ging einige Schritte auf Parker zu. Die Waffe legte er auf der Fensterbank zu seiner Rechten ab. Ich folgte der Bewegung unauffällig mit meinen Augen.
»Das steht hier nicht. Nur, dass sie geflohen ist.« Obwohl die Worte seinen Mund ganz ruhig verließen und er sich gelassen gab, durchschaute ich sein kleines Schauspiel. William Parker

war außer sich. Stolz erfüllte mich. May hatte sich selbst gerettet. Sie war stark und würde alle Hürden meistern, die noch folgten. Ich betete bloß, dass sie sich bei dem Unfall nicht verletzt hatte.

»Wo kann sie hingegangen sein?«, fragte Tanner und Sorge schwang in seiner Stimme mit. Ging es ihm um May oder um die Chancen, die er mit ihr zusammen verlor?

»Wir werden es herausfinden«, antwortete Parker und kam bedrohlich langsam auf mich zu. »Als du sie entführt hast, kanntest du ihre Fluchtpläne. Wo wollte sie hin?«

Wenn May noch in Besitz ihres Rucksacks war, konnte ich mir in etwa vorstellen, was ihr Ziel war. Ich nahm an, dass sie ihren ursprünglichen Plan, von Buffalo nach Paris zu fliegen und von dort aus London zu erreichen, umsetzen würde. Aber lieber ließ ich mich von Tanner zu Brei schlagen, als ihm eine Spur zu liefern.

Ich setzte ein breites Grinsen auf, unter dem mein ganzes Gesicht schmerzte. Das war den beiden Antwort genug. Mit wenigen Schritten war Tanner bei mir und schlug mir mitten ins Gesicht. Etwas in meiner Nase knackte und Blut strömte über meine Lippen. Beißender Schmerz schoss mir in den Kopf und trieb mir die Tränen in die Augen. Es fühlte sich an, als würde ich von feurigen Nadeln zerstochen.

»Rede endlich«, spie er und Speichel traf meine Wangen. »Sag uns, wo sie hinwill.«

»Wie lange willst du das aushalten, hm?«, fragte Willam Parker, der das Schauspiel vom anderen Ende des Raumes interessiert beobachtete. »Ist sie das wirklich wert? Deinen Tod?«

Verflucht, ja!

»Ich verstehe ja, dass meine Tochter … einen gewissen Reiz auf junge Männer wie dich ausüben kann«, fuhr Parker fort und mein Kiefer verkrampfte sich vor Zorn. Gewisse Reize? Wenn der Bastard mich nicht an den Stuhl gefesselt hätte, würde ich ihm dafür die Zähne einschlagen.

»Von mir erfahrt ihr nichts«, presste ich unter Schmerzen hervor. Noch immer rann mir Blut aus der Nase. Von dem eisenhaltigen Geruch wurde mir übel. »Wieso spart ihr euch also nicht die Mühe und bringt mich gleich um?«

Mordlust funkelte in Tanners Augen, die mir zeigte, wie gern er meinen Vorschlag angenommen hätte. Der Gedanke, dass Parker ihn zum Ehemann seiner Tochter machen wollte … widerlich.

Alles, was ich jetzt tun konnte, war, Zeit zu schinden, um May einen Vorsprung zu verschaffen. Dann sagte Parker etwas, womit ich niemals gerechnet hätte.

»Chase«, flötete er fröhlich und ich erstarrte. »Was denn? Dachtest du, dass ich deinen wahren Namen nicht herausfinde?«

Parker lachte kehlig. Schweiß sammelte sich auf meinen Handinnenflächen, mein Herz klopfte nervös. Was wusste er noch? Es gab einen Grund, weswegen ich meine wahre Identität all die Jahre geheim gehalten hatte. Sogar May belogen hatte …

»Und wenn schon, du kennst meinen Namen. Soll mir das etwa Angst machen?«, bluffte ich, spürte jedoch selbst, wie angespannt meine Worte klangen.

»Nein«, erwiderte Parker und drückte sich von der Wand weg, um auf mich zuzukommen. Er näherte sein Gesicht meinem, bis ich seinen whiskygetränkten Atem riechen konnte. »Was dir Angst machen sollte, Chase Cohen aus Seattle, ist, dass ich nicht nur deinen Namen kenne. Ich kenne deine ganze traurige Vergangenheit.«

Mein Atem stockte, mein Herz blieb stehen, bevor es mit doppelter Geschwindigkeit weiter schlug.

»Was denkst du, wie überrascht ich war, als ich von deiner kleinen Schwester erfuhr. Obwohl du angeblich keine Familie mehr hast. Ein bezauberndes Ding. Sie sieht dir wirklich ähnlich.«

Ich musste mich mit aller Willenskraft dazu zwingen, ihm keine Reaktion zu liefern. Also schwieg ich eisern und wartete darauf, dass er all seine Trümpfe ausspielte.

»Ist sie nicht vor ein paar Jahren nach New York gezogen? «, fuhr William fort, wobei er mir mit einem diabolischen Lächeln tief in die Augen sah. »Du hast Breah natürlich lange nicht mehr gesehen, aber Tanner berichtete mir, sie sei eine Augenweide. Der Inbegriff von weiblicher Schönheit.«

Tanner gab einen zustimmenden Laut von sich, der irgendwo zwischen einem Stöhnen und einem dreckigen Lachen lag. Parkers Worte erschütterten mich bis ins Mark. Ich hatte May belogen, als ich ihr sagte, dass meine ganze Familie gestorben war. Breah lebte. Und zwar in New York, was der Grund war, weswegen ich diese Stadt hasste. Denn ich konnte keinen Fuß vor die Tür setzen, ohne die Angst zu haben, ihr über den Weg zu laufen. So wie vor vier Jahren - bei meinem letzten Besuch, als ich mich zum Lunch mit einigen Investoren hatte treffen wollen. Plötzlich hatte ich sie gesehen, nur wenige Meter von mir entfernt, wie sie vor eben dem Restaurant wartete, auf das ich gerade zusteuerte. Wir sahen uns an, doch bevor sie mich erkennen konnte, drehte ich mich um und verschwand. Für Breah war es besser zu glauben, ich wäre tot. Nur dank dieser Lüge war sie in Sicherheit. Bis jetzt, denn nun hatte Parker sie gefunden und damit meine schlimmsten Ängste wahr werden lassen.

»Was willst du, du Mistkerl?«, fuhr ich ihn wütend an, die gefesselten Hände hinter dem Stuhl zu Fäusten geballt. Ich versuchte, mich loszureißen, mich irgendwie zu befreien. Doch alles, was ich erreichte, waren noch mehr Schmerzen, als die Seile tiefer in mein Fleisch schnitten. Obwohl ich spürte, wie warmes Blut über meine Handgelenke rann, hörte ich nicht auf, gegen meine Fesseln anzukämpfen. Parker beobachtete meine vergeblichen Bemühungen amüsiert, bevor er gelassen fortfuhr:

»Du sagst mir jetzt, wo May hinwill. Ansonsten sehe ich mich gezwungen, Tanner zu Breah zu schicken. Wie würde es dir gefallen, wenn er deiner kleinen Schwester einen Besuch abstattet? Ich werde rausgehen und eine Zigarette rauchen. So lange hast du Zeit, um dich zu entscheiden. May oder Breah.«

Dann ließen sie mich allein mit meinen panischen Gedanken und einer Entscheidung, vor der kein Mensch jemals stehen sollte. Ich erinnerte mich an Mays Worte über ihren Vater. Glaubte ich wirklich, dass es mir anders ergehen würde? Nein. Parker log. Weder für Breah noch für mich gab es eine Chance zu überleben. Ich hatte mein ganzes Leben geopfert, um Breah ihres zu ermöglichen. Alles, was ich getan hatte, war ihretwegen geschehen. Um ihr die Chancen zu eröffnen, die sie verdiente. Um nicht dabei zusehen zu müssen, wie sie von dem Leben, das wir führten, zugrunde gerichtet wurde. Alles nur, um am Ende machtlos dabei zuzusehen, wie sie durch mich in den Abgrund gerissen wurde.

Kapitel -41-

May

»Denken Sie wirklich, dass das funktioniert?«, raunte Penn, während wir uns gemeinsam mit fünf bewaffneten FBI-Agenten einen Weg durch den Wald bahnten. Ich nickte schweigend. Es musste klappen.

Vorhin auf dem Revier hatten wir einen Plan geschmiedet, mit dem wir meinem Vater ein für alle Mal das Handwerk legen würden. Einen irrwitzigen Plan, aber er musste funktionieren. Denn er war meine einzige Chance. Nachdem wir dreißig schier endlose Minuten auf die Verstärkung gewartet hatten - Penn hatte fünf der vertrauenswürdigsten Agents angefordert - konnte es losgehen.

Während wir uns durch den dichten Wald kämpften, vorbei an Sträuchern schlichen und über dicke Wurzeln stiegen, versuchte ich, nicht daran zu denken, was passieren würde, wenn ich mich irrte. Was, wenn mein Vater nicht hier war?

Aber mein Bauchgefühl sagte mir, dass ich mich auf dem richtigen Weg befand. Fast fünfzehn Jahre lang hatte dieser Wald mich in meinen Träumen verfolgt und dafür gesorgt, dass Vaters Bestrafungen allgegenwärtig waren. Niemals hatte ich hierher zurückkehren wollen. Doch was mich jetzt antrieb, waren nicht meine alten Dämonen, sondern der Wunsch, River zu retten. Ich sorgte mich so sehr um ihn, dass es mich schier in den Wahnsinn trieb. Vor allem, da ich wusste, wozu mein Vater fähig war.

»Da vorn ist sie«, flüsterte Penn, der ein Stück vor mir herging, und hob eine Hand, damit alle stehenblieben. Er deutete vor uns. Etwa zweihundert Meter entfernt befand sich die Waldhütte. Ein Schauer überlief mich, als ich an jene verhängnisvolle Nacht zurückdachte. Damals war die Dunkelheit ebenso undurchdringlich gewesen. Lediglich eine schwache Taschenlampe hatte den Wald vor uns erleuchtet. Jetzt brannte orangefarbenes Licht im Inneren der Hütte.

River war dort drin.

Ich musste mich beherrschen, um nicht loszurennen. Meine Sorge um ihn wuchs mit jedem Meter, den wir zurücklegten. Als hätte Penn meine Gedanken gelesen, legte er eine Hand auf meinen Arm. »Halte dich an den Plan. Damit hilfst du ihm am meisten.«

Er hatte recht, das wusste ich. Aber mein Herz schrie, dass das alles viel zu langsam ging. Um unentdeckt zu bleiben, hatten wir den Krankenwagen am Waldeingang parken müssen. Viel zu weit weg. River war verletzt, der Schuss hallte in meinen Ohren nach, obwohl seither bereits Stunden vergangen waren. Ich musste mich beeilen.

»Kann es losgehen?«, fragte Penn im Flüsterton, während die Männer ihre Stellung bezogen. Ich nickte, denn ich war bereit, meinem Vater ein letztes Mal gegenüberzutreten.

Kapitel -42-

River

»William? Tanner?«

Ihre Stimme riss mich aus dem Delirium. Bildete ich mir das ein? Sie klang so nah, dabei wusste ich, dass uns mittlerweile hunderte Meilen trennten. Trotzdem genoss ich die Wirkung, die ihre Stimme auf mich hatte. Der Blutverlust hatte meinen Körper eiskalt werden lassen. Ich zitterte, meine Finger waren taub und mein Herz schlug langsamer.

»William, bist du da drin?« Da war sie wieder. Meine wunderschöne May. Beim Gedanken an sie breitete sich ein warmes Gefühl in meiner Brust aus.

Wie von der Tarantel gestochen schossen Tanner und Parker von ihren Stühlen hoch, griffen zu ihren Waffen und rannten zur Tür. Wieso reagierten sie so heftig? Was war … nein!

Das konnte nicht sein. Sie war weit weg. In einem Flugzeug, hoch über den Wolken. In Sicherheit. Sie …

»Tanner?«

Sie ist hier.

Mein Herz blieb stehen und erwachte gleichzeitig zum Leben. Adrenalin pumpte durch meinen Körper. May war gekommen. Und in Gefahr. Durch meinen Schleier aus Angst nahm ich wahr, wie Tanner seine Waffe entsicherte.

»May, lauf!«, brüllte ich aus Leibeskräften und versuchte, das letzte bisschen Energie, das mir geblieben war, einzusetzen, um mich von meinen Fesseln zu lösen. Vergeblich. So schwach hatte ich mich nie zuvor gefühlt.

Parker spähte aus dem Fenster in die Dunkelheit. Dann öffnete er die Tür einen Spalt breit. Als er sich danach zu mir umdrehte, lag ein dreckiges Grinsen auf seinem Gesicht. »Sehr schön. Jetzt kann sie doch noch dabei zusehen, wie ich dich umbringe«, sagte er und sein Tonfall wurde nur von Tanners vor Freude strahlender Miene übertroffen.
»Das wird ihr eine Lehre sein«, rief er, ganz der verschmähte Liebhaber.
Dann wurde die Tür geöffnet, ein schmaler Lichtstrahl fiel nach draußen und eine zarte Gestalt trat aus den Schatten hervor, eine Pistole hoch erhoben.
»Lass ihn gehen oder ich schieße«, sagte sie ruhig, doch ich sah den Aufruhr hinter ihren grünen Augen. Ein Sturm der Gefühle wütete darin. Hass, Angst, Liebe …
»May«, krächzte ich und hatte mich nie im Leben so verloren und so gesegnet zur selben Zeit gefühlt. Ich wünschte sie weit weg und war gleichzeitig dankbar, sie ein letztes Mal sehen zu dürfen.
»River«, keuchte sie, als ihr Blick auf mein verunstaltetes Gesicht fiel. »Oh Gott, River.« Ein Schluchzen teilte ihre Lippen. »Was habt ihr ihm angetan?«, schrie sie Tanner und ihren Vater an, die Waffe immer noch auf Parker gerichtet. Ihre Hände zitterten.
»Was passiert ist, ist allein deine Schuld. Hättest du dich nicht widersetzt, wäre es nie so weit gekommen«, fuhr er seine Tochter scharf an. Unbeeindruckt und mitleidlos. »Leg die Waffe weg und komm her, du machst dich lächerlich.«
Zornesröte breitete sich auf Mays Wangen aus, doch sie senkte die Waffe nicht. Ganz im Gegenteil. Ihre Körperhaltung wurde selbstbewusster, ihr Gesichtsausdruck

hart. Sie wandte den Blick von mir ab und konzentrierte sich ganz auf ihren Vater. In diesem Moment war sie wunderschön. Das Schönste, das ich jemals gesehen hatte.
»Nein«, widersprach sie mit fester Stimme. »Lasst ihn frei.«
Parker legte den Kopf in den Nacken und lachte sie schallend aus.
»Das kann nicht dein Ernst sein«, fauchte Tanner sie an, das Gesicht zornverzerrt. »Seinetwegen kommst du her? Nur seinetwegen? Du trittst das, was wir hatten, mit Füßen, May Louise.«
»May«, korrigierte sie ihn. »Ich heiße May. Und das, was wir hatten, war von Anfang an eine Lüge. Ich habe dich nie geliebt. Und du mich auch nicht. Nur den Gedanken an das, was ich dir einbringen würde.«
Tanner sah aus, als hätte sie ihm mitten ins Gesicht geschlagen. Er machte den Mund auf, um etwas zu erwidern, doch Parker ließ ihn mit einem einzigen erhobenen Finger verstummen. »Schluss mit der Diskussion«, fuhr er May an. »Wenn du die Waffe nicht sofort ablegst, werde ich ihn vor deinen Augen erschießen.«
Mein Mund wurde trocken. Schwindel ergriff von mir Besitz, aber ich durfte jetzt nicht das Bewusstsein verlieren. »May, du musst fliehen. Lauf!«, flehte ich sie an, formte die Worte mit der letzten Kraft, die mir blieb.
»Und dann, Vater?«, fragte sie mit trauriger Stimme. »Willst du ihn neben Greg Johnson begraben? Und mich zwingen, noch einen Mord für dich zu verheimlichen?«
Ich erstarrte. Was sagte sie da?

»Willst du deine Tochter noch einmal miterleben lassen, wie ein Menschenleben versiegt?«, schrie sie, die Waffe zitterte in ihrer Hand und ich spürte, dass sie den Tränen nah war.
»Was damals geschehen ist, lässt sich nicht rückgängig machen«, antwortete Parker, doch zum ersten Mal glaubte ich, einen Anflug von Emotionen in seiner Stimme zu hören.
»Wusstest du, dass ich deinetwegen jahrelang nicht schlafen konnte?« Jetzt war Mays Stimme hysterisch. Tränen brachen ungehindert aus ihren Augen hervor und strömten über ihre Wangen. »Dass ich deinetwegen Panikattacken bekommen habe, sobald das Licht ausgeschaltet wurde?«
»Wie ich bereits sagte«, argumentierte Parker gezwungen ruhig. »Was damals geschehen ist, war …«
»Ich war noch ein Kind«, flüsterte sie. Ihre Worte waren von Trauer getränkt. Trauer um verlorene Jahre, die sorglos hätten sein sollen und die ihr niemand wiedergeben konnte.

Kapitel -43-

May

Endlich. Nach all den Jahren konnte ich ihn mit dem konfrontieren, was er mir angetan hatte. Und zusehen, wie seine kalte Fassade langsam bröckelte.

»Greg Johnson hatte verdient, was er bekommen hat«, knurrte mein Vater, womit er sogar recht hatte. Greg war ein Monster. Noch heute verfolgte sein Gesicht mich in meinen schlimmsten Albträumen. Er war der Grund dafür, dass ich seit fünfzehn Jahren nicht mehr tief und fest schlafen konnte. Bei jedem Geräusch sofort in Alarmbereitschaft war. Weil er sich in jener Nacht in mein Zimmer geschlichen hatte, als er mich allein und verletzlich glaubte …

»Nur deinetwegen konnte es überhaupt so weit kommen«, sprach ich die bittere Wahrheit aus. »Du hast ihn ins Haus geholt. Er war dein Mitarbeiter.« Und ein Paradebeispiel für das, was passierte, wenn man sich mit William Parker anlegte.

»Wenn du nicht rechtzeitig gekommen wärst …«

Ich ließ den Satz unbeendet. Mein Vater wusste, was dann passiert wäre. Bei meinen Worten verzog er das Gesicht, als würde er unerträgliche Schmerzen leiden.

»May Louise, du warst bei mir immer in Sicherheit«, versuchte er, die Sache zu beschönigen. Hörte er überhaupt, was für einen Schwachsinn er von sich gab?

»Deinetwegen musste ich mitansehen, wie ein Mann vor meinen Augen erschossen wurde«, rief ich und bemühte mich, die Waffe nicht fallenzulassen. Ich hatte gewusst, dass diese Reise in die Vergangenheit schmerzhaft werden würde.

Aber nicht, dass es sich anfühlte, als risse jemand ein Loch in meine Brust.

»Was hätte ich denn tun sollen?«, brüllte mein Vater und eilte auf mich zu. Er schlug mir die Pistole aus der Hand, weil er wusste, dass ich niemals würde abdrücken können. Ich war nicht wie er. Dann packte er mich an den Schultern und schüttelte mich heftig. Aus der Hütte heraus hörte ich River panische Töne von sich geben, bis Tanner ihn mit einem gezielten Schlag zum Schweigen brachte. Ich zuckte schmerzlich zusammen.

»Ich musste ihn töten für das, was er dir antun wollte. Ihn leben zu lassen, hätte nur dazu geführt, dass andere sich ein Beispiel an ihm nehmen. Durch seinen Tod bist du unverwundbar geworden.«

Durch seinen Tod hatte er mir die schlimmste Wunde aller Zeiten hinzugefügt. Eine, die vielleicht niemals heilen würde. Ich wollte nichts weiter tun, als auf den Boden zu sinken und die Vergangenheit in die hinterste Ecke meiner Erinnerungen zu verbannen. Dorthin, wo ich sie niemals mehr würde aufdecken müssen. Aber ich durfte nicht aufhören. Noch nicht.

Ich ließ den Blick durch den Wald gleiten. Nie würde ich die Stelle vergessen. Mit dem Kinn nickte ich in Richtung einer hohen Baumgruppe, die trotz der Dunkelheit gut zu sehen war. Direkt in ihrer Mitte hatte mein Vater Greg, den Verräter, verscharrt. Und mich dabei zusehen lassen. Von Greg blieben nur Überreste, doch das Bild seiner Leiche hatte sich für immer in meine Augen gebrannt.

»Warum hast du mich gezwungen, mit dir in den Wald zu kommen?«, fragte ich mit brüchiger Stimme. »Ich war zu jung, um das mitanzusehen. Um zu beobachten, wie mein Vater eine Leiche im Waldboden verschwinden lässt.«

William seufzte schwer, behielt den Griff um meine Schultern jedoch bei. »Was ich getan habe, geschah um deinetwillen. Ich wollte, dass du Greg so siehst. Tot. Ungefährlich. Du solltest keine Angst mehr vor ihm haben. Du solltest wissen, dass du bei mir in Sicherheit bist. Ja, ich habe Greg in unser Haus gelassen. Doch er hat bitter für seine Taten bezahlt. Sieh dich doch an. Du bist erwachsen, wunderschön und unversehrt, während er mit einem Loch im Kopf unter der Erde liegt. Ein Festmahl für Ungeziefer.«

Da waren sie, die Worte, die William Parkers Schicksal besiegelten.

»Zugriff«, hörte ich den leisen Befehl in meinem Ohr. Dank des kleinen Mikrofons, das in der Kapuze meines Pullis versteckt war, hatten Penn und die Agents alles mitangehört. Ich suchte den Blick meines Vaters. Er starrte mich erwartungsvoll an. Wartete nach all den Jahren noch immer darauf, dass ich ihm dankte. Unwissend, dass seine eigene Tochter ihm gerade ein Geständnis vor Zeugen entlockt hatte. Für die vielleicht einzige Tat in seinem Leben, die er mit einer guten Absicht begangen hatte.

Danach ging alles viel zu schnell. Zwei der Agenten stürzten sich aus dem Schatten der Bäume auf Tanner, der aus der Hütte herausgetreten war. Wie vereinbart hatten sie sich von hinten an die Szene herangeschlichen und auf den Befehl von Penn gewartet. Bevor Tanner reagieren konnte, rangen sie ihn zu Boden und legten ihm Handschellen an.

Die restlichen drei Männer umzingelten mich und meinen Vater.

»William Parker«, sprach Penn mit strenger und deutlicher Stimme. »Wir verhaften Sie wegen des Mordes an Greg Johnson.«

Der Rest seiner Worte zog an mir vorbei. Ich nahm die Welt nur noch wie durch einen Schleier wahr. Als meinem Vater bewusst wurde, dass ich ihn hintergangen hatte, wollte er sich auf mich stürzen, doch die Männer überwältigten ihn. Ich sah nicht, wie er in Handschellen abgeführt wurde. Hörte kaum Tanners Schreie und Drohungen, dass er es uns heimzahlen würde. Alles, was zählte, war River.

Die anderen hinter mir lassend, rannte ich zu ihm und fiel vor ihm auf die Knie. Ich schlang meine Arme um seinen Körper und schluchzte laut. »River, oh Gott sei Dank, du lebst.«

Er gab etwas Unverständliches von sich und als ich ihn ansah, erschrak ich. Die Wunden in seinem Gesicht waren noch schlimmer, als sie von weitem ausgesehen hatten. Zahlreiche Schnitte und blaue Flecken entstellten ihn.

»Was haben sie dir angetan?«, stieß ich schockiert hervor und erstarrte, nachdem ich meine Hände zurückgezogen hatte. Sie waren voller Blut. Meine Augen wurden groß und Panik übermannte mich.

»River … du«, stammelte ich benommen und betrachtete die rote Lache, die sich zu seinen Füßen ausgebreitet hatte. *So viel Blut.*

Wie sollte er das überstehen …?

»Hilfe!«, schrie ich hysterisch und rannte aus der Hütte, um jemanden auf mich aufmerksam zu machen. Penn eilte zu mir, während sein Team meinen Vater abführte. Ich rannte zu River, um sein Gesicht in meine Hände zu nehmen, während Penn versuchte, seine Fesseln zu lösen.

»Alles wird gut«, sagte ich und versuchte, meine Stimme überzeugend klingen zu lassen. »Du wirst wieder gesund.«
River murmelte etwas, so schwach, dass ich die Worte nicht verstand. Dann schloss er die Augen und sein Kopf kippte in meine Hände.
»Nein, River, du musst wach bleiben!«, bettelte ich. »Verlass mich nicht.«
Ich rief seinen Namen und schüttelte ihn, doch River reagierte nicht. Endlich konnte Penn seine Fesseln lösen, indem er sie mit einem Messer durchschnitt. Während er River zum Krankenwagen trug, hielt ich die ganze Zeit seine Hand. Doch so sehr ich ihn auch anflehte, so oft ich seinen Namen rief und ihn ermahnte, mich bloß nicht allein zu lassen, er öffnete die Augen nicht.

Kapitel -44-
May

Ich hasste Krankenhäuser. Den sterilen Geruch. Das Neonlicht, das in den Augen stach. Die Tatsache, dass alle geschäftig hin und her rannten, ständig Türen geöffnet und geschlossen wurden, Telefone klingelten und man selbst nichts weiter tun konnte, als zu warten. Zu warten und zu hoffen, dass einer der vorbeieilenden Ärzte Neuigkeiten brachte. Mit jeder Sekunde wuchs die Übelkeit in mir.

So viel Blut.

Die Farbe hatte sich in meine Augen gebrannt. Ich wurde das Bild nicht mehr los.

Nachdem die Ärzte River fortgebracht hatten, ließ ich mich endlich untersuchen. Weniger, weil ich mir Sorgen um meinen Zustand machte, sondern weil ich abgelenkt werden wollte. Die Zeit, bis mir endlich jemand mehr verriet, zog sich unnatürlich in die Länge. Zum Glück hatte ich recht behalten und meine Wunden waren weniger schlimm, als es den Anschein gehabt hatte. Dennoch hatte man mich gründlich untersucht, meine Stirn vom Blut befreit und die Wunde mit drei Stichen genäht. Auf der linken Seite hatte ich mir ein paar Rippen geprellt. Vermutlich, als ich beim Aufprall gegen die Sitze geschleudert worden war. Ich bekam einen Verband und war erleichtert, zu hören, dass nichts gebrochen war. Ich hatte Glück gehabt. Höllisches Glück. Nun saß ich bereits seit Stunden auf dem Krankenhausflur und wartete.

»Sind Sie die Angehörige von Mr. Cohen?«, sprach mich endlich einer der Ärzte an und ich schoss in die Höhe. Ich

hatte mich dieser kleinen Notlüge bedient, um an Informationen zu gelangen.
»Wie geht es ihm?«, fragte ich und ging dem Mann im weißen Kittel entgegen. Seine Miene wirkte ernst, die Stirn war in Falten gelegt und seine grauen Augenbrauen sorgenvoll zusammengezogen.
»Ihr Freund hat sehr viel Blut verloren«, sagte er ernst. »Sein Zustand war sehr schlecht, aber wir haben es geschafft, ihn zu stabilisieren. Leider kann ich noch keine vollständige Entwarnung geben.«
»Was soll das bedeuten?«, fragte ich ängstlich.
»Wir müssen diese Nacht abwarten. Er wird gerade auf die Intensivstation gebracht.«
Ich hatte gehofft, dass die qualvolle Warterei endlich ein Ende hatte. Vergeblich. Das Bangen um Rivers Leben ging weiter und ich wusste nicht, wie lange ich das noch aushalten würde.
»Darf ich ihn sehen?«, fragte ich hoffnungsvoll. Wenn ich in sein Gesicht schauen könnte, nur für ein paar Minuten, würde es mir die Kraft geben, diese Nacht zu überstehen. Der Arzt zögerte.
»Bitte, lassen Sie mich zu ihm. Ich muss wissen, dass es ihm gut geht, sonst drehe ich durch«, flehte ich.
Er sah mich verständnisvoll an und gab nach. »Also schön, aber nur kurz. Ich schicke eine Schwester vorbei, die Sie zu ihm bringen wird.«
»Danke«, seufzte ich erleichtert. Er verabschiedete sich und versprach mir, sich sofort darum zu kümmern. Einen Augenblick später kam eine junge Frau mit rotem Haar um die Ecke und stellte sich mir als Krankenschwester Meyer vor. Sie führte mich zur Intensivstation, vorbei an zahlreichen

Zimmern, bis wir vor einer geschlossenen Tür mit der Nummer siebenhundertelf stehenblieben.
»Sie haben fünfzehn Minuten, danach muss ich Sie rausschicken«, informierte mich die Schwester, bevor sie mich ins Zimmer ließ. Ich nickte und wartete, bis sie die Tür hinter mir geschlossen hatte. Erst dann wagte ich es, einen Blick auf das einzige Bett im Raum zu werfen. Schläuche bedeckten Rivers Körper. Geräte piepten und summten und sein halber Kopf war von einem Verband verdeckt. Aber er lebte. River lebte.
In den letzten Stunden hatte es viele Momente gegeben, in denen es nicht danach ausgesehen hatte. Hilflos zu beobachten, wie Ärzte in den OP rannten, unverständliche Sachen riefen und keiner da war, um mir zu erklären, was passierte, gehörte zu den schlimmsten Erfahrungen meines Lebens. Stundenlang rang er mit dem Tod. Ein Kampf, bei dem ich ihm nicht beistehen konnte.
Ich wusste, dass er mich in Bezug auf meinen Vater belogen hatte. Und in vielen anderen Dingen auch. Dass ich wütend sein müsste. Doch ihn beinahe für immer zu verlieren, ließ in mir nur den Wunsch übrig, er möge überleben.
Ich zog mir einen Stuhl heran und nahm neben River Platz. Seine Augen waren geschlossen, trotzdem griff ich nach seiner Hand und verschränkte meine Finger mit seinen. »Ich wusste, dass du mich nicht verlässt«, flüsterte ich und eine einzelne Träne lief über meine Wange. Dann hauchte ich einen sanften Kuss auf seine Handfläche, direkt auf die lange Narbe. Wie viele neue würden ihn nach dieser Nacht zeichnen?

»May?«, presste River leise hervor und ich sah, dass er versuchte, seine Augen zu öffnen.

»Sshh«, machte ich und drückte ihn sanft in die Matratze, damit er sich nicht zu viel bewegte. »Ich bin es. Ich bin hier.«

Ein schwaches Lächeln umspielte seine Mundwinkel. »Du lebst.«

»Dank dir«, hauchte ich und strich sanft über die Stelle, an der der weiße Verband seine Stirn verdeckte. »Du hast dich meinetwegen geopfert.«

»Weil alles meine Schuld war«, sagte er mühsam und ich legte ihm einen Finger auf die Lippen, damit er verstummte.

»Ich gebe dir nicht die Schuld. Hättest du mich nicht entführt, wären wir uns nie nahegekommen. Und egal, wie schrecklich die letzten Stunden waren, ich würde sie um nichts in der Welt rückgängig machen wollen. Denn dann hätte ich dich nicht.«

Kapitel -45-

May

Ich besuchte ihn jeden Tag und blieb so lange, bis die Schwestern mich rauswarfen. Selbst dann saß ich im Krankenhausflur und wartete, um in seiner Nähe zu sein. Nur für meine Aussage bei der Polizei verließ ich das Krankenhaus.

Dank mir konnte mein Vater endlich zu Fall gebracht werden. Nachdem erst einmal bekannt wurde, dass er hinter Gittern saß, sangen all seine Männer wie kleine Vögelchen. Jeder kämpfte nur noch für sich, denn das FBI verfolgte gnadenlos alle, die jemals Geschäfte mit meinem Vater gemacht hatten. Innerhalb kürzester Zeit hatten sie Infos über Schmiergelder, die sein Konto verlassen hatten. Außerdem zahlreiche Beweise für seine Geldwäsche.

Und ich war der Stein, der alles ins Rollen gebracht hatte. Das beschäftigte mich sehr. Denn obwohl William Parker es verdiente, war und blieb er mein Vater. Mit dem, was ich getan hatte, besiegelte ich sein Schicksal, den Rest seiner Zeit hinter Gittern zu verbringen. Damit endete ein Kapitel in meinem Leben, von dem ich noch nicht wusste, wie ich es verarbeiten und schließlich abschließen sollte.

Allerdings wollte ich mir den heutigen Tag nicht von meinen trüben Gedanken vermiesen lassen, denn es gab einen Grund zur Freude. River durfte endlich runter von der Intensivstation und bezog ein normales Zimmer im Krankenhaus.

Als er in Begleitung einer Schwester den Raum betrat, wartete ich bereits auf ihn und packte meine Tasche aus. Sein Gang war noch unsicher, trotzdem weigerte er sich, in einem Rollstuhl durch die Gegend geschoben zu werden.
»Was hat das zu bedeuten?«, fragte River und sah von der Kleidung in meiner Hand zum Schrank an der Wand und dann zum zweiten Bett im Raum.
»Ich sage dir, was das zu bedeuten hat«, antwortete ich mit einem breiten Lächeln. »Ich leiste dir Gesellschaft.«
Sein Gesichtsausdruck schwankte zwischen Freude und Ärger. »Du kannst nicht die ganze Zeit hierbleiben«, protestierte er. »Du solltest das Leben genießen. Nicht mit mir in einem Krankenhaus festsitzen.«
Ich liebte es, dass er an mein Wohl dachte, nur wie dumm konnte er sein, um zu glauben, dass ich irgendetwas genießen konnte, solange er hier drin lag?
Die Schwester half River bis zu seinem Bett, dann ging sie, schloss die Tür und ließ uns allein.
»Hör mir gut zu«, sagte ich und ging langsam auf ihn zu, wiederholte die Worte, die er mir an jenem Tag gesagt hatte. »Ob du es willst oder nicht, für die nächsten Tage bist du mit mir eingesperrt. Es liegt in deiner Hand, ob wir eine schöne Zeit miteinander verbringen oder ob ich zu deinem schlimmsten Albtraum werde.«
Während ich das sagte, konnte ich mir ein freches Grinsen nicht verkneifen. Statt weiter zu diskutieren, kapitulierte River und zog mich zu sich, um mich sanft zu küssen.
»Ich liebe dich«, flüsterte er und lehnte seine Stirn an meine. Ich schloss die Augen und inhalierte das Gefühl, das seine Worte mir gaben. Es war beflügelnd. Gleichzeitig

beängstigend. Seine Worte zogen mir den Boden unter den Füßen weg und ließen mich schweben. Liebe. War das Liebe? Ich öffnete die Augen und er sah mich erwartungsvoll an. Ich erinnerte mich an das, was ich durchgemacht hatte, als River in Lebensgefahr geschwebt hatte. Diese riesige Angst, ihn zu verlieren. Ohne ihn sein zu müssen. Wie unerträglich allein der Gedanke gewesen war. Ja, das musste Liebe sein.
»Ich liebe dich auch, River«, erwiderte ich seine Worte leise und strich mit dem Finger über die kurzen Bartstoppeln an seiner Wange.
»Chase«, sagte er und ich hielt inne.
»Was?«
»Ich heiße Chase. Chase Cohen.«
Ich strich sanft mit meiner Nase über seine. Endlich verriet er mir seinen Namen. Wir gingen in die richtige Richtung, das spürte ich. »Ich liebe dich, Chase.«
Ein Geheimnis weniger, das zwischen uns stand. Ich war entschlossen, jedes einzelne aus dem Weg zu räumen. Es war an der Zeit, alles über den Mann zu erfahren, den ich liebte.
»Erzählst du mir, wie aus Chase Cohen River geworden ist?«, fragte ich zögerlich und hoffte, dass er mich nicht abweisen würde.
»Mach dich auf eine lange Geschichte gefasst«, warnte er mich.
Ich zuckte bloß unberührt mit den Schultern. »Wir haben alle Zeit der Welt.«

Kapitel -46-

River

Es dauerte weitere drei Tage, bis ich den Mut fand, ihr die ganze Geschichte zu erzählen. Ständig rechnete ich damit, dass May gehen und mich verlassen würde. Dass alles nur ein Traum war, der zerplatzte wie eine Seifenblase.

Aber May blieb. Die ganze Zeit.

Das Krankenhauszimmer war wie unsere eigene kleine Welt. Noch mehr, als es meine Wohnung gewesen war, weil wir hier gleichberechtigt waren. Uns auf Augenhöhe begegneten. May besorgte Bücher, Filme, Spiele und bestellte beim Lieferservice gelegentlich eine Pizza für uns, wenn wir den Krankenhausfraß nicht mehr ertrugen. Wir hatten unsere Betten zusammengeschoben, meistens teilten wir jedoch eine Matratze, weil ich nicht bereit war, sie auch nur einen Zentimeter von mir entfernt zu sehen.

Während ich sie im Arm hielt, strich ich sanft über ihr Haar. »Bist du bereit für meine Geschichte?«, fragte ich leise gegen ihren Haaransatz und wusste, dass sie verstand, wovon ich redete.

»Ich war es die ganze Zeit«, antwortete sie. »Habe nur darauf gewartet, dass du es auch bist.«

Ich räusperte mich und war froh, dass sie mir nicht in die Augen sehen konnte.

»Dass ich ursprünglich aus Seattle komme, habe ich dir schon verraten. Und wie du weißt, gibt es dort sehr arme Gegenden«, begann ich, das zu erzählen, was vor ihr niemand gehört hatte. Nicht einmal Kent kannte die volle Wahrheit.

»Meine Eltern verdienten nie viel Geld. Meine Mutter war krank, sie litt an starkem Rheuma. An manchen Tagen waren ihre Schmerzen so schlimm, dass sie es nicht aus dem Bett schaffte. Wenn es ging, zwang sie sich, putzen zu gehen. Half wohlhabenderen Familien bei ihrem Haushalt. Wenn sie abends heimkam, war sie so erschöpft, dass sie Tage brauchte, um sich davon zu erholen. Für sich selbst blieb ihr wenig Energie. Trotzdem tat sie alles, um uns irgendwie eine normale Kindheit zu geben.«

Während ich redete, fuhr May mit ihren Fingern kleine Kreise auf meiner Brust nach. Eine Geste, die mich beruhigte.

»Mein Dad hat trotz seines hohen Alters versucht, ihren Verdienstausfall auszugleichen. Er arbeitete oft in Doppelschichten. Manchmal sahen wir ihn den ganzen Tag nicht. Dann aßen Mom, meine Schwester Breah und ich allein. Aber so sehr meine Eltern sich auch bemühten, das Geld reichte nie länger als bis zur dritten Woche des Monats. Danach war der Kühlschrank leer und wir kamen mit dem über die Runden, was wir uns bei den Nachbarn borgen konnten. Ich war die Armut gewöhnt, aber meine Eltern leiden zu sehen, das ertrug ich nicht. Irgendwann stand Breahs Schulbildung auf dem Spiel. Sie hatte es sich in den Kopf gesetzt, arbeiten zu gehen, damit sie unsere Eltern entlasten konnte. Aber das wollte ich nicht zulassen. Sie war so schlau, du hättest sie sehen müssen. Immer Klassenbeste, ständig mit der Nase zwischen ihren Büchern. Wenn es für einen von uns Hoffnung gab, dieses Viertel zu verlassen, dann für sie.«

»Also hast du dich selbst geopfert, um ihre Zukunft zu sichern?«, schlussfolgerte May und ich bejahte.

»Damals nahm ich mir vor, dass ich die Sache nicht ausarten lassen würde. Nur ein paar einfache Drogenlieferungen. Nichts Wildes. Ich verdiente damit genug Geld, um uns über Wasser zu halten und Breahs Ausbildung zu finanzieren. Meinen Eltern erzählte ich etwas von einem gutbezahlten Job in der Nachtschicht. Ich hatte sogar die Hoffnung, dass ich nebenbei zur Abendschule gehen könnte.«

»Was ging schief?«, wollte May wissen. Ich seufzte schwer und zog sie dichter an mich, bevor ich weitersprach.

»Drogenkuriere sind immer das schwächste Glied einer langen Kette. Die, an die man am leichtesten rankommt. Das musste ich am eigenen Leib erfahren.«

Ich spürte, wie sie über die Narbe auf meiner Brust strich. Eine Erinnerung an düstere Zeiten.

»Ich überlebte viele Angriffe. Aber selbst nachdem ich mich aus dem Geschäft zurückzog, ließen sie mich nicht in Ruhe. Drogenbosse vergessen nicht, dass du mal für ihre Konkurrenten gearbeitet hast. Dann begegnete ich Sal.«

Der Rest erklärte sich fast von selbst.

»Er holte mich zu sich nach New York und beschützte mich vor den Männern, die hinter mir her waren. Meiner Familie sagte ich, dass ich ein gutes Jobangebot bekommen hätte.«

»Warum hast du einen anderen Namen angenommen?«, fragte sie.

»Weil ich zwar sicher war, aber meine Familie nicht. Sie waren mein wunder Punkt. Und nach wie vor wussten sie nichts von meinen Geschäften. Auch wenn ich denke, dass meine Mutter es geahnt hat.«

»Also hast du eine neue Identität angenommen und bist gegangen?« Traurigkeit schwang in Mays Stimme mit.

»Ja«, gab ich ihr recht. »Es war der einzige Weg, sie zu schützen. Nachdem ich mit Sal nach New York gegangen war, agierte ich nur noch unter dem Namen River. Die Leute, die mich von da an trafen, lernten Chase niemals kennen. Aber das löste meine Probleme nicht vollständig. Meine Familie war immer noch in Gefahr. Es gab nur eine Möglichkeit. Alle mussten glauben, dass ich tot war. Sal half mir, alles Nötige zu organisieren. Er sorgte dafür, dass meine Familie glaubte, ich wäre bei einer Schießerei ums Leben gekommen. Zur falschen Zeit am falschen Ort. Sogar eine Beerdigung gab es. Es war grausam, zu wissen, dass meine Eltern Asche beerdigten, von der sie dachten, dass sie ihren Sohn darstellte. Aber ich hatte keine andere Wahl. Nur so waren sie kein Ziel mehr für meine Feinde.«

Das war der Tag, an dem Chase starb und River geboren wurde. Von da an tat ich alles, um meine Vergangenheit zu vergessen. Bis May kam.

»Was ist mit deinen Eltern passiert?«, fragte sie unsicher. Wahrscheinlich befürchtete sie das Schlimmste.

Ich lächelte. »Sie führten ein friedliches Leben. Mom starb vor sieben Jahren. Ein natürlicher Tod. Mein Dad folgte ihr vor drei Jahren. Aber Breah lebt.«

»Dann kannst du sie wiedersehen!«, rief May aufgeregt und richtete sich auf, um mich anzusehen. »Du könntest sie besuchen und ihr die Wahrheit sagen.«

Ich schüttelte den Kopf und schloss traurig die Augen.

»Warum nicht?«, fragte sie.

»Glaub mir, ich wünsche mir nichts sehnlicher. Aber es wäre nicht fair. Breah hat ihren Frieden mit allem geschlossen. Sie denkt, dass ich tot bin. Ihr Leben muss weitergehen und ich wäre ein Egoist, wenn ich einfach auftauche und alles durcheinanderbringe. Nein, es ist besser, wenn alles bleibt, wie es ist.«

»Aber denkst du nicht, dass sie es wissen wollen würde? Sie ist ganz allein.«

»Damit ihr bewusst wird, dass ich sie die ganze Zeit sich selbst überlassen habe? Dass ich am Sterbebett unserer Eltern ihre Hand hätte halten können und es nur nicht tat, weil ich ein Krimineller war, der ihrer aller Leben gefährdet hat?«

Meine Stimme war ernst. So ernst, dass meine Worte selbst Mays Euphorie eindämmten. Der freudige Ausdruck wich aus ihrem Gesicht. Zurück blieb Bedauern.

»Ich will nicht sehen, wie enttäuscht sie von mir wäre, wenn die Wahrheit herauskommt. Sie würde mir niemals verzeihen«, fuhr ich fort. »Lieber soll sie mich so in Erinnerung behalten, wie ich war.«

Tränen sammelten sich in Mays Augen. »Trotzdem finde ich es nicht richtig«, sagte sie. »Ihr seid eine Familie und solltet zusammen sein.«

Ich zog sie wieder dichter an mich und bettete ihren Kopf auf meine Brust.

»Es gibt nun mal nicht für jede Geschichte ein Happy End«, seufzte ich und betrauerte diesen Umstand mehr als jeder andere. Doch auch wenn ich auf meinem Weg vieles geopfert hatte, führte er mich zu May. Wie könnte ich etwas bereuen, das mich direkt in ihre Arme gelenkt hatte?

»Wie wird es jetzt weitergehen?«, fragte sie nach einem Augenblick des Schweigens.

Ich wusste, dass sie uns meinte. Irgendwann würden sie mich aus dem Krankenhaus entlassen. Dann mussten wir raus aus unserem Kokon, zurück in die Realität. Wie würde unser Leben aussehen?

»Ich sag dir, wie es ablaufen wird«, antwortete ich und hob Mays Gesicht an. »Wir suchen uns eine Wohnung und du richtest unser Zuhause so ein, dass du dich wohl darin fühlst. Ich will bunte Dekoration, Kerzen und Blumen, wie du und deine Mom es hattet. Das Frühstück bleibt weiterhin meine Aufgabe, aber abends kochen wir gemeinsam, dann setzen wir uns vor den Fernseher und du zeigst mir deine liebsten Schnulzen. Selbstverständlich habe ich vor, jeden Film durch Sex zu unterbrechen. Schließlich brauchen wir auch unsere eigenen Traditionen. Und ich will, dass du mit mir verreist. Egal, wohin. Wir sind frei und können gehen, wo auch immer wir hinwollen. Was sagst du?«

Sie nickte stumm und ich wischte eine einzelne Träne aus ihrem Augenwinkel.

»Willst du das wirklich alles?«, fragte sie unsicher. Manchmal konnten Worte nicht ausdrücken, wie stark unsere Gefühle waren. Also näherte ich mich ihrem Gesicht und legte meine Lippen sanft auf ihre. Küsste sie behutsam und mit all der Liebe, die ich für sie empfand. Sodass nie wieder ein Zweifel daran entstehen würde, dass May Louise Fields alles war, was ich auf dieser Welt wollte.

Kapitel -47-

May

Drei Wochen. So lange war es schon her, dass River und ich in das Penthouse zurückgegangen waren, in dem wir zuvor unter so außergewöhnlichen Umständen gelebt hatten. Eine geeignete Wohnung in New York zu finden, war schwerer als gedacht. Weswegen wir gezwungenermaßen dorthin zurück mussten. Obwohl ich keine Sekunde mehr dort hatte verbringen wollen.

Warum ich River nicht sagte, dass diese vier Wände mich mit schlechten Erinnerungen erdrückten? Dass ich nachts, wenn ich in seinen Armen einschlief, immerzu daran denken musste, wie ich vor wenigen Wochen noch mutterseelenallein im Zimmer den Flur herunter gelegen hatte, verzweifelt und nicht wissend, wie es mit meinem Leben weitergehen sollte? Weshalb ich nicht forderte, dass wir in ein Hotel zogen, weil alles besser gewesen wäre, als hier zu sein? Ich hatte Tage gebraucht, bis ich auf die Antwort gekommen war. Und noch länger, bis ich sie akzeptieren konnte.

Nichts, kein Hotelzimmer, keine Wohnung, keine Filmabende und auch kein gemeinsames Kochen würde etwas daran ändern, dass River und ich unsere Beziehung auf einem verrotteten Fundament aufgebaut hatten. So sehr er sich auch um mich bemühte, mir jeden Wunsch von den Augen ablas, mich auf Händen trug, ich fühlte mich von Tag zu Tag elender.

Diese Beziehung war toxisch. Unsere Liebe Gift. Und es gab nichts, das etwas an dieser Wahrheit ändern konnte.

»Guten Morgen«, begrüßte River mich mit einem Kuss auf die Wange und zog mich in seine Arme. Während ich noch im Morgenmantel am Küchentresen saß, war er bereits vollständig für das Büro angezogen. Während ich nicht wusste, wer ich war, hatte er eine Menge Arbeit um die Ohren. Kent führte seine Geschäfte nicht länger, verständlicherweise. Also musste River einen Nachfolger finden und sich so lange selbst um alles kümmern. Gleichzeitig lief die Anklage gegen Kent, Tanner und meinen Vater weiter. Was endlose Treffen mit Anwälten und Polizisten bedeutete, die wieder und wieder unsere Aussagen aufnahmen. Die ganze Sache zog sich wie Kaugummi.
»Guten Morgen«, erwiderte ich halbherzig. Ich war so sehr in meiner eigenen Stimmung gefangen, dass ich mich nicht mehr verstellen konnte. Doch River merkte es nicht. Oder wollte es ignorieren. Jedes Mal, wenn ich in den vergangenen Tagen das Gespräch mit ihm gesucht hatte, war er mir ausgewichen.
»Ich habe heute einen langen Tag im Büro«, sagte er und ging zu seiner ledernen Aktentasche, die auf dem Sofa lag. Er steckte seine Geldbörse und sein Handy hinein und schloss die metallene Schnalle. »Aber heute Abend gehöre ich ganz dir. Worauf hast du Lust? Wir können essen, ins Kino, spazieren im Central Park. Such dir etwas aus.«
Ich zwang mich zu einem schwachen Lächeln. »Kino klingt gut.«
»Dann schicke ich dir um sieben einen Fahrer, der dich abholt«, sagte er und gab mir einen Abschiedskuss. Selbst nachdem mein Vater nicht mehr auf freiem Fuß war, fühlte ich mich wie eine Gefangene. Detective Penn hatte River zur

Vorsicht ermahnt, weil viele von Vaters Leuten wütend auf uns waren. Ich wusste, dass es besser war, wenn ich nirgends allein hinging und dass River es nur gut meinte. Doch die Tatsache, dass ich entweder allein in dieser Wohnung festsaß oder auf Schritt und Tritt begleitet wurde, war unerträglich.
Nachdem River die Wohnung verlassen hatte, saß ich reglos in der Küche und wusste nicht, was ich tun sollte. Ich fühlte mich verlorener denn je, obwohl ich angeblich frei war. Erst das Klingeln meines Handys, das neben mir lag, riss mich aus meinen trüben Gedanken. Es war Detective Penn.
»Hallo David, was gibt's?«, beantwortete ich den Anruf. In den letzten Wochen hatten wir so oft miteinander gesprochen, dass unser Umgang viel lockerer geworden war.
»Hi, May, hast du Zeit, auf dem Revier vorbeizuschauen? Es gibt neue Details zum Fall deines Vaters, die ich dir gern persönlich erklären würde.«
»Klar, kein Problem.« Wenigstens hatte ich jetzt einen Grund, das Haus zu verlassen. Ich überlegte, ob ich mir ein Taxi rufen sollte, da nahm David mir die Entscheidung ab.
»Ich schicke eine Streife, die dich abholen kommt.«
Vierzig Minuten später kam ich am Revier an, wo David bereits auf mich wartete. Ich hatte mir bloß schnell eine Jeans und ein weites schwarzes Shirt übergezogen. Meine Haare waren zu einem unordentlichen Dutt auf meinem Kopf aufgetürmt.
»Also, um was für Neuigkeiten handelt es sich?«, fragte ich ihn, nachdem er uns zwei Kaffee geholt und mich zu seinem Schreibtisch geführt hatte, wo ich mich auf einen unbequemen Stuhl ihm gegenüber gesetzt hatte.

»Zwei weitere Männer haben gegen deinen Vater ausgesagt«, begann er, zu erzählen, während er ein kleines Päckchen Zucker in seinen Kaffee gab und mit einem Löffel verrührte. Ich trank meinen schwarz. »Tito Morris und John Teigen.«
Die Namen sagten mir nichts, daher ließ ich ihn weiterreden.
»Von ihnen haben wir die Information erhalten, dass dein Vater noch mehr Verbündete besitzt, als wir angenommen hatten. Nicht alle haben sich von ihm abgewandt. Einige sind durch seinen Sturz ebenfalls tief gefallen und suchen nach dir, um sich zu rächen. Sie wissen, dass du in New York bist.«
Mir wurde abwechselnd heiß und kalt, obwohl die Information nichts Neues war. Dass er mich deswegen herrief, war vielmehr ein Grund zur Sorge.
Ich schluckte hart. »Was soll das heißen?«
»Soll heißen, dass du noch vorsichtiger sein musst. Sag Mr. Cohen, dass er eure Wohnung am besten von Sicherheitspersonal bewachen lässt. Ein Bodyguard soll dich überall hinbegleiten, im besten Fall verlässt du die Wohnung nur, wenn es unbedingt sein muss.«
Seine Worte erreichten meinen Verstand und ihre volle Bedeutung breitete sich langsam in mir aus. Wenn ich mich jetzt schon so gefangen fühlte, wie sollte es mir dann erst gehen? Hatte ich all diese Strapazen umsonst auf mich genommen? Wie sollte ich das aushalten?
»Ich kann das nicht«, keuchte ich entsetzt und starrte David an. »Ich fühle mich wie eine Gefangene. Jetzt soll auch noch mein Zuhause überwacht werden?«
In dem Moment, in dem ich das Wort Zuhause aussprach, wusste ich, dass es das nicht war. Nie sein würde. Stöhnend

rieb ich mir mit der Hand über die Stirn. Was sollte ich bloß tun?

»Es gäbe noch eine andere Möglichkeit. Eine, die ich für sicherer halte.«

Ich sah ihn an. »Welche?«, fragte ich und wusste gleichzeitig, dass ich fast allem zugestimmt hätte.

Drei Stunden später war alles geklärt. Jetzt stand ich mit David in der Wohnung, die River und ich uns teilten. Unserem Zuhause, das für mich keines war.

»Du solltest nur das Nötigste mitnehmen«, wies er mich an und wartete im Flur, während ich ins Schlafzimmer ging, um meine Sachen zu holen. Viel besaß ich ohnehin nicht mehr.

Mit der Hand strich ich über die zerwühlten Bettbezüge, hob Rivers Kopfkissen an meine Nase und atmete seinen Duft ein. In ein paar Stunden würde er Feierabend machen und darauf warten, dass der Fahrer mich zum Kino brachte. Wie würde er reagieren, wenn ich niemals dort auftauchte? Ich wusste, dass ich ihm das Herz brach. Ich brach mein eigenes, verdammt. Aber ich konnte nicht anders. Ich musste gehen. Weit weg von den Erinnerungen. Ich konnte nicht weiterhin so tun, als führten River und ich eine normale Beziehung. Nicht, wenn jede glückliche Stunde mit ihm von zwei schlechten überschattet wurde.

Mal wieder verließ ich ein Gebäude mit nichts als meinem Rucksack, den ich mir über die Schulter geworfen hatte. Meinen Ausweis ließ ich zurück, denn Detective Penn hatte mir im Rahmen des Zeugenschutzprogramms eine neue Identität besorgt. Eine, die nur er kannte. Ab sofort war ich nicht mehr May Lousie Fields. Ich hieß jetzt Jean Mitchell.

Leben würde ich in Prag. Einer Stadt, in der ich nie zuvor gewesen war. Wo niemand mich kannte. Unter den Millionen Touristen konnte ich untertauchen. Unsichtbar werden.
Ich würde alles hinter mir lassen. Meinen Namen. New York. Mein altes Leben und River. In der Hoffnung, dass ich irgendwo in Prag mich selbst fand.
Wenn alles andere wegfiel, musste das, was übrigblieb, mein wahres Ich sein, oder?
Ich baute auf den Gedanken und hoffte, dass die Antwort auf meine Frage *Ja* lautete. Anders hätte ich es nicht über mich gebracht, River zu verlassen. Der richtige Weg war nun mal nicht immer der leichteste.

Kapitel -48-

River

Einhundertsiebenundzwanzig Tage. So lange war sie schon fort, doch der Schmerz ließ nicht nach. Als ich gemerkt hatte, dass sie verschwunden war, war ich fast verrückt geworden. Ich hatte die ganze Stadt auf den Kopf gestellt, in dem Versuch, sie zu finden. Tagelang hatte ich befürchtet, dass ihr etwas zugestoßen sein könnte. Bis mir ein noch schrecklicherer Gedanke gekommen war. Sie hatte mich verlassen.

Dann hatte ich mich an den einen Mann gewandt, der wissen musste, wo sie war. Detective Penn. Doch er schwieg eisern. Alles, was er sagte, war, dass es für May besser so wäre. Aber wie konnte es das? Wie konnte es gut für sie sein, sich so weit weg von mir aufzuhalten? Ohne mich?

Nach einigen Tagen hatte sich die Verzweiflung in Wut umgewandelt. Eine Wut, so dunkel, dass sie mich fast zerfressen hätte. Ich verbannte alle Erinnerungen an May, warf meine Kleidung weg, die sie getragen hatte. Entsorgte ihre Kosmetikartikel im Bad, die sie zurückgelassen hatte. Einfach alles, was mich an sie erinnerte. Bis meine Wohnung weniger als das Nötigste aufwies. Selbst die Tasse, aus der sie morgens gern ihren Kaffee getrunken hatte, zertrümmerte ich.

Aber nichts half. Die Erinnerungen in meinem Kopf ließen sich nicht löschen. Die Wut blieb. Ich aß nicht, schlief kaum und stürzte mich Hals über Kopf in meine Arbeit.

May hatte mich verlassen. Ich hatte glauben wollen, dass Detective Penn sie zu dieser Entscheidung gezwungen hatte. Doch je mehr ich darüber nachdachte, desto sicherer war ich, dass sie freiwillig gegangen war.

Damit fing der Schmerz an. Einer, der mich nicht mehr losließ. Von da an aß und schlief ich aus ganz anderen Gründen nicht mehr. Jede Minute ohne May tat weh. Atmen fühlte sich nicht mehr wie das Natürlichste der Welt an, sondern anstrengend. Kräftezehrend.

Um mich abzulenken, hatte ich angefangen, über ihre Beweggründe nachzudenken. Dabei war mir eines klargeworden: May war nicht glücklich gewesen. Seit dem Tag, an dem wir das Krankenhaus verlassen hatte, hatte sie immer weniger gelächelt. Sie war neben mir eingegangen - wie eine Blume, der man nicht genug Wasser gab und ich hatte bewusst alle Anzeichen ignoriert. Weil die Wahrheit wehtat. Ich hatte es nicht geschafft, sie glücklich zu machen. Ich hatte von Anfang an recht gehabt, als ich dachte, sie nicht zu verdienen. Diese Erkenntnis zerstörte mich. Zerstörte mich auf so viele Arten und Weisen, dass von River nur noch Bruchstücke übrigblieben. Bis mir eine Sache bewusst wurde. May hatte sich nicht in River verliebt. Sondern in Chase. In Chase Cohen. Aber der war ich für sie nicht gewesen. Für niemanden. Ich hatte nahtlos dort weitergemacht, wo wir aufgehört hatten. Es nicht geschafft, meine falsche Identität abzulegen und der Mann zu sein, der eine Frau wie May verdient hätte. Der vielleicht dazu in der Lage gewesen wäre, sie glücklich zu machen.

So absurd es auch klingen mochte, es half mir, mich von der Sache zu distanzieren. Die Schmerzen zu ertragen. Denn May hatte nicht mich, Chase Cohen, verlassen. Sondern River. Den Mann, zu dem das Leben mich gemacht hatte, der ich aber nicht länger sein wollte. Nicht länger sein *musste.*

Endlich hatte ich eine Aufgabe gefunden. Etwas, das mich ablenkte und mir Hoffnung gab. Ich würde einen Neuanfang schaffen. Für mich. Für May. Für uns. Auch wenn sie mich aufgegeben hatte. Doch selbst jetzt, mehr als vier Monate, nachdem sie gegangen war, wusste ich, dass sie zu mir gehörte.

Das Klingeln meines Telefons riss mich aus meinen Gedanken. Ein Blick auf das Display verriet mir, dass es meine Empfangsdame war. Mit einem Seufzen nahm ich den Hörer ab und lehnte mich in meinem Bürostuhl zurück. »Dora, was gibt´s?«, fragte ich die junge Frau, die erst seit einigen Wochen für mich arbeitete, ihren Job aber bereits jetzt hervorragend machte.

»Guten Tag, Mr. Cohen«, grüßte sie mich höflich. Ihre Stimme war angenehm. Ruhig und weich. Perfekt für eine Empfangsdame, die alle Gäste begrüßte und Telefonate weiterleitete. »Mr. Preston ist soeben eingetroffen. Er wird gerade zu Ihrem Büro begleitet und sollte bald eintreffen.«

Ich bedankte mich für die Information, legte auf und checkte ein letztes Mal, ob mein Anzug saß. Dieses Treffen war wichtig. Heute würde ich den Grundstein für meinen Neuanfang legen. Keine Minute später klopfte es an meiner Tür und mein Sekretär Devon führte Alexander Preston in den Raum. Ganz recht, ich hatte mich für einen Mann in dieser Position entschieden. Nachdem Kent mich verraten hatte, kündigte ich allen Mitarbeitern in vertraulichen Positionen und stellte meine eigenen Leute ein.

»Mr. Preston«, sagte ich ernst und ging dem großgewachsenen Mann mit den harten Gesichtszügen entgegen. »Es freut mich, dass Sie meiner Einladung nachgekommen sind.«
Alexander erwiderte meinen kräftigen Händedruck, dann bedeutete ich ihm, einzutreten und Platz zu nehmen.
»Was darf ich Ihnen zu trinken anbieten?«
»Wasser«, antwortete er knapp und ich warf einen Blick zu Devon, der sich sofort in Bewegung setzte. »Sie haben sich am Telefon sehr geheimnisvoll ausgedrückt«, fuhr Alexander fort und schaute sich in meinem Büro um, bevor er sich für einen der Ledersessel entschied. »Das hat mich neugierig gemacht.«
»Sie werden es nicht bereuen«, versprach ich und wartete, bis Devon das Wasser und zwei Gläser auf dem Tisch abgestellt und jedem von uns einen Schluck eingeschenkt hatte. Als er den Raum verließ und die Tür hinter sich schloss, setzte ich mich Alexander Preston gegenüber, nahm einen Schluck Wasser und entschied mich dann, dass er nicht der Typ für Smalltalk war – ebenso wenig wie ich und ich daher gleich auf den Punkt kommen sollte.
»Ich arbeite an einem neuen Projekt und benötige ihr Know-how«, stieg ich in das Thema ein. »Mein Wunsch ist es, eine Hotelanlage in Rio de Janeiro zu bauen. Eine riesige Hotelanlage, die imstande wäre, etwa vierhundert Mitarbeiter zu beschäftigen.«
Alexander Preston sah mich eine Weile schweigend an, dann zuckten seine Mundwinkel nach oben. »Zunächst einmal würde Sie das Millionen kosten. Geld, das Sie bei solch hohen Personalkosten schwer wieder einspielen werden. Außerdem

…«, fuhr er fort und verschränkte gelassen die Beine übereinander, »warum kommen Sie damit zu mir?«
»Weil Sie sich mit Immobilien auskennen«, antwortete ich schlicht und ließ mich von seiner Überheblichkeit nicht einschüchtern. Dass Alexander Preston nicht unbedingt der höflichste Zeitgenosse war, war weitläufig bekannt. Doch der Kerl hatte es in seinem jungen Alter zu viel gebracht. Das wollte was heißen. Genauso jemanden brauchte ich an meiner Seite. Sympathie war mir scheißegal.
»Mit Immobilien in Amerika«, korrigierte Preston mich mit einem humorlosen Lächeln.
»Dann expandieren Sie und entdecken neue Märkte. Die freien Flächen in lukrativen Gegenden Amerikas werden immer rarer. Früher oder später müssen Sie ausweichen. Ich gebe Ihnen die Chance, es zu tun, bevor andere auf die Idee kommen. Das Projekt wird von mir finanziert. Von der Planung bis zur Schlüsselübergabe der fertigen Anlage. Ich trage alle Kosten.«
Alexander schnaubte und beugte sich in seinem Sessel vor, sah mir tief in die Augen und sagte: »Ich weiß, woher Ihr Geld kommt, Mr. Cohen. Wie kommen Sie auf die Idee, dass ich mit Ihnen zusammenarbeiten möchte?«
Ich hielt seinem Blick stand, ohne mit der Wimper zu zucken. Selbstverständlich wusste er von meiner kriminellen Vergangenheit. Er war Geschäftsmann. Aber als solcher wusste er auch, dass keiner in einer so hohen Position eine weiße Weste hatte. Er nicht, ich nicht und auch kein anderer. Denn früher oder später kam für jeden der Punkt, an dem er über Leichen gehen musste, um weiterzukommen. Nicht zwangsläufig im wortwörtlichen Sinne.

»Mein Geld habe ich nicht ausschließlich auf legale Weise erwirtschaftet. Das streite ich nicht ab«, erklärte ich ruhig. »Aber weder die Polizei noch das Finanzamt noch sonst irgendwer sitzt mir deswegen im Nacken. Ich war beizeiten schlau genug, dafür zu sorgen, dass ich problemlos mit meinen Gewinnen arbeiten kann.«

Ich musste an die zweihundert Scheinfirmen in diesem Gebäude denken, die ohne meine Drogengeschäfte rapide Umsatzeinbußen verbuchen würden. Einige von ihnen würden es vielleicht nicht überstehen. Aber das war eine andere Baustelle. Zunächst einmal musste ich mich um meine Leute in Brasilien kümmern. Mein Team. Meine Familie. Wenn ich aus dem Geschäft ausstieg, wollte ich sie sicher untergebracht in guten Jobs wissen. Ein Hotel war perfekt dafür. Es schaffte Arbeit in den verschiedensten Bereichen und bot gleichzeitig einen Wohnort für seine Mitarbeiter.

»Der Vorteil für Sie ist, dass ich nicht verhandeln will. Berechnen Sie mir, was Sie für angemessen halten. Ich habe genug Geld und auf ein paar Millionen kommt es mir nicht an. Dafür erwarte ich, dass Sie schnellstmöglich mit der Arbeit beginnen. Suchen Sie ein Grundstück. Beauftragen Sie Bauunternehmen und schicken Sie Ihre Leute hin, damit sie vor Ort alles Nötige mit den zuständigen Behörden regeln.«

Das Glitzern in seinen Augen verriet mir, dass ich ihn an der Angel hatte. Für Alexander Preston gab es bei diesem Geschäft keine Nachteile. Er würde enorme Gewinne verbuchen, müsste vermutlich eigens zu diesem Zweck neue Mitarbeiter einstellen und wenn es gut lief, sicherte er sich noch während der Bauphase neue Aufträge anderer Interessenten. Mich hingegen würde der Spaß Milliarden kosten. Denn bis das Hotel stand, finanzierte ich all meine Mitarbeiter aus eigener Tasche. Schickte sie auf Schulungen und ermöglichte ihnen eine Ausbildung, damit sie in meinem Hotel arbeiten konnten. Damit sie endlich ein legales Leben, weg von Drogen und Kriminalität, führen konnten. Preston hatte recht, wenn er sagte, dass das Hotel diese Kosten niemals einspielen würde. Wenn es sich in ein paar Jahren aus eigener Kraft tragen konnte, war das schon ein Erfolg. Dessen war ich mir bewusst. Aber mir ging es nicht um Geld.

»Eine Frage habe ich«, unterbrach Preston meine Gedanken. »Warum tun Sie das? Warum sind Sie so erpicht auf dieses Projekt, das wenig bis gar nicht rentabel sein wird?«

Ich schmunzelte, denn es war dieselbe Frage, die Sal mir vor ein paar Tagen am Telefon gestellt hatte, als ich ihm von meinen Plänen erzählte. Die Antwort hatte sich nicht geändert. »Weil ich eine Menge gutzumachen habe. Das Hotel ist ein Anfang.«

-Epilog-

May

Sechs Monate. So lange war ich schon fort von ihm. Sechs Monate, ohne mit ihm zu reden. Meine Gedanken mit ihm zu teilen. Mich in seinen Armen sicher zu fühlen. Sechs verdammte Monate, in denen ich alles getan hatte. Tschechien bereist, in Madrids Bars getanzt, am Strand von Barcelona gezeltet, Englands grüne Landschaften erkundet. Ich hatte als Jean Mitchell Europa bereist, wie es mein Plan gewesen war. Hatte Freunde gefunden, die Nächte durchgetanzt, haufenweise Fast Food gegessen und ein normales Leben geführt. Irgendwann war ich wieder in Prag gelandet. In einer WG mit drei Mädels, die über ein Erasmusprogramm zum Studieren in die Stadt gekommen waren und an dieselbe Universität gingen, an der auch ich mich eingeschrieben hatte. Ich hatte mir in den letzten sechs Monaten mehr Wünsche erfüllt als in meinem ganzen Leben zuvor. Aber eine Sache war mir nicht gelungen: River zu vergessen.

Er war da. Immerzu war er allgegenwärtig in meinen Gedanken. Begleitete mich, wohin ich auch ging. Denn er war in meinem Herzen. Fest verankert, das verstand ich jetzt. Ich hatte versucht, ihn zu vergessen. Gott, wie sehr ich es versucht hatte. Doch nicht einmal der Versuch, einen anderen Mann kennenzulernen, konnte mich dazu bringen, River zu vergessen. Denn immerzu verglich ich sie mit ihm. Im Gegensatz zu ihm wirkten alle anderen Männer gewöhnlich. Was sie sagten, klang banal. Unwichtig. Wenn ich ihnen in die Augen sah, war da nichts. Kein Feuer. Kein bedrohliches

Funkeln. Nicht dieses alles verdrängende Gefühl von Zugehörigkeit. Nach zwei Versuchen gab ich es auf, denn diese gescheiterten Kennenlernversuche steigerten meine Sehnsucht nach River ins Unermessliche. Ließen den Schmerz, den ich jeden Tag ohne ihn verspürte, unerträglich werden.

Trotzdem zwang ich mich, nicht zurückzugehen. Wollte mir immer wieder einreden, dass wir keine Zukunft hatten. Dass ich nicht ohne Grund gegangen war. Dass es keinen Weg gab, den wir beide hätten gemeinsam beschreiten können.

Aber mein Herz, mein verdammtes, schwaches Herz, siegte über meinen Verstand.

Jetzt saß ich auf dem kleinen Bett in meinem winzigen Zimmer im Schneidersitz, das Handy in der Hand, und versuchte mich davon abzuhalten, ihn zu googeln. Erfolglos. Ich kam nicht länger gegen das Bedürfnis an, ein Teil seines Lebens zu sein. Auch wenn es nur darin bestand, zu erfahren, wie es ihm in den letzten Wochen ergangen war.

Nach sechs Monaten das erste Mal wieder sein Gesicht zu sehen, wenn auch nur auf dem Handydisplay, verschlug mir die Sprache. Den zweiten Schock versetzte mir der Name, unter dem ich ihn fand. Chase Cohen. Gierig verschlang ich jeden Artikel, den ich über ihn fand und was ich las, ließ mich ungläubig zurück. River gehörte der Vergangenheit an, ganz offensichtlich. Chase spendete für wohltätige Zwecke, baute ein Hotel in Brasilien, setzte sich für Benachteiligte ein und war in keinen einzigen Skandal verwickelt. Es hatte den Anschein, als hätte er sein Leben um hundertachtzig Grad gedreht.

Nach über drei Stunden, in denen ich wie besessen alles gestalkt hatte, was mit ihm zusammenhing, versuchte ich, einen klaren Gedanken zu fassen und zu ergründen, was diese neuen Informationen für mich bedeuteten. Warum sie mein Herz so rasen ließen und in mir den Drang, sofort zu handeln, weckten.

Ich musste ruhig bleiben. Durfte nichts überstürzen. Mit einem Wischen meines Daumens schloss ich die geöffneten Artikel. Dann wählte ich eine Nummer, die ich nur im äußersten Notfall anrufen sollte.

»May, ist was passiert?«, meldete sich David Penns Stimme nach mehrmaligem Klingeln. Er klang besorgt, was zu erwarten gewesen war. In den letzten Monaten hatte ausschließlich er mich kontaktiert, um mich auf dem Laufenden über den Fall meines Vaters zu halten. Für unsere Telefonate benutzte er ein anderes Handy und hatte mir die Nummer nur für den Fall gegeben, dass jemand aufdringliche Fragen stellte oder ich jemandem über den Weg gelaufen war, der mich als May Louise Fields hätte identifizieren können.

»Hey, David, alles in Ordnung«, beschwichtigte ich ihn sofort. »Es gibt keinen Notfall.«

Ich hörte ihn ausatmen. Vermutlich erleichtert. »Wieso rufst du dann an? Du weißt, dass wir den Kontakt auf ein Minimum beschränken müssen. Es ist zu deiner eigenen Sicherheit.«

»Ich weiß«, sagte ich schuldbewusst. »Es ist nur …« Ich zögerte.

»Komm schon. Spuck es aus, May«, forderte David. Ich fühlte mich lächerlich. Warum hatte ich ihn denn angerufen, wenn ich mich jetzt nicht traute, ihm die Frage zu stellen, die mich seit Stunden beschäftigte?

»Stimmen die Dinge, die ich über Chase gelesen habe?«, platzte es aus mir heraus.

»Du meinst, dass er vom Kriminellen zum wohltätigen Samariter mutiert ist?«, fragte David sarkastisch und ich verspürte sofort den Drang, Chase in Schutz zu nehmen. Ich unterdrückte ihn und gab ein Brummen von mir, das so viel wie *Ja* heißen sollte.

»Es ist wahr. Von ein paar Informanten weiß ich, dass er sich vollständig aus dem Geschäft zurückgezogen hat. Du glaubst gar nicht, wie überrascht ich war. Vor ein paar Wochen haben einige Lagerhallen in New York gebrannt. Wir haben keine Beweise, aber ich vermute, dass er die dortigen Drogenvorräte vernichtet hat. Es ist unfassbar.«

Das war es.

»Erzähl mir mehr«, forderte ich atemlos und wippte unruhig auf meinem Bett hin und her.

»Sal Ruiz ist letzten Mittwoch in New York gelandet. Hat den Anschein, als unterstütze er die Sache. So oder so, es kostet Chase Milliarden. Wie es aussieht, hat er sich mit einem Immobilienunternehmer zusammengetan. Alexander Preston. Sie bauen ein Hotel in Rio de Janeiro und von meinem Informanten habe ich erfahren, dass Chase seine dortigen Mitarbeiter auf Schulungen geschickt hat. Wie es aussieht, will er sie im Hotel einsetzen. Keine Ahnung, was da läuft, aber es ist verrückt.«

Seine Worte rauschten in meinen Ohren. Also hatte mein Gefühl mich nicht getrogen. Chase hatte seine Vergangenheit als River hinter sich gelassen. Aber weshalb?

Deinetwegen, rief eine naive, hoffnungsvolle Stimme in meinem Kopf.

»Hat … hat er dich nach mir gefragt?«, murmelte ich zögerlich und wusste nicht, wie ich die Antwort vertragen würde. Was, wenn er mit mir abgeschlossen hatte?

»Ständig. Er tut es immer noch. Anfangs täglich. Irgendwann seltener. Aber manchmal rief er spät am Abend oder früh am Morgen an und fragte nach dir. Oft wollte er einfach nur wissen, ob es dir gut geht. Ich habe ihm gesagt, er soll es lassen, aber er hört nicht auf.«

Plötzlich spürte ich mein Herz so deutlich in meiner Brust schlagen wie noch nie zuvor. Konnte das wahr sein? Chase hatte sein ganzes Leben auf den Kopf gestellt - meinetwegen? Obwohl er glauben musste, dass ich ihn für immer verlassen hatte …

»Erst vorgestern, als ich ihn angerufen habe, wollte er mich wieder nach dir ausfragen. Dabei hätte er jetzt wirklich wichtigere Sorgen«, unterbrach David meine Grübeleien. Ich brauchte einen Moment, bis ich realisierte, was er da gesagt hatte.

»Warte … was für Sorgen? Ist er in Schwierigkeiten?«

David machte eine kurze Pause, während der ich kaum Luft bekam, so gespannt wartete ich auf seine Antwort.

»Weißt du, eigentlich ist es ganz gut, dass du heute angerufen hast. Dann kann ich es dir auch gleich sagen. Tanner ist verschwunden. Er war auf Kaution draußen und ist untergetaucht. Wir suchen ihn schon eine Weile, konnten ihn bisher aber nicht finden.«

Mein Magen zog sich schmerzhaft zusammen. Tanner war ein Monster. Zu wissen, dass er auf freiem Fuß war, versetzte mich in große Angst.

»Ihm ist alles zuzutrauen«, hauchte ich voller Furcht.

David gab ein zustimmendes Geräusch von sich. »Deswegen habe ich Chase gesagt, dass es besser wäre, wenn er Kontakt mit seiner Schwester aufnimmt und sie warnt. Als Familienmitglied ist sie genauso in Gefahr wie ihr beide. Du solltest vorsichtig sein, May. Tanner kennt dich von früher. Er könnte wissen, wo er nach dir suchen muss.«

Dutzende Fragen wirbelten wild in meinem Kopf umher. Chase hatte seine Schwester nie kontaktieren wollen. Wie ging es ihm damit, dass er jetzt dazu gezwungen war? Freute er sich? Hatte er sie vielleicht schon getroffen und wenn ja, wie war es gelaufen? Die Antworten nicht zu kennen und ihm in dieser Zeit nicht beistehen zu können, fühlte sich schrecklich an und weckte in mir den Wunsch, für ihn da zu sein. Die Sache mit Tanner gemeinsam mit ihm durchzustehen.

Plötzlich wusste ich, weshalb ich Chase nicht hatte vergessen können. Warum kein anderer Mann es geschafft hatte, ihn zu ersetzen.

Chase und mich verband eine gemeinsame Geschichte.

Kein typisches Märchen, denn unsere Story war dunkel, hin und wieder richtig düster und trotz der glänzenden Momente wusste ich nicht, ob es ein Happy End für uns gab. Wie Chase mir vor langer Zeit eingestanden hatte, kamen wir aus verschiedenen Welten. Aber eines wusste ich ganz genau: wie es jetzt weitergehen musste. Denn egal, welche Barrieren noch kamen, ich wollte gemeinsam mit ihm dagegen ankämpfen.

Wollte alles dafür tun, damit unsere Geschichte das Ende bekam, das sie verdiente.

***

River

»Mr. Cohen«, hielt Dennis, mein Concierge, mich zurück, als ich an diesem Abend mein Wohnhaus betrat. »Es wurde eine Postkarte für Sie abgegeben.«

Ich hielt an, runzelte die Stirn und wunderte mich, wer zum Teufel mir eine Karte schreiben sollte. Niemand, den ich kannte, schrieb heutzutage noch welche. Nicht seit es WhatsApp, Instagram und …

»Sie ist aus Prag«, fuhr Dennis fort und ich unterbrach meinen letzten Gedanken. Sofort eilte ich auf den Empfangstresen zu, streckte die Hand aus und forderte besagte Karte ein.

»Zeig sie mir«, sagte ich hektisch und merkte selbst, wie aufgeregt meine Stimme klang. Ein wenig irritiert zog Dennis eine Postkarte, die Prags Altstadt von oben zeigte, aus einem Stapel mit Post hervor und reichte sie mir. Ich verschwendete keine Zeit damit, mir das Motiv genauer anzusehen, sondern drehte sie gleich um und las begierig die Worte auf der Rückseite.

Das Leben ist vergänglich. Triff mich, wenn die Sonne untergeht.

Mehr stand dort nicht. Kein Name, keine Adresse, nur diese kryptische Botschaft. Dennoch zweifelte ich keine Sekunde daran, dass sie von May kam.

Sie befand sich also in Prag. Davon ging ich zumindest aus. Ich bedankte mich bei Dennis und verabschiedete mich von ihm, dann ging ich in meine Wohnung und packte eine Tasche mit dem Nötigsten, was ich für meine Reise brauchen würde. Währenddessen stellte ich das Handy auf Lautsprecher, rief Devon an und gab ihm konkrete Anweisungen für die Zeit meiner Abwesenheit. Ich sagte ihm ebenfalls, dass ich nicht wüsste, wann ich wieder zurückkam. Er musste mich für verrückt halten. Aber es war mir egal, denn alles, was zählte, war May.

Wenn sie Kontakt mit mir aufnahm, konnte es nur eines bedeuten … sie wollte uns eine zweite Chance geben. In den vergangenen sechs Monaten hatte ich nicht aufgehört, zu hoffen. Egal wie dunkel meine Gedanken wurden, wie dumm und absurd ich mir vorkam, ich hatte an dieser Hoffnung festgehalten. Zwischen May und mir war etwas Besonderes entstanden. Zwischen Kriminalität und Bosheit war etwas Wundervolles erblüht. Wenn sie Zeit gebraucht hatte, um die Schatten abzuschütteln, konnte ich das akzeptieren. Ich konnte alles akzeptieren, solange es sie irgendwann zu mir zurückbrachte.

Der Vorteil an einem Privatjet war, dass man recht spontan losfliegen konnte. Nach meinem Telefonat mit Devon hatte ich meine Crew benachrichtigt und sie gebeten, die Maschine startklar zu machen. Wir mussten etwas warten, bis wir die Freigabe erteilt bekamen, doch dann konnte es losgehen. Keine zwei Stunden nach dem Lesen von Mays Nachricht saß ich im Flieger nach Tschechien. Um mir die Zeit zu vertreiben und vor Ungeduld nicht durchzudrehen, las ich immer wieder die wenigen Worte auf der Postkarte durch. Mittlerweile war ich mir sicher, dass sie das Motiv nicht zufällig gewählt hatte. Es war eine Botschaft. Denn da May

sich noch immer im Zeugenschutzprogramm befand, musste sie vorsichtig sein. Es war durchaus denkbar, dass jemand anderes ihre Karte in die Hände bekommen hätte.
Ich würde sie irgendwo in der Altstadt treffen, wenn die Sonne unterging. Aber was meinte sie mit ihrem ersten Satz?
Das Leben ist vergänglich.
Selbst als ich nach der Landung im Taxi saß und auf dem Weg in die Altstadt war, kannte ich die Antwort noch nicht. Aber ich war entschlossen, May zu finden. Und wenn ich die ganze Nacht durch Prag rennen und jeden Winkel nach ihr absuchen musste. Ich. Würde. Sie. Finden.
Ein Blick aus dem Fenster verriet mir, dass die Sonne bereits tief gesunken war. Ein dunkelroter Streifen erhellte den Himmel und tauchte alles in ein romantisches Licht. Bald würde die Sonne ganz untergehen. Ich bat den Taxifahrer, sich zu beeilen. Den Versuch, ruhig zu bleiben, hatte ich längst aufgegeben. Nach weiteren Minuten, die sich wie Stunden anfühlten, bedeutete der Fahrer mir, dass wir das Ziel erreicht hatten. Ich zahlte, wobei ich ihm ein großzügiges Trinkgeld daließ, und stieg aus dem Wagen. Dann ließ ich den Blick über den weiten Platz schweifen, an dessen Anfang ich mich befand und der von Menschen überflutet wurde.
Mein Magen sank eine Etage tiefer. Diese Ansicht versetzte meiner Entschlossenheit, May zu finden, einen ganz schönen Dämpfer. Wie sollte ich sie unter all den Menschen erkennen? Ich wusste ja nicht einmal, wo genau ich nach ihr suchen musste. Außerdem, wer sagte mir, dass sie heute hier war? Sie konnte die Karte schon vor Wochen abgeschickt haben. Manchmal dauerte es so lange, bis sie zugestellt wurden. Was, wenn sie bereits gewartet hatte? Und ich war nicht

gekommen, weil ich die verdammte Postkarte zu spät erhalten hatte? Oder wenn sie erst morgen mit mir rechnete? Oder übermorgen?

In Filmen sah das alles immer so leicht aus. Diese romantischen Gesten. Die großen Happy Ends. Aber im wahren Leben wirkte es geradezu unmöglich, May zu finden. Wären wir die Hauptdarsteller einer der Liebeskomödien, die sie so gern ansah, würde das Universum mir jetzt einen Hinweis schicken, der mich direkt in Mays Arme führte, damit wir glücklich bis an unser Lebensende sein konnten.

Aber das Leben war keine verfickte Hollywoodschnulze, in der …

»Die astronomische Uhr von Prag führt zu jeder vollen Stunde ein kleines Schauspiel über die Vergänglichkeit des Lebens auf. Es dauert zwar nur fünfundvierzig Sekunden, ist aber so einmalig, dass es Touristen aus der ganzen Welt hierher verschlägt«, unterbrach die Stimme eines älteren Reiseleiters meinen Gedanken. Der Mann trug eine auffällige, gelbe Kappe und hielt einen Holzstab mit einem gelben Fähnchen daran in die Luft. Er sprach in ein Megafon, damit die große Gruppe, die sich um ihn herum versammelt hatte, ihn gut hören konnte.

Vergänglichkeit des Lebens. Das Leben ist vergänglich.

Meine Gedanken rasten.

»Oh mein Gott«, stieß ich aus und ein Pärchen neben mir, das gerade ein Selfie von sich schoss, sah mich merkwürdig an.

»Eröffnet wird das Schauspiel vom Knochenmann, der Figur des Todes«, fuhr der Reiseleiter fort. Mehr hörte ich nicht, denn in diesem Moment schlug irgendwo eine Turmuhr und der Ton war alles, worauf ich mich konzentrierte. Das musste sie sein. Die astronomische Uhr. Ein Blick auf mein Handy verriet mir, dass es Punkt achtzehn Uhr war. Ich schaute zum Himmel hinauf. Die Sonne war fast vollständig hinter den imposanten Gebäuden verschwunden.

Das Leben ist vergänglich. Triff mich, wenn die Sonne untergeht.

Ich rannte in die Richtung, aus der das Schlagen der Turmuhr gekommen war. Wenn jemand im Weg stand, quetschte ich mich an ihm vorbei. Ein paar Passanten schubste ich sogar zur Seite. Dennoch kam ich langsam voran. Zu langsam. Als die Uhr endlich vor meinen Augen auftauchte, stöhnte ich angesichts der riesigen Menschenmenge, die sich davor versammelt hatte. Hunderte, ach was, Tausende beobachteten das Schauspiel der Figuren und filmten es mit ihren Smartphones. Zu viele, um sich an ihnen vorbeizuzwängen oder sie aus dem Weg zu schieben. Zu viele, um eine einzelne Person unter ihnen zu identifizieren.

Kurz spielte ich mit dem Gedanken, dem Reiseführer, der mit seiner Gruppe gar nicht mehr weit weg von mir stand, das Megafon aus der Hand zu reißen und lautstark Mays Namen zu brüllen. Aber das war absurd. Außerdem gefährlich. Ich konnte nichts tun, als zu warten und zu hoffen, dass sie da war, wenn die Menschenmenge sich auflöste.

Nach zwanzig Minuten zogen die meisten weiter. Zurück blieben nur vereinzelte Touristen, die unbedingt noch ein gutes Foto mit dem Turm im Hintergrund schießen wollten. Ich ließ den Blick über die Besucher der umliegenden Restaurants schweifen und fragte mich, ob May irgendwo unter ihnen war. Selbst jetzt, wo der große Ansturm vorüber war, sah ich sie nicht. Vielleicht kam sie wirklich erst morgen her. Damit versuchte ich mich zu motivieren, denn die Angst,

dass ihre Postkarte mich zu spät erreicht hatte, saß immer noch tief in mir.
Ich beschloss, ein wenig über den Platz zu laufen. An ein und derselben Stelle stehenzubleiben, brachte mich nicht weiter. Dabei beachtete ich meine Umgebung kaum, stattdessen starrte ich jede Frau an, an der ich vorbeikam. Keine davon war May. So verging eine weitere Viertelstunde. Langsam füllte sich der Platz wieder. Das nächste Uhrenspiel stand kurz bevor und die Leute wollten sich einen guten Standpunkt sichern. Dann würde ich eben noch eine Runde abwarten. Noch dutzende, wenn es sein musste. Ich entdeckte ein Hotel direkt gegenüber der astronomischen Uhr. Vielleicht wäre es sinnvoll, dort einzuchecken. Gerade, als ich auf den Eingang zuging, ließ ihre zarte Stimme mich erstarren.
»Chase.«
Nur ein Wort, aber so viele Gefühle lagen darin.
»May«, flüsterte ich und spürte im selben Moment, dass sie hinter mir stand. Als ich mich umdrehte und sie ansah, nach all der Zeit wieder ihre grünen Augen erblickte, war es Qual und Erlösung zugleich.
»Du bist gekommen«, sagte sie und ein unsicheres Lächeln legte sich auf ihre Lippen. Am liebsten hätte ich sie an mich gerissen und sie nie wieder losgelassen. Doch ich zwang mich, mich zurückzuhalten. Auch wenn May mich hergerufen hatte, wusste ich nicht, was sie von mir wollte. Einen Neuanfang? Ein abschließendes Gespräch, weil wir uns nie voneinander hatten verabschieden können?

»Ohne zu zögern«, sprach ich die Wahrheit aus, ohne mich dafür zu schämen. Ich wäre dieser Frau bis ans Ende der Welt gefolgt.

»Ich war mir nicht sicher, ob …«, sagte sie verlegen. »Ich wusste ja nicht, was …« Auch diesen Satz brach sie ab.

In all der Zeit, in der May und ich getrennt gewesen waren, hatte ich mir gewünscht, sie wiederzusehen. Mir aber nie Gedanken darüber gemacht, wie kompliziert es sein würde. All die unausgesprochenen Worte, die zwischen uns standen. Doch in Mays Augen las ich dieselbe Sehnsucht, die auch ich verspürte. Es war dieser Ausdruck, der in ihrem Gesicht lag, erwartungsvoll und gleichzeitig ängstlich, der mich all meine Zurückhaltung vergessen ließ.

Scheiß auf alles Komplizierte! Auf alle Argumente, die vielleicht gegen uns sprachen. Auf alle Wenns und Abers. Auf die vielen Gründe, aus denen das mit uns schiefgehen konnte. Scheiß auf ein Leben ohne May. Denn der Weg mit ihr war der einzige, den ich gehen wollte. Egal wie holprig er sein würde.

»May«, hauchte ich, trat einen Schritt näher und schlang den Arm um ihren Rücken, damit ich sie an mich ziehen konnte. Ihr Körper drückte warm gegen meinen. Trotz der dicken Winterjacken fühlte ich mich ihr näher denn je. »Ich will deine Hand halten. Jeden Tag. Ich will nachts mit dir in meinen Armen einschlafen und morgens aufwachen in dem Wissen, dass du neben mir liegst. Ich will dich glücklich machen. Dich zum Lachen bringen und der Grund dafür sein, dass du dich auf nichts anderes konzentrieren kannst. So wie auch ich an nichts anderes als an dich denken kann. Ich bin bereit, dreihundertvierundsechzig schlechte Tage in Kauf zu nehmen, wenn ich dafür nur einen guten mit dir bekomme.«

»Chase«, sagte sie atemlos und strich mit ihrer Hand über meine Wange. Davon würde ich niemals genug bekommen. Ihre Berührungen. Der Klang meines Namens auf ihrem Mund. Diese leuchtend grünen Augen, hinter denen so viele Gefühle versteckt lagen. »Bist du dir sicher? Nach allem, was wir einander angetan haben.«

Ich legte meine freie Hand an ihren Hinterkopf. »Ich bin nicht stolz auf das, was ich getan habe. Aber im Endeffekt hat es mich zu dir geführt. Ich bedaure, dass wir uns unter diesen Umständen kennenlernen mussten, aber ich bereue es nicht. Wie könnte ich das, wo es mich doch zu der Frau geführt hat, die ich liebe?«

Ich spürte, wie ihr Körper in meinen Armen erzitterte. »Ich liebe dich auch«, wisperte sie und ließ meinen Blick nicht los. »Ich habe es die ganze Zeit getan und jeder Tag, den ich ohne dich verbracht habe, war eine Folter. Ich weiß jetzt, dass ich nicht mehr ohne dich sein will. Egal was noch auf uns zukommt. Mein Wunsch ist es, dass wir das gemeinsam durchstehen.«

Ich zog sie an mich und küsste sie leidenschaftlich. Spürte ihre Lippen und das zarte Seufzen, das ihren Mund verließ. Ich legte meinen Arm unter ihren Po und hob sie hoch, bis ihre Füße den Boden nicht mehr berührten. Als unser Kuss langsamer wurde, behutsamer, strich sie mit den Händen über meine Wangen und löste sich schlussendlich von mir. Trotzdem verharrten wir mit unseren Lippen dicht beieinander, so als wäre nach den letzten sechs Monaten jeder Zentimeter Distanz zwischen uns zu viel.

»Chase Cohen«, sagte May feierlich. »Es mag verrückt klingen. Aber wenn ich die Möglichkeit hätte, die Zeit zurückzudrehen und alles ungeschehen zu machen, würde ich ablehnen. Denn egal was war, es hat uns zusammengeführt und hier mit dir zu sein, fühlt sich richtig an.«

ENDE

Danksagung

Zunächst möchte ich mich bei all meinen tollen Leserinnen bedanken, die meine Bücher kaufen, lesen, weiterempfehlen und bewerten. Dank euch kann ich weitere Bücher schreiben und mir die nötige Zeit dafür nehmen. Aus eurer Unterstützung schöpfe ich meine Motivation für schwierige Schreibphasen.

Ich hoffe, dass ihr May und Rivers Geschichte genauso genossen habt, wie ich und dass ich euch einige schöne Lesestunden schenken konnte.

Ein weiteres Dankeschön geht an meine großartige Lektorin Regina Meißner. Du bringst mich dazu, tiefer in meine Geschichte einzutauchen, meine Charaktere noch besser kennenzulernen und mich nicht mit der erstbesten Lösung zufriedenzugeben. Danke, dass du so kritisch mit mir bist, denn das ist Gold wert!

Auf keinen Fall fehlen darf meine liebe Testleserin, Lorena, die weiß, wie sie mir meine Unsicherheiten nehmen kann. Dank dir hat Bad Gangster den letzten Feinschliff bekommen, auch wenn River deinetwegen nicht mehr summen durfte ;-)

Eine Person verdient ein ganz besonders dickes Dankeschön. Mein Partner in jeder Lebenslage. Danke, dass du mir den Rücken freihältst. Dass du an mich glaubst, mich mit all meinen verrückten Autorenlaunen aushältst, mir den nötigen Raum für meine Kreativität gibst und trotzdem immer da bist, wenn ich dich brauche.

Lesen Sie weitere Bücher von Leander Rose!

Bad Boss Behaviour: Liebesroman

„Lass uns ein paar Dinge klarstellen:
Für diesen einen Monat gehörst du mir.
Du tust, was ich sage.
Dein Privatleben interessiert mich nicht, also erspare mir Details.
Und eins noch. Verlieb dich bloß nicht in mich. Niemals.
Denn ich werde dich vergessen, sobald du deinen letzten Scheck abgeholt hast und aus meinem Büro verschwindest."

Alison

Wenn man bis zum Hals in der Scheiße steckt, tut man so einiges, um den Kopf oben zu halten. Dabei bin ich tiefer gesunken, als ich es jemals für möglich gehalten hätte. Direkt in seine Arme.

Er hätte mir helfen können, stattdessen macht er mir ein Angebot, das ich nicht ablehnen kann. So sehr ich es auch will.

Jetzt behandelt er mich wie sein Eigentum und ich merke erst langsam, wie hoch der Preis ist, den ich zahle. Alles an ihm spricht von Perfektion. Nur seine Augen… seine Augen versprechen Gefahr.

Pretty Woman meets Bad Boss. Ein modernes Märchen mitten im Großstadtdschungel von New York, das in sich abgeschlossen ist und explizite Liebesszenen enthält.

Tauchen Sie ein in die Welt der Los-Angeles Lovestorys, wo Freundschaft, Humor und große Gefühle auf Sie warten.

Falling for Ewa: Liebesroman

Band 1

Sonne, Strand, Meer und ein Job im schönsten Café von Los-Angeles – die besten Voraussetzungen für einen Neuanfang.

Das dachte sich auch Ewa, als sie ihrem alten Leben den Rücken kehrte und einen Sprung ins Ungewisse wagte. Nur ist Ewa nie wirklich abgesprungen. Ihr Alltag in der neuen Stadt ist perfekt strukturiert. Für Spontanität ist kein Platz. Nur so fühlt sie sich sicher. Und doch wird sie den Verdacht nicht los, dass sie sich immer weiter von ihren Träumen entfernt.

Bis der Zufall ihr den attraktiven Cop Jackson vor die Füße wirft. Er zeigt Ewa, wie befreiend es sein kann, einfach die Augen zu schließen und sich fallen zu lassen. Aber wird er auch derjenige sein, der sie auffängt?

Denn als plötzlich Ewa´s bester Freund Matt zu seinen Gefühlen für sie steht, ist das Chaos in ihrem Leben komplett.

Hoping for Mercy: Liebesroman

Band 2

Neue Stadt, neue Wohnung, neuer Job – neues Leben!

Mercy bricht alle Zelte ab und verlässt ihren Verlobten. Die Vergangenheit hat es nicht gut mit ihr gemeint, aber aufgeben? Kommt nicht in Frage. Schließlich geht es nicht nur um sie, sondern auch um die Zukunft ihrer Tochter.

In Los Angeles sucht Mercy eigentlich nur nach einem Abschluss mit der Vergangenheit. Doch was sie findet, sind neue Freunde. Menschen, die sie aufnehmen, wie eine Familie.

Und sie trifft Matt, der sie mit einem Surferboy-Charme mehr und mehr für sich einnimmt. Aber schafft Mercy es Vertrauen zuzulassen und endlich nach vorne zu blicken?

Trusting in Fate: Liebesroman

Band 3

Job weg, Freund weg, Wohnung weg.

Alles verändert sich. Jeder in Kelseys Freundeskreis entwickelt sich, nur sie steckt fest. Blind in einer Sackgasse und weiß nicht, wohin. Eigentlich glaubte sie, die Trennung von Mike längst hinter sich gelassen zu haben. Sie ist eine Powerfrau. Stark und unabhängig. Aber als Mike einfach so weitermacht, als hätte sie nie existiert, gerät ihre ganze Welt ins Wanken.

Sie versucht verzweifelt, die Fassade aufrecht zu erhalten, stürzt sich von einer Ablenkung in die Nächste.

Kelsey befindet sich im freien Fall, bis Mia in ihr Leben tritt. Sie zeigt ihr, dass sie sich vor nichts fürchten muss. Dass selbst in den schlimmsten Momenten etwas Schönes liegt und aus unseren schwächsten Tagen, später die größte Kraft entsteht.

Du möchtest immer auf dem Laufenden sei und keine meiner zukünftigen Veröffentlichungen verpassen? Dann trage dich unter **www.leanderrose.de** für meinen Newsletter ein und gehöre zu den Ersten, die Neuigkeiten zu meinen Büchern erfahren.

Zusätzlich findest du mich hier:

Instagram:

http://www.instagram.com/leander_rose/

Ich freue mich von dir zu hören!

Impressum

Leander Rose c/o
Papyrus Autoren-Club
R.O.M. Logicware GmbH
Pettenkoferstr. 16-18
10247 Berlin

Alle in diesem Buch geschilderten Personen sind frei erfunden. Ähnlichkeiten mit lebenden oder verstorbenen Personen, Geschäftseinrichtungen, Ereignissen oder Schauplätzen wären zufällig und nicht beabsichtigt.

Coverdesign: VercoDesigns, Unna
Lektorat: Regina Meissner (www.semikolonundco.de)
Korrektorat: Regina Meissner (www.semikolonundco.de)

Printed in Germany
by Amazon Distribution
GmbH, Leipzig

21915570R00179